Neue Rundschau

Begründet von S. Fischer
im Jahre 1890
S. Fischer Verlag

Herausgeber und Redaktion:
Martin Bauer

Die Neue Rundschau erscheint viermal jährlich
Preis des Einzelheftes: 16 DM
Bezugspreis jährlich: 56 DM (inkl. Porto)
Berechnung jährlich bei Auslieferung des ersten Heftes
Das Abonnement verlängert sich automatisch,
wenn die Kündigung nicht bis zum 15.11. erfolgt.

Alle Zusendungen an die Redaktion erbeten an:
S. Fischer Verlag GmbH, Neue Rundschau
Neue Grünstraße 17–18
10179 Berlin
Telefax 030/30 86 39 10

Anzeigenverwaltung:
Runze & Casper Verlagsservice OHG
Linienstraße 214 · 10119 Berlin
Telefon 030/28 01 81 40, Telefax 030/28 01 84 00

Heft 2/2000 111. Jahrgang
Veröffentlicht im S. Fischer Verlag GmbH, Frankfurt am Main

Typographie: Konrad Boch, Frankfurt am Main
Umschlagentwurf: Manfred Walch, Frankfurt am Main
Satz: Fotosatz Otto Gutfreund GmbH, Darmstadt
Druck und Bindung: Clausen & Bosse, Leck
Printed in Germany 2000
ISSN 0028-3347 ISBN 3-10-809041-0

Postvertriebsnummer D 21222 F

Inhalt

Einsprüche und Nachreden

Editorial

Man hat das Internet die größte Erfindung seit der Entdeckung des Feuers genannt. Solche Superlative klingen immer verkehrt, sind manchmal aber symptomatisch bedeutsam. Und unbestreitbar dürfte sein, dass dem World Wide Web schon wegen seiner Wachstumsgeschwindigkeit etwas geradezu Prometheisches anhaftet. Menschliche Massverhältnisse scheinen den ausserordentlichen Dimensionierungen dieses mehr als nur technischen Phänomens jedenfalls kaum noch beikommen zu können. Auch wenn erst sechs Prozent der Weltbevölkerung Zugriff auf das Internet haben, nimmt die Zahl der Netznutzer in exponentiellen Sprüngen zu. Während des letzten halben Jahres hat sie sich allein in der Bundesrepublik verdoppelt. So ist das Internet im gerade einmal neunten Jahr seines Bestehens dabei, zur unhintergehbaren Voraussetzung unserer Arbeits-, Konsum- und Lebenswirklichkeiten zu werden, zu einem globalen Apriori moderner Existenz. Es macht in beängstigender Aufdringlichkeit von sich reden, kanalisiert unvorstellbare Geldsummen und beschleunigt das soziale Tempo des Lebens weltweit.

Aber anders als das Feuer, das nicht entdeckt, schon gar nicht erfunden, sondern den Göttern entwendet wurde, um seine zivilisierende Kraft unter den Menschen entfachen zu können, provoziert die Netztechnologie keine mythopoetischen Anstrengungen. Wie Rad und Schwert, wie Eisenbahn und Dampfmaschine zählt das Internet offenbar zu den technischen Artefakten, die uns – bei all ihrer Bedeutsamkeit für den Verlauf der Gattungsgeschichte – kalt lassen. Sie taugen nicht zur Wiederverzauberung gottferner Wirklichkeiten, geben eher Anlass zu Neidempfindungen gegenüber den technikgeschichtlichen Heroen oder zu alptraumhaften Visionen. Denn dass wir noch zu Lebzeiten Geschichten erfahren und Anekdoten erzählen werden, in denen schreckliche Strafen informationstechnologische Hybris ahnden oder Cyber-Hochmut vor den Fall kommt, dürfte mehr als wahrscheinlich sein. Schon jetzt scheint Nemesis ja die Finger im Spiel zu haben. Kein geringerer als der Devisenspekulant Soros büsst bei Börsen-

Wetten gegen die überschätzen E-commerce-Aktien exorbitante Summen ein und den gegen Microsoft angestrengten Prozess wird Bill Gates verlieren, sein Unternehmen also in die sogenannten »baby gates« zerlegen müssen. Wahr ist allerdings auch, dass der Untergang von Microsoft in seiner augenblicklichen Organisationsform aus dem milliardenschweren Firmengründer durchaus keinen Melancholicus macht, dem der Adler regelmässig die Leber zernagt. Auf die Vermutung, er müsse sich doch angesichts der massiven juristischen Verfolgung eigentlich wie Franz Kafka fühlen, fragte Gates entspannt zurück, wer dieser Franz denn sei. Auch Tim Berner-Lee wird die Rolle des Internet-Prometheus nicht besetzen. Er, der das World Wide Web während seines Forschungsaufenthalts am Europäischen Labor für Teilchenphysik 1991 in Genf erfand, taugt ebenfalls nicht für das Exil am Verzweiflungsfelsen, obwohl der Mann allen Grund hätte, mit seinem Schicksal zu hadern. Ihn nämlich hat die bahnbrechende Erfindung nicht zum Netz-Tycoon, sondern eher zum goethischen Zauberlehrling gemacht. Am schönen Charles River zwischen Cambridge, MA, und Boston arbeitet der Physiker heute im renommierten MIT, damit beschäftigt, die gerufenen Geister zu bändigen, will heissen: die technische Weiterentwicklung des www zu koordinieren. »Das Web«, so gab er jüngst zu Protokoll, »ist immer noch in der Frühphase. Worauf es hinaus läuft, ist nicht abzusehen.«

Einen ersten Blick in die Zukunft konnte man dennoch schon werfen. Kaum war das XXI. Jahrhundert angebrochen, erwarb AOL, 17000 Angestellte, den weltgrössten Medienkonzern Time Warner, 70000 Angestellte. Sieben Tage später gehörte die Plattenfirma EMI zu Warner und »Citizen Case«, wie Steve Case – Gründer und Boss von AOL – seither heisst, unterzeichnete Kooperationsverträge mit General Motors. Immerhin verkaufte sich jedes zehnte Auto in den USA anno domini 1999 via Internet. Wenn der erste autofreie Sonntag, nach einem dem Philosophen Robert Spaemann zugeschriebenen Bonmot, das wichtigste geistesgeschichtliche Datum der Nachkriegszeit war, so ist der 10. Januar 2000 zweifelsohne eines der wichtigsten Daten innerhalb einer Geistesgeschichte, die fortan wohl als Medien-, wenn nicht als Internetgeschichte zu schreiben sein wird. Denn ein alle klassischen Medien übergreifendes und integrierendes Megamedium wird das Internet in kürzester Zeit sein. In ihm werden Buch, Radio, Fernsehen und Film nicht nur für sich und nebeneinander fort existieren, sondern noch ganz unausgedachte, neue Synthesen eingehen. Das Internet wird zu einem Raum der Interpenetration aller Medien werden. Schon jetzt können wir – um ein ziemlich exotisches Beispiel heranzuziehen - lyrische Texte lesen und gleichzeitig hören, wie ihre Autoren den

Worten Stimme geben. Wir lauschen einer Symphonie und verfolgen die Partitur auf dem Bildschirm – selbst ohne der Notenschrift kundig zu sein.

Ausserdem werden im Internet Text -, Bild-, Ton- und überhaupt Zeichenarchive entstehen, deren Speicherkapazität alle Hilfsmittel übersteigt, derer sich das animal symbolicum je bedient hat, um seine kollektiven oder individuellen Erinnerungen vor dem Vergessen zu retten. Spätestens mit dem 10. Januar können wir also wissen, dass die Metapher von der Lesbarkeit der Welt ausgedient hat. Soll das Ganze des für menschliche Intelligenzen Erkenn- und Erinnerbaren zukünftig auf den Begriff gebracht werden, sollte nicht mehr von der Natur als einem Buch die Rede sein, das wir uns lesend erschliessen; nein, nun reicht ein pathosloses Kürzel - »www« ist der neue Grenzbegriff. Er bezeichnet ein gigantisches, weder völlig chaotisches noch wirklich geordnetes Beziehungsgefüge, ein *chaosm*, mit der trefflichen Wortprägung von James Joyce, das sich weiter und weiter ausdehnt, stündlich wächst und komplexer wird, aber kein Zentrum hat. Ganz dem Universum vergleichbar, das uns die moderne Physik als letzte kosmische Wirklichkeit einsichtig gemacht hat.

Am 10. Januar 2000 enthüllte das junge Jahrtausend also einige seiner markanten Gesichtszüge. Eine neue, für die beteiligten Firmen unerhört lukrative Konjunktion zwischen Kultur und Kommerz überraschte die weitgehend unvorbereitete Öffentlichkeit. Ganz unvermutet auch, dass jetzt die Stunde kultureller Gehalte schlug. Plötzlich war auf dem Davoser Wirtschaftsgipfel von »content« die Rede, von jenen sogar, die früher einmal Autoren, Schriftsteller, Komponisten oder sonstwie hiessen, und im neuen Jargon als »content-provider« überleben. Welch ein Versprechen, dass sich Nachrichten, Bilder, Ideen, Geschichten und Töne zukünftig annähernd mit Lichtgeschwindigkeit auf dem ganzen Globus verbreiten werden. War da nicht eine digitale Landnahme ohnegleichen angebahnt, eine Kulturrevolution neuen Typs eingeleitet, die Bildung und Information, Wissen und Unterhaltung weltweit verfügbar machen würden? Sollte die Ehe zwischen AOL und Time Warner tatsächlich viel mehr als die Verbindung zweier Kundenkarteien sein, die sich – allein in Nordamerika – auf 70 Millionen Adressen, Kreditkartennummer inklusive, belaufen?

Augenscheinlich hätte der Zeitpunkt für das Thema Netzkultur nicht besser gewählt sein können. Doch stellt es sich auf den folgenden Seiten gleichsam noch im alteuropäischen Massstab. Unser Blick richtet sich nicht auf Bewusstseinsindustrie im Moment ihrer völligen Entgrenzung, sondern noch auf regionale Kulturräume, gewissermassen auf lokale Verständigungsverhältnisse, auf Literatur und Wissenschaft, auf das geschriebene

Wort. Ihm wird eine geradezu unzeitgemässe Zärtlichkeit entgegengebracht, ein Vertrauen in es gesetzt, dessen Tage mutmasslich gezählt sind. Gewiss ist nämlich, dass sich der grösste Markplatz der Welt im Internet aufbauen wird, dass alle nur erdenklichen Dienstleistungen und Waren dort Renditen erwirtschaften sollen, und dass die Medien – wie jeder Nationalökonom weiss – nur läppische fünf Prozent des Bruttoinlandprodukts erwirtschaften. Das Kulturregal wird deshalb ziemlich bescheiden ausfallen im Kaufhaus des vernetzten Westens.

Martin Bauer

Netculture

Jonathan Rosen
Der Talmud und das Internet

Robert Darnton
Das neue Zeitalter des Buches

Hilmar Schmundt
Eine 150-Milliarden-Metapher

Stephan Porombka
literatur@netzkultur.de

Burkhard Spinnen
Mein Jahr im Netz

JONATHAN ROSEN

Der Talmud und das Internet

Eine Reise zwischen Welten

»Drehe es und wende es, denn alles ist darin...«
Babylonischer Talmud

Kurz nach dem Tod meiner Großmutter stürzte mein Computer ab, und das Tagebuch, das ich während ihres Sterbens geführt hatte, ging verloren. Alles hatte ich auf einer Sicherheitsdiskette gespeichert – etliche Entwürfe zu einem Roman, Dutzende Rezensionen und Essays und wahrscheinlich Hunderte von Artikeln, nur das Tagebuch hatte ich weder ausgedruckt noch gespeichert, noch je eine Kopie davon gemacht. Was sicher mit meiner Ambivalenz gegenüber dem Schreiben zu tun hatte und dem, wohin es führt. Denn ich hatte nicht nur meine Gefühle festgehalten, sondern auch die konkreten Einzelheiten des Sterbens meiner Großmutter: Wie ihr Zeigefinger rosa schimmerte von der winzigen Pulsoxymetersonde, die man daran geklebt hatte; wie der Nebel aus der Sauerstoffmaske in ihrem Haar wisperte; wie ihre Haut immer mehr anschwoll und zugleich runzlig wurde, der Schale eines Bratapfels vergleichbar, und sich trotzdem noch ganz zart anfühlte. Wie wir ihre Lieblingslieder – »Embracable You« und »Our Love Is Here to Stay« – für sie sangen, obwohl sie uns nicht mehr hören konnte. Wie die Abstände zwischen ihren Atemzügen länger und länger wurden. Und dann den Moment, als sie gestorben war und die Schwestern kamen und ihr das Kinn mit einer weißen Binde hochbanden.

Ich schämte mich ob meines Bedürfnisses, die intimen körperlichen Vorgänge ihres Sterbens in Worte zu übertragen, tröstete mich aber beim Schreiben damit, dass das Tagebuch existierte und doch nicht existierte. Ich lebte in einem Übergangszustand, nicht unähnlich dem meiner Großmutter, als sie bewusstlos dalag, und auch mein geheimes Tagebuch wurde in meiner Vorstellung, was die Rabbis im Talmud *goses* nennen: ein Körper zwischen Leben und Tod, weder dem Himmel noch der Erde zugehörig. Doch als mein Computer abstürzte, wollte ich meine Worte zurückhaben. Ich trauerte um mein Tagebuch wie um meine Großmutter, durchlebte bei diesem virtuellen Verlust ihren Verlust noch einmal; er wurde endgültig. Das Sterbeprotokoll meiner Großmutter lag nicht mehr wohlverwahrt und jederzeit abrufbar im Computerschlaf. Meine Worte waren verschwunden.

Wirklich? Freunde, die sich auskannten, versicherten mir, dass in der Welt der Computer nichts jemals verschwindet. Wenn mir soviel daran liege, meinen Text zurückzubekommen, so gebe es Firmen, denen ich mein defektes Gerät zuschicken und wo man die unauslöschlichen Spuren meines Tagebuchs zusammen mit allem anderen, das ich jemals auf Festplatte gebannt hatte, abnehmen und retten könne. Es werde mich ein Vermögen kosten, sei aber machbar.

Dass nie etwas verloren geht, hört man häufig, wenn Leute über Computer sprechen. »Alle Operationen mittels digitaler Technologie«, warnt mein Internethandbuch, »hinterlassen Beweise, die automatisch gespeichert werden und anderen Personen oder Computern zugänglich sind.« In dieser Vorstellung steckt natürlich etwas Bedrohliches. Allerdings auch so etwas wie ein uralter Trost.

»Die ganze Menschheit stammt von einem Autor und ist in einem Band enthalten«, schrieb John Donne in einer seiner schönsten Meditationen. »Wenn ein Mensch stirbt, wird nicht ein Kapitel aus dem Buch herausgerissen, sondern in eine bessere Sprache übersetzt; und so muss jedes Kapitel übersetzt werden.« Als mir diese Stelle beim Tod meiner Großmutter einfiel, suchte ich in meiner alten Uniausgabe von Donne nach ihr, fand sie aber nicht und begnügte mich mit dem harscheren Zuspruch aus Psalm 121, der ohnehin besser zu meiner Großmutter passte. Doch als ich das Zitat schließlich fand (mehr darüber später), war es so eindringlich und schön, wie ich gehofft hatte. Die Fortsetzung lautet:

»Gott beschäftigt verschiedene Übersetzer; manche Stücke werden vom Alter übersetzt, manche von Krankheit, manche vom Krieg, manche von der Gerechtigkeit; aber Gottes Hand führt jede Übersetzung, und seine Hand wird all unsere verstreuten Blätter wieder zusammenbinden für jene Bibliothek, in der alle Bücher füreinander offen liegen werden.«

Damals erinnerte ich mich an Donnes Worte nur noch vage und ungenau, weshalb ich beschloss, sie, sobald sich die Möglichkeit bot, im Internet zu suchen. Außer zum E-Mailen hatte ich es noch nicht oft benutzt, allerdings irgendwo aufgeschnappt, dass die Universitäten riesige elektronische Text-Bibliotheken zusammenstellen, und sich jeder, der ein Modem besitzt, deren Bestand anschauen kann. Obgleich ich so manches zynische Wort zum Internet hatte fallen lassen, träumte ich insgeheim doch davon, dass es ein virtuelles Pendant zu John Donnes Himmel sein werde.

Ich wollte auch noch einen anderen Passus finden – nicht im Internet, sondern im Talmud, den ich mir wie das Internet gern als irdische Version von Donnes göttlicher Bibliothek vorstelle, einen Ort, an dem alles existiert, Hauptsache, man weiss, wie und wo man suchen muss. Ich hatte wiederholt über den erwähnten Talmud-Absatz mit dem *goses* nachgedacht, über die Seele, die weder tot noch lebendig ist. Die Entscheidung, meine Großmutter trotz ihrer »Patientenverfügung« und der Hoffnungslosigkeit ihres Zustands vom Atemgerät zu nehmen, hatte mich nämlich sehr verstört, und ich versuchte, mich an den Disput der Rabbis darüber zu erinnern, wie man einem Menschen, der auf den Tod zugeht, gestatten oder daran hindern kann, zu sterben.

Im Talmud wird dazu eine Geschichte erzählt. Ein großer Rabbi liegt auf den Tod darnieder und wird ein *goses*, kann jedoch nicht sterben, weil alle seine Schüler draußen um sein Leben beten, was seine Seele irritiert. Da klettert eine Frau auf das Dach der Hütte, in welcher der Rabbi liegt, und wirft ein Tongefäß hinunter. Der Lärm lenkt die Schüler ab, sie hören auf zu beten, und in diesem Augenblick stirbt der Rabbi, und seine Seele fährt in den Himmel. Auch der Frau, sagt der Talmud, ist ihr Platz in der erlösten Welt sicher.

Diese Geschichte, die sich dafür ausspricht, Sterbende gehen zu lassen, beruhigte mich, auch wenn ich wusste, dass der Talmud bei Themen, die das Lebensende betreffen, letztendlich unentschieden bleibt, da er wie immer eine Fülle von Argumenten und Gegenargumenten, Geschichten und Gegengeschichten anbietet. Ganz zu schweigen von dem Umstand, dass er im Jahre 500 kodifiziert worden ist, also lange bevor der technische Fortschritt Fragen von Leben und Tod komplizierter gemacht hat. Ich wusste auch nicht, ob ich mich an die Geschichte richtig erinnerte. Legte ich sie mir womöglich in einer Weise zurecht, die mich tröstete, den ursprünglichen Sinn aber verfälschte? Ich bin beileibe kein versierter Talmudschüler und traute weder meinen Interpretationskünsten noch meinem Gedächtnis. Doch aus der Erinnerung, dass die Rabbis das Thema tatsächlich diskutiert hatten, bezog ich enormen Trost.

»Drehe es und wende es, denn alles ist darin.« Dieser berühmte Satz eines talmudischen Weisen (der sonst absolut nichts gesagt hat, das der Talmud für überliefernswert erachtet), beschreibt den Talmud und steht *im* Talmud. Zwar beißt sich die Aussage, wie die Schlange im Symbol der griechischen Mythologie, selbst in den Schwanz, scheint aber die Worte des Weisen zu bestätigen. Der Talmud ist ein Buch und gleichzeitig kein Buch, und die

Sentenz fand leicht hinein, weil er – in Wort wie in Schrift – immer nach draußen gelangt und die Welt um sich herum in sich hineingezogen hat, während er sich selbst stets als das unveränderliche Wort Gottes bezeichnete.

Es mag ketzerisch klingen, doch ich kann mich des Eindrucks nicht erwehren, dass das Internet und der Talmud vieles gemeinsam haben. Die Rabbis bezeichneten ihn als *jam*, als Meer – und auch wenn man im Talmud wohl kaum »surfen« wird, verbindet diese zwei Wortuniversen doch mehr als ozeanische Metaphern. Unter anderem werden beide durch ihr riesiges Ausmaß und nicht zu kategorisierendes Wesen definiert. Als der große mittelalterliche Exeget Maimonides den Aufbau des Talmud vereinfachen und diese seltsame Mischung aus Geschichten, Mythen und Gebräuchen, juristischen Erörterungen, anthropologischen Glossen, Bibelauslegungen und den viele Generationen übergreifenden rabbinischen Streitereien auf simplere Grundbegriffe und rechtlich bindende Beschlüsse reduzieren wollte, wurde er als Häretiker angeprangert, weil er eben das Chaos durcheinanderbrachte, das mittlerweile als Ausdruck einer göttlichen Schöpferkraft betrachtet wurde. Letztendlich wurde Maimonides verziehen, und sein Werk, die Mischna Thora, ist nun eine der vielen Quellen, auf die sich jede Druckseite des Talmud bezieht – von genau dem absorbiert, was sie zu ersetzen suchte.

Die Mischna selbst – das gesetzgebende Kernstück des Talmud – ist in sechs umfangreiche Abschnitte unterteilt, die für sechs riesige Bereiche des jüdischen Lebens stehen, doch diese sechs Kategorien sind in zahlreiche Unterkategorien – Abhandlungen – mit einer noch viel riesigeren Zahl von Themen aufgegliedert, die allerdings anhand des Abschnitttitels, unter dem sie erscheinen, unmöglich aufzufinden sind. Das hebräische Wort für Abhandlung ist *masechet*, was wörtlich »Gewebe« bedeutet. Wie beim World Wide Web fängt nur die uralte, alles einschließende Metapher des Webens die Reichweite und Willkürlichkeit, das endlose Miteinanderverbundensein der Worte ein.

Wie oft habe ich beim Betrachten einer Seite im Talmud gedacht, welch unheimliche Ähnlichkeit sie mit einer Homepage im Internet aufweist, wo nichts in sich selbst vollständig und ganz ist, sondern auf der die Besucher mittels Icons und Dialogfeldern wie durch Pforten in eine Unendlichkeit aufeinander bezogener Texte und Diskussionen treten. Schauen wir uns eine Talmud-Seite genauer an: ein paar Zeilen aus der Mischna, dem Streitgespräch, das die Rabbis (schon etwa fünfhundert Jahre vor der Niederschrift) über ein breites Spektrum gesetzgeberischer Fragen führten, die zwar der Bibel entstammten, sich jedoch auf eine Vielzahl anderer Angelegenheiten erstreckten. Unter diesen wenigen Zeilen beginnt die Gemara, die Diskussion, die *spätere* Rabbis über die Diskussion *früherer* Rabbis in der Mischna führten. Sowohl die Mischna als auch die Gemara entwickelten sich mündlich über viele Jahrhunderte, und selbst zu solch wenigen Textzeilen trugen Rabbis, die Generationen auseinander lebten, bei und erweckten – innerhalb dieser einzelnen Passagen ebenso wie dadurch, dass sie daneben, darunter und darüber schrieben – den Anschein, als sprächen sie unmittelbar miteinander. Auch dieser Text enthält nicht nur juristische Dispute, sondern mythologische Erzählungen, Einsprengsel aus Geschichte und Menschheitsentwicklung sowie Bielinterpretationen. In einem schmalen Streifen innen auf der Seite verläuft der Kommentar Raschis, des mittelalterlichen Exegeten, der die Mischna, die Gemara sowie Bibelstellen interpretiert (auf die auch anderswo auf der Seite hingewiesen wird), die die ursprüngliche Debatte ausgelöst haben. Unter Raschi und auf der anderen Seite der Texte aus Mischna und Gemara wieder hinauf verlaufen die Kommentare der Tossafisten, Raschis Nachkommen und Schülern, zu seinem Werk samt allem, was er seinerseits kommentiert hat. Auf derselben Seite gibt es auch Querverweise zu anderen Passagen im Talmud und zu diversen mittelalterlichen jüdischen Gesetzessammlungen wie der des Maimonides oder dem Schulchan Aruch, dem großen jüdischen Gesetzeskodex von Joseph Karo aus dem sechzehnten Jahrhundert. Zu diesem Potpourri muss man dann noch die Beiträge des Studierenden selbst rechnen, der an einem Gespräch teilnimmt, das vor eintausendfünfhundert Jahren begonnen wurde.

Das ist nun sicher alles weit entfernt von dem Wirrwarr an Rezepten, Nachrichtenzusammenfassungen, Wetterberichten, Chatrooms, Universitätsbibliotheken, pornografischen Bildern, Rembrandt-Reproduktionen und wortreichen Selbstdarstellungen jedweder Couleur, die unkontrolliert durch den virtuellen Raum treiben und uns überfallen. Der Talmud verdankt seine Entstehung dem moralischen Imperativ des jüdischen Gesetzes, dem freien Spiel großer Geister, den Zwängen des Exils, dem selbstbewussten Bedürfnis, eine Kultur zusammenzuhalten, und dem dringlichen Wunsch, das sich offenbarende Wort Gottes zu erkennen und zu befolgen. Flugtickets kaufen oder ein Rendezvous vereinbaren wollte niemand. Darüberhinaus wurde er, nach Jahrhunderten der Existenz als mündlich überliefertem Konstrukt, schließlich schriftlich fixiert; von (weitgehend) namenlosen Redakteuren, Meistern der Gelehrsamkeit und schöpferischen Phantasie, die durch seine Gefilde geistern und unerkannt Stichworte liefern, Fragen aufwerfen und Antworten nebst Widerlegungen bieten, so dass man den Eindruck gewinnt, als sei trotz all der Vieldeutigkeiten ein organisierender Verstand am Werk.

Und dennoch muss ich, wenn ich eine Seite im Talmud aufschlage und all die Texte wie Einwandererkinder, die im selben Bett schlafen müssen, eng gedrängt auf einer Seite zusammengepackt sehe, an die verwirrende kunterbunt vermischte Kultur des Internet denken. Jahrhundertelang flogen *responsa*, Fragen zu buchstäblich jedem Aspekt des jüdischen Lebens zwischen den verstreuten Juden und verschiedenen Zentren des Talmudstudiums hin und her. Auch das Internet ist eine Welt grenzenloser Neugierde, der Auseinandersetzung und Information, und jeder, der ein Modem besitzt, kann eine Weile lang aus der Wortwüste hinauswandern, eine Frage stellen und eine Antwort bekommen. Ich finde es beruhigend, in einem modernen technischen Medium Anklänge eines uralten wiederzufinden.

Außerdem finde ich im Internet meine Herangehensweise ans Lesen wieder, die, das weiß ich schon lange, in ihrer Willkürlichkeit immer Teil meiner Begegnung mit Büchern und der Welt gewesen ist. Mit Macht kam mir das zu Bewusstsein, als ich die John-Donne-Passage suchte, die mich nach dem Tod meiner Großmutter getröstet hatte. Erfolglos hatte ich bereits versucht, die Stelle in meiner Modern Library-Ausgabe »Sämtliche Gedichte und ausgewählte Prosa« nachzuschlagen. Ehrlich gesagt, war mir der Text nicht aus dem Studium geläufig, sondern aus dem Film *Zwischen den Zeilen* mit Anthony Hopkins und Anne Bancroft. Das Buch, nach dem der Film gedreht wurde, *Charing Cross Road 84*, ein Bestseller aus dem Jahre 1970, ist eine Sammlung von Briefen einer amerikanischen Liebhaberin der englischen Literatur und eines britischen Buchhändlers, der ihr alte ledergebundene Ausgaben von Hazlitt, Lamb und Donne verkauft, vermutlich billig erworben aus den Bibliotheken großer Herrenhäuser, deren Besitzer nach dem Krieg Pleite gegangen sind. Mir kommt es so vor, als sei das Buch selbst ein Kommentar zum Untergang einer bestimmten Kultur des gedruckten Wortes. Die Amerikanerin liebt die Literatur, schreibt aber auch fürs Fernsehen und kauft eines Tages Walter Savage Landors »Imaginäre Unterhaltungen«, um sie fürs Radio zu adaptieren.

Jedenfalls holte ich mir in der Hoffnung, das Donne-Zitat zu finden, Helene Hanffs *Charing Cross Road 84* aus der Bücherei, wurde aber nicht fündig. Auch in dem Theaterstück, das ich mir ebenfalls besorgte und das nach dem Buch verfasst worden ist, wird es erwähnt, aber nicht abgedruckt; es steht nur eine kurze Diskussion über Donnes XV. Predigt darin. (Was die

Amerikanerin zu der Beschwerde veranlasst, daß sie nur eine gekürzte Version bekommen hat; sie mag ihre Donne-Predigten ungekürzt.) Also lieh ich mir ein Video des Films aus, und da war die Passage, von Anthony Hopkins wunderschön aus dem Off vorgetragen, allerdings ohne Quellenangabe, sodass ich sie nicht nachschlagen konnte. Unglücklicherweise war sie ebenfalls gekürzt, weshalb ich, mich schließlich ins Internet begebend, nach dem Satz »Die ganze Menschheit ist in einem Band enthalten« statt »Die ganze Menschheit stammt von einem Autor und ist in einem Band enthalten« forschte.

Was sich anfangs auch nicht erfolgreicher anließ als mein Gang in die Bibliothek. Ich hatte gedacht, ein Buch aus den unendlichen Tiefen aufzurufen sei eine Sache weniger Mausklicks, doch als ich die Website der Yale Library aufsuchte, stellte ich fest, dass die meisten ihrer Titel noch nicht als E-Texte existierten, die ich mir auf den Computer laden konnte. Aus irgendeinem Grunde hatte ich angenommen, dass die Welt digital geworden sei, und obwohl ich diese Vorstellung lange gefürchtet, mich aber auch darüber mokiert hatte, reagierte ich nun regelrecht enttäuscht und frustriert, als dem noch nicht so war. In einem allerletzten Versuch gab ich den Satz »Gott beschäftigt viele Übersetzer« ein. Und siehe da! Die Passage, die ich so lange gesucht hatte, stand endlich vor meinen Augen, und zwar nicht, wie sich dann ergab, als Teil einer hochgelehrten Bibliothekssammlung, sondern einfach nur deshalb, weil jemand, der John Donne mag, sie auf seine Homepage gesetzt hatte. (Am Ende des Zitats las ich den bezaubernden Satz »Dieser dünne Faden ist gesponnen worden von…«, gefolgt von dem Namen des Mannes und seiner Internet-Adresse.) Dort im unermesslichen eisigen Cyberspace fühlte ich mich einen Moment lang meiner Großmutter nahe, John Donne – und einem Fremden, der sein Geld damit verdiente, Software zu entwickeln.

Die Zeilen, die ich gesucht hatte, stammen aus der XVII. Meditation in »Andachtsübungen für Notfälle des Lebens«, was zufällig das Berühmteste ist, das Donne je geschrieben hat, und wahrhaftig auch den Satz »Und deshalb frage nie, wem die Stunde schlägt; sie schlägt dir« enthält. Meine Suche hatte mich von einem Film zu einem Buch und einem Theaterstück, dann wieder zurück zu einem Buch geführt. (Die Stelle war übrigens doch in meiner Modern Library-Ausgabe, aber woher sollte ich ahnen, dass sie nach »Kein Mensch ist eine Insel« kam?) Ich hatte mich all dieser Mühen unterzogen, weil ich etwas finden wollte, das jemand mit einer soliden Allgemeinbildung vor dreißig Jahren womöglich auswendig hätte hersagen können. Andererseits sind die Worte vielleicht auch nur deshalb so berühmt, weil Hemingway sich ihrer für seinen Buchtitel bedient hat. Die Literatur wird ja schon lange regelmäßig ausgeplündert und zerstückelt.

Wären aber die Bücher in E-Texte verwandelt worden und die von Donne, Hemingway und Hanff zusammen auf meinem Bildschirm erschienen und dort aufeinandergestoßen, hätte mich das keineswegs gestört. Vielleicht steckt in Büchern eine Kraft, die ihnen ein Leben über ihre gebundenen Leiber hinaus verleiht.

Trotzdem will ich meine Angst nicht verhehlen, dass das Buch als physischer Gegenstand verloren geht. Donne stellte sich vor, dass Menschen, die sterben, wie Bücher werden, aber was passiert, wenn Bücher sterben? Werden sie in einer neuen geistigen Gestalt wiedergeboren? Wächst das Internet aus dem zerstörten Körper des Buches? Das würde eine andere Ähnlichkeit erklären, die ich zwischen dem Internet und dem Talmud empfinde: Auch der Talmud ist partiell aus einem Verlust entstanden.

Er bot einer entwurzelten Kultur eine virtuelle Heimat und erwuchs aus der Notwendigkeit, dass die Juden ihre Kultur in Worte packen und in die Welt hinaus wandern mussten. Als der Tempel – Gottes vor-talmudisches Haus – in Ruinen lag und die Tempelbräuche, die Rituale des Blutes und Feuers und der körperlichen Bußhandlungen leibhaftig nicht mehr vollzogen werden konnten, wurde der Talmud entscheidend für das Überleben des jüdischen Volks. Als das jüdische Volk – wie Gott (den Tempel) – seine Heimat verlor (das Land Israel), gestaltete es sein Dasein in einer neuen Form, und aus dem Volk des Tempels und des Landes wurde das Volk des Buches, weil es sonst keinen Ort zum Leben hatte. Dieser physische Verlust wird häufig übersehen; für mich freilich bildet er trotz des Reichtums des Talmud dessen Kern. Das Internet, das uns ja, wie man uns fortwährend erzählt, alle verbindet, ruft in mir ein ähnliches Gefühl der Diaspora hervor, ein Gefühl, als befände ich mich überall und nirgends. Wo anders als mitten in der Diaspora *braucht* man eine Homepage?

Eine Erzählung im Talmud fängt diese mysteriöse Transformation einer Kultur in eine andere ein. Es ist die Geschichte von Jochanan ben Sakkaj, dem großen Weisen des ersten Jahrhunderts. Er lebte im belagerten Jerusalem am Vorabend der Zerstörung durch die Römer, begriff, dass Stadt und Tempel dem Untergang geweiht waren, und bat die Römer deshalb um die Erlaubnis, außerhalb eine Jeschiwa zu begründen. Um Jochanan hinauszubringen, ohne dass ihn die Zeloten umbrachten, versteckten seine Schüler ihn in einem Sarg und trugen ihn fort. Nicht weil sie die Römer hinters Licht führen wollten, sondern die jüdischen Zeloten, die Jerusalem bewachten und jeden umbrachten, der nicht bereit war, mit der Stadt zu sterben.

Genau dazu war Ben Sakkaj nicht willens. Kaum befand er sich außerhalb der Stadtmauern, holte er sich bei dem römischen Feldherrn Vespasian noch einmal die Genehmigung für eine Jeschiwa. Er bekam sie, und in Jawne erblühte das Studium des mündlichen Gesetzes, nahm die Mischna Gestalt an. In Jawne wurde die talmudische Kultur gerettet, während die Tempel-Kultur unterging. In gewissem Sinn ist Ben Sakkajs Reise im Sarg die symbolische Durchführung der Transformation des Judaismus von einer Religion der Körperlichkeit in eine Religion des Geistes und des Buchs. Die Juden starben als Volk des Körpers, des Landes, des Tempeldienstes mit Feuer und Blut und wurden in einem der menschheitsgeschichtlich größten Verwandlungsakte als Volk des Buches wiedergeboren.

An Jochanan ben Sakkaj in seinem Sarg muss ich denken, wenn ich nun erlebe, wie wir, Bücher und Menschen zugleich, durch die Pforten des Computerzeitalters treten und in eine neue, globale Diaspora gehen, in der wir überall sind – nur nicht zu Hause. Andererseits vermute ich, dass das Schreiben in jeglicher Form stets etwas Unbefriedigendes, etwas Geisterhaftes, Entkörperlichtes hat, und es wäre ungerecht, den Computern und dem Internet die Schuld dafür zu geben, dass sie das, was an Worten immer enttäuschend war, verstärken. Will wirklich jemand ein Buch in John Donnes Himmel sein?

Ein paar Wochen, nachdem mein Computer abgestürzt war, gab ich nach und schickte ihn zu einer schicken Firma in Virginia, wo – für mehr Geld, als das Gerät ursprünglich gekostet hat – Techniker tatsächlich von meiner Festplatte die Spuren all dessen abnahmen, was ich je in meinen Computer während der sieben Jahre seiner Benutzung eingegeben hatte. Auf etlichen Disketten und einer einzigen CD-ROM bekam ich es zugeschickt. Die Diskette mit meinem Tagebuch fand ich sofort, steckte sie in den PC meiner Frau und druckte sie aus.

Und ich musste feststellen, dass ich im Verlauf der zweimonatigen Krankheit meiner Großmutter nur sechs- bis siebenmal in mein Tagebuch geschrieben hatte. Aus irgendeinem Grunde hatte ich mir eingebildet, dass ich das ganze Martyrium mit jedem winzigsten Detail getreulich aufgezeichnet hatte, und war nun verblüfft, wie dürftig und knapp sich meine Eintragungen tatsächlich lasen. Wo waren die langen Stunden geblieben, während derer ich ihre Hand gehalten hatte? Die einseitigen Gespräche – was hatte ich gesagt? Die ruhigen, traumgleichen Nachmittage mit der Familie, an denen wir in den Warteräumen gegessen und geredet hatten?

Wo, vor allem war meine Großmutter? Ich freute mich natürlich, dass ich mein Tagebuch wiederhatte, und ich hätte jederzeit noch einmal dafür bezahlt, es zurückzubekommen, doch erst, als ich meine eigenen kärglichen Worte vor mir sah, begriff ich endlich, wie viel ich verloren hatte.

[Aus dem Englischen von Sigrid Ruschmeier]

ROBERT DARNTON

Das neue Zeitalter des Buches

Über E-Books und Wissenschaft

Die Zukunft, zumindest soweit sie von Marshall McLuhan vorausgesagt wurde, ist bislang noch nicht eingetreten. Zugegeben, wir haben das Internet, das allgegenwärtige Fernsehen bestimmt zunehmend unser Bild von der Welt. Überhaupt die »Medien«, allen voran die elektronischen. Mit Hilfe von SMS und WAP braucht heutzutage selbst der Wanderer im Hochgebirge nicht mehr unvernetzt zu bleiben. Und trotzdem hat der Cyberspace das gedruckte Wort nicht verdrängen können. Entgegen McLuhans Prophezeiung aus dem Jahr 1962 – »Print« lebt. Staub angesetzt hat dagegen eher McLuhans Vision eines völlig neuen Kapitels in der Kulturgeschichte der Menschheit. Die Idee eines ungedruckten Universums, das allein von multimedialen Datenströmen gelenkt wird, mag vor dreißig Jahren die Phantasie beflügelt haben, als Wegweiser für das neue Millennium taugt sie wenig. Es gibt sie immer noch, die »Gutenberg-Galaxie«, und ihre Erforschung gelingt nach wie vor nur dem »typographischen Menschen«, dem Leser also.

Man braucht sich auch nur einmal so ein Buch anzusehen, um zu begreifen, warum es nicht kaputtzukriegen ist. Seit der Erfindung des Codex im dritten bis vierten Jahrhundert ist es *der* Datenträger, leistungsfähig bei der Verwaltung selbst großer Informationsmengen, dabei stets übersichtlich, Platz sparend, robust und extrem benutzerfreundlich. Ein Buch kann man auch im Bett lesen. Man braucht es weder herunterzuladen noch zu installieren noch aufzurufen – und ein Upgrade erübrigt sich sowieso. Es ist einfach nur da, ist schön anzusehen und liegt darüber hinaus auch noch angenehm in der Hand. Gerade diese seine Handlichkeit hat es seit Tausenden von Jahren zum primären Instrument der Wissensvermittlung gemacht. Bücher gab es schon lange vor Gründung der Bibliothek von Alexandria im vierten vorchristlichen Jahrhundert.

Weswegen also das ewige Wehgeschrei über den angeblich nahe bevorstehenden Untergang des Buches? Es liegt wohl weniger an der Richtigkeit von McLuhans Voraussagen als an dem Tempo mancher Ereignisse und dem Zwang zur Aktualität. Hier hinken die beweglichen Lettern den Direktschaltungen, Videoschnipseln und Web-Nachrichten deutlich hinterher. Die Monica-Lewinsky-Affäre war so ein Fall, sie spielte sich zum großen Teil im Internet ab. Und natürlich konnte Matt Drudge, Cyber-Hero und Rampensau des Online-Journalismus, seinen Scoop auf www.drudgereport.com fixer präsentieren als die amerikanischen Tageszeitungen. Auch der Starr-Report erschien zuerst auf der Website des Weißen Hauses – mit durchschlagendem Erfolg. Innerhalb von vierundzwanzig Stunden registrierte der Web-Counter sechs Millionen Besucher.

Noch ganz betäubt von den Möglichkeiten der neuen Technologie, erfuhr die amerikanische Öffentlichkeit gleichzeitig von so genannten »E-Books«, tragbaren Kleincomputern, die online mit Lesestoff gefüttert und anschließend Seite für Seite konsumiert werden können, nur das Umblättern entfällt. Auch der Wissenschaftsbetrieb reagierte schnell. Im Rahmen des JSTOR-Projekts hat die Andrew W. Mellon Foundation inzwischen eine Vielzahl von Fachzeitschriften für Bibliotheken zugänglich gemacht, online und zu durchaus moderaten Preisen, so dass bisher unerschwingliche Periodika künftig zumindest auf dem Bildschirm verfügbar sind. Cyber ist auch bei der Stadtbibliothek in New Yorks 42ster Straße auf dem Vormarsch. Dort kommen auf 50 000 Ausleihen im Lesesaal schon jetzt zehn Millionen Web-Besucher. Alles, so scheint es, wird zunehmend digitalisiert und mit Links und Hyperlinks vernetzt. In einer Zukunft aber, die Zeitschriften ohne Seiten kennt, Bibliotheken ohne Öffnungszeiten und in der die Zeitung von gestern, verglichen mit den elektronischen Medien, meistens schon von vorgestern ist, wo bleibt da das Buch? Hat es überhaupt eine Zukunft?

Immerhin, die Kassandrarufe ertönen, seit 1945 der ungetüme Memex-Computer ratternd seinen Betrieb aufnahm. In all den Jahren ist das Buch schon so häufig totgesagt worden, dass es am Ende kaum mehr verwundert, wenn es dem Patienten eigentlich prächtig geht. Manche Titel verzeichnen dank neuer Vertriebswege, nicht zuletzt über das Internet, sogar Verkaufszahlen, die früher undenkbar waren. Die Paperbackausgabe des Starr Report etwa setzte sich gleich nach Erscheinen an die Spitze der Bestsellerliste, und das, obwohl derselbe Text kostenlos im Netz zu haben war. Überhaupt ist seit Einführung des PC der Verbrauch von bedrucktem Papier keineswegs gesunken, sondern gestiegen. Und sogar Bill Gates, Vorstandsvorsitzender und Geschäftsführer der Microsoft Corporation, bekannte sich in einer Rede zu den Vorteilen der Druckseite gegenüber der Bildschirmdarstellung.

> (…) Besonders bei längerer Lektüre ist der Qualitätsunterschied zu gedruckten Seiten deutlich zu bemerken. Selbst ich mit meinen teuren High-End-Bildschirmen, der sich gern als Verfechter des Internet-Lifestyles ansieht, muss sagen: Alles über vier, fünf Seiten drucke ich mir lieber aus. Die Ausdrucke kann ich dann überallhin mitnehmen und am Rand meine Notizen machen. Die Computertechnik wird sich Einiges einfallen lassen müssen, um diesen Grad von Benutzerfreundlichkeit zu erreichen.

Der ganze Ansatz, so Gates weiter, müsse »äußerst radikal« überdacht werden, bevor die Digitaltechnik so alltagstauglich sei, dass sie die Papierform wirklich ersetzen könne. Kurz, der alte Codex, bestehend aus gefalteten und gebundenen Lagen von Papier, verflüchtigt sich noch lange nicht im Cyberspace.

Woher aber dann die nachhaltige Faszination, die von Electronic Publishing ausgeht? Sie war übrigens nicht immer gleich, sondern hat mehrere Phasen durchlaufen. Waren zunächst geradezu utopische Erwartungen an die Digitalisierung des Wissens geknüpft, hielt alsbald die Ernüchterung Einzug und man suchte statt eines neuen Weltentwurfs lieber wieder nach rein praktischen Lösungen. Aber am Anfang stand tatsächlich die Idee eines elektronischen Paralleluniversums, in dem alles zu haben war, es jedoch dem User/Leser überlassen blieb, das Chaos zu ordnen. Mittlerweile hat sich herumgesprochen, dass die Lektüre am Computerbildschirm eine Zumutung für die Augen darstellt und Stöße von Hardcopies ein Chaos verursachen, das sogar für Ordnungsfanatiker irgendwann nicht mehr zu bewältigen ist. Erst allmählich zeigt sich, wo die Schnittstelle zwischen virtuellen und realen Büchern liegen könnte.

Eines der Haupteinsatzgebiete für E-Books ist natürlich der akademische Bereich und dort vor allem in den Geistes- und Sozialwissenschaften, wo die Herstellungskosten für Einzelpublikationen in den letzten Jahren derart stark gestiegen sind, dass sie die Spezies der wissenschaftlichen Monographie insgesamt gefährden. Die Bedrohung ist deshalb so groß, weil hier gleich drei Ursachen zusammenwirken.

Zum einen haben die kommerziellen Wissenschaftsverlage die Abonnementspreise für Fachzeitschriften in eine Höhe getrieben, die das normale Budget einer Universitätsbibliothek bei Weitem übersteigt. Folge: Um den Bestand an Zeitschriften zu erhalten, wurden die Mittel für die Anschaffung von Einzelpublikationen drastisch gekürzt. Folge davon wiederum: Die Universitätsverlage stellten nach und nach alle diejenigen Werkreihen ein, für die es allem Anschein nach keinen Bedarf mehr gab. Wissenschaftler in den betroffenen Fachgebieten standen plötzlich ohne

Forum da, auf dem sie die Ergebnisse ihrer Forschung hätten präsentieren können. Schuld an der Krise war dabei weniger die Qualität ihrer Arbeiten als der Mechanismus des Marktes. Hart trifft es auch den Nachwuchs, denn ohne entsprechende Publikationsliste ist eine akademische Karriere nach wie vor ausgeschlossen.

Angestoßen wurde das Preiskarussell in den siebziger Jahren und ein Ende ist nicht in Sicht. Ein Abonnement von *Brain Research* kostet mittlerweile phantastische 15 203 Dollar, das *Journal of Comparative Neurology* immerhin noch 13 900 Dollar. Fast wie ein Schnäppchen mutete dagegen *Nuclear Physics B* an, hier ist man schon mit 11 267 Dollar dabei. Sicher, es gibt Alternativen. Die Fachverbände und wissenschaftlichen Vereine beispielsweise publizieren wesentlich günstiger als die kommerziellen Verlagsanstalten. Nicht wenige Wissenschaftler stellen ihre Arbeiten vor Veröffentlichung online zur Verfügung. JSTOR verspricht hoch und heilig, geistes- und sozialwissenschaftliche Fachzeitschriften noch leichter zugänglich zu machen als bisher. Es hilft aber alles nichts, die namhaften und meist kommerziellen Periodika bleiben das Non plus ultra des Wissenschaftsbetriebs und die Uni-Nomenklatura verfügt allemal über genügend Einfluss, Abo-Kündigungen zu verhindern. Aber selbst im Fall einer Kündigungswelle wirken geradezu paradoxe Marktkräfte. Die betreffende Zeitschrift wird nämlich nicht etwa preiswerter, sondern verteuert sich noch weiter. Erfahrene Bibliotheksleiter ahnen längst, dass sie in einem Teufelskreis gefangen sind. Und für so manchen von ihnen scheint die Vorstellung gar nicht mehr so abwegig, dass eine Zeitschrift selbst mit einem einzigen Abonnenten weiter existieren könnte – allerdings zu einem astronomischen Bezugspreis. Zur Zeit behilft man sich noch damit, dass man lediglich die Bücher den Zeitschriften opfert.

Die zweite Gefahr folgt fast zwangsläufig und trifft das akademische Leben an einer äußerst empfindlichen Stelle, nämlich an den universitätseigenen Verlagen. Einer Daumenregel aus den siebziger Jahren zufolge konnten die wissenschaftlichen Lektorate darauf vertrauen, mindestens 800 Exemplare jeder Neuerscheinung bei anderen Bibliotheken abzusetzen. Heutzutage liegt diese Zahl bei 400 und darunter, zu wenig, um kostendeckend zu produzieren. Selbst Titel, die noch vor zwanzig Jahren kein Bibliothekar abgelehnt hätte, werden so zum unkalkulierbaren Risiko. Band 1 der Benjamin-Franklin-Gesamtausgabe beispielsweise, erschienen im Jahr 1959, wurde 8407-mal verkauft, Band 33 aus dem Jahr 1998 verkümmerte bei 753 Exemplaren.

Alarmiert von der dramatisch sinkenden Nachfrage, beauftragte die Association of American University Presses (AAUP) den ehemaligen Direktor der Princeton University Press, Herbert Bailey, mit der Ursachenforschung. Das war 1990. Baileys Ergebnisse jedoch bestätigten die allgemeinen Mutmaßungen über den Trend nur bedingt. Er fand nämlich heraus, dass zwischen 1978 und 1988 die Zahl der Neuerscheinungen um 51 Prozent zugenommen hatte. Die Universitätsverlage waren dem wachsenden Konkurrenzdruck mit einer Ausweitung des Programms und saftigen Preisaufschlägen begegnet. Kostenneutral war diese Strategie nur auf dem Papier, denn der drastische Anstieg an Novitäten, betreut von einer gleich bleibenden Zahl von Lektoren, ging zu Lasten der editorischen Qualität – und das auch keineswegs unbemerkt.

1990 war auch damit Schluss. In ihrer prekären Lage traten die Universitätsverlage endgültig die Flucht nach vorn an. Die Anzahl der Neuerscheinungen blieb auf ihrem halsbrecherisch hohen Niveau, die der wissenschaftlichen Titel sank kontinuierlich. Man behalf sich entweder mit Notlösungen, die immer irgendwie gehen, Bildbänden über Vögel, Kochfibeln und Sportbüchern oder mit so genannten Midlist-Titeln, Hybridprodukten zwischen Masse und Klasse, die von den großen Publikumsverlagen links liegen gelassen wurden, weil deren Kerngeschäft ohnehin ganz woanders lag, bei der Ratgeber- und Lebenshilfeliteratur und dem ganzen anderen Ramsch, der heutzutage die Regale der Buchhandlungen verstopft.

Einen Ausweg aus der Zwangslage versprachen sich viele Wissenschaftsverlage mit einem Gemischtwarenangebot aus politisch korrekten Modethemen von Frauenforschung bis Postmoderne. Die aktuellen Debatten lieferten die Stichworte dazu: *Gender, Postcolonialism, African-American Studies*. Schwul-lesbisches war darunter, ein bisschen Sex, viel Gesellschaftspolitik. Der Frühjahrskatalog von Routledge, einem kommerziellen Verlagshaus mit intellektueller Ausrichtung, nennt 258 Neuerscheinungen aus 27 Gebieten. Allein 37 Titel befassen sich mit Geschlechteridentität, Frauenfragen und Sexualität, 39 zählen zu einer Kategorie, die von Routledge selbst als *Cultural Studies* bezeichnet wird, 26 kommen aus der historischen Ecke. Dies alles muss der akademischen Forschung nicht unbedingt entgegenstehen, auch angesagte Themen können die seriöse Wissenschaft positiv beeinflussen. Aber allzu leicht drängen eben die Erfolgsbücher die eher konventionelle Forschung aus dem Programm.

Ist das wissenschaftliche Buch deshalb am Ende? Zwischen 1997 und 1998 beschäftigten sich gleich mehrere Konferenzen mit dieser Frage und wie so oft gab es keine eindeutige Antwort. Jeder Professor kennt Fachgebiete, für die sich praktisch kein Verlag interessiert, doch ebenso die berühmte Ausnahme von der Regel. Einerseits gelten Afrika-, Asien- oder Lateinamerikastudien als besonders schwer vermittelbar, andererseits hat ein Buch über afrikanischer Hexenkulte oder Volksreligionen im Peru des achtzehnten Jahrhunderts durchaus eine Chance – sofern es auf den Leselisten anthropologischer oder religionswissenschaftlicher Seminare landet. Die AAUP ist derzeit dabei, eine Liste der gefährdeten Arten unter den wissenschaftlichen Büchern zu erstellen, doch grundsätzlich ist wohl jede Fachrichtung betroffen, auch wenn der Nachweis noch aussteht.

Was aber hat es mit der gängigen Klage auf sich, es würde einfach viel zuviel produziert, ohne Rücksicht auf wissenschaftliches Interesse oder auch nur Verwendbarkeit? In der Kritik steht vor allem jene selbstherrliche Professorenkaste, die längst jede Bodenhaftung verloren hat und praktisch nur noch für ihresgleichen schreibt. Diese Art isolierte Publizitis ist eine Krankheit für sich und so manche schreibbesessene Koryphäe hat mit ihrer verblasenen Diktion nicht nur den normalen, gebildeten Leser verscheucht, sondern ganze Fachrichtungen in Verruf gebracht wie etwa die Literaturwissenschaft. Der Ehrlichkeit halber sei aber gesagt, die überwiegende Mehrheit der Wissenschaftler hat dieser Versuchung widerstanden und manch wichtiges Buch erschließt sich ohnehin nur einem kleinen Kreis von Spezialisten. Gleichwohl bleibt die Frage: Kann ein verdienstvolles Werk, ein Buch also, das eher durch Solidität als durch Sensationsmache besticht, heutzutage erwarten, auch veröffentlicht zu werden? Vor zwanzig Jahren ging das.

Nachfragen bei den Universitätsverlagen bringen indes durchweg Trauriges zu Tage. Da werden Beispiele genannt von hervorragenden Monographien, die wie Blei in den Regalen liegen. Sanford Thatcher von der Penn State University Press weiß von einem Buch über Brasilien im neunzehnten Jahrhundert, welches zwei Preise gewonnen hat und dennoch kaum über 500 verkaufte Exemplare hinauskam. Oder jene Studie über den Islam in Zentralasien, von der trotz begeisterter Kritiken und zweier Auszeichnungen lediglich 215 Leinenausgaben und 691 Paperbacks abflossen. Meine persönliche Horrorstory betrifft eine Monographie über die Französische Revolution. Drei wichtige Preise gewonnen, Absatz lustlos: gerade einmal 183 Exemplare in Leinen, 549 Taschenbücher.

Daneben gibt es natürlich immer noch die Gebiete, die unverändert gut laufen, der Amerikanische Bürgerkrieg etwa. Auch sollte man sich davor hüten, bestimmte Fächer ganz abzuschreiben. (Allein der Begriff »Fach«

klingt heutzutage verdächtig nach Tellerrand – und das in einer akademischen Gemengelage, die viel zu komplex geworden ist, als dass sie sich säuberlich in Einzeldisziplinen aufteilen ließe.) Aber letztlich haben die Universitätsverlage genau das getan: Schadensbegrenzung durch Ausgrenzung prospektiver Ladenhüter. Der Markt steckt unübersehbar in der Krise, und ganz egal, ob und wie die Verlage überleben, klar ist nur: Langfristig steht wohl das wissenschaftliche Buch insgesamt zur Disposition.

Die bedrohliche Situation verheißt, dritte Folge, auch nichts Gutes für den akademischen Nachwuchs. Jeder wissenschaftliche Assistent kennt heutzutage den kategorischen Imperativ der Zunft: *Publish or perish*. Im Klartext: Ohne größere Veröffentlichung keine feste Stelle, schon gar keine Professur. Und selbst wer nach der Promotion eine Assistentenstelle ergattern kann, die Schwierigkeiten beginnen erst. Ein Umzug steht an, die Vorbereitung der ersten Seminare, möglicherweise die Gründung einer Familie – und ganz nebenbei die Verfertigung eines wissenschaftliches Werks. Selbst im günstigsten Fall, wenn es besagtem Assistenten also tatsächlich gelingen sollte, innerhalb von drei bis vier Jahren seine Doktorarbeit zur wissenschaftlichen Monographie umzustricken, die Chancen einer Veröffentlichung sind mehr als dürftig.

Dürftig vielleicht, sagen die Zweifler, die an eine Krise nicht glauben mögen, aber im Ansatz doch vorhanden. »Zeigen Sie mir eine gute Doktorarbeit«, heißt es dann, »die diese Hürde über kurz oder lang nicht genommen hätte. Oder einen begabten Assistenten, der auf lange Sicht nicht zu Amt und Würden gekommen wäre.« Und Zyniker fügen gern hinzu: »Es gibt eben zu viele Bücher und viel zu viele Leute, die nur Karriere machen wollen.« Konkrete Zahlen, die diese Einschätzung widerlegen könnten, gibt es kaum, dafür reichlich Anekdoten. Richard Bulliet von der Columbia University nennt jenen Studenten, der die beste Dissertation seines Abschlussjahrgangs geschrieben hatte und dennoch keinen Verlag dafür fand, weil das Fachgebiet, *Middle East Studies*, zu den schwer vermittelbaren gehörte. Meist reicht auch ein Besuch bei Universitätsverlagen, um einen Eindruck vom Ausmaß der Misere zu gewinnen. Stapelweise ungedrucktes Material und ein frustrierter Lektor, der einem seufzend erklärt, für mehr als zwei bis drei Dissertationen pro Jahr reiche das Geld nicht. Dazu der wachsende Druck seitens der universitären Auswahlgremien, die vor die Anstellung eines Kandidaten die Veröffentlichung einer Doktorarbeit gesetzt haben – selbstverständlich unter Beifügung entsprechender Gutachten und Kritiken.

Die Universitätsverlage ihrerseits lassen sich vernünftigerweise nur ungern in das Einstellungsprozedere hineinziehen, wenngleich aus den falschen Gründen. Weit stärker als etwaige Kompetenzüberschneidungen beschäftigt sie nämlich die Kostenseite der ganzen Unternehmung. Aber da eben nur eine Minderheit der eingereichten Arbeiten tatsächlich in Druck gehen kann, wird aus den Verlagen unversehens diejenige Instanz, die über Wohl und Wehe der Autoren entscheidet. Wer vor den Verlagen nicht bestehen kann, der bleibt für immer außen vor und gehört von da an zur akademischen Reservearmee der Aushilfs-, Vertretungs- und Teilzeitdozenten.

Mag sein, dass der eine oder andere diese Unabhängigkeit sehr zu schätzen weiß. Barbara Tuchmann zum Beispiel hat bewiesen, dass erstklassige Geschichtsforschung auch außerhalb der Alma mater betrieben werden kann. Doch Barbara Tuchmann stammt aus einer wohlhabenden Familie und war auch finanziell immer unabhängig. Die Mehrheit der freien Dozenten hingegen muss sehen, wo sie bleibt. Hier ein Seminar, dort ein Tutorium, und ohne zusätzliche Nebenjobs läuft gar nichts. Unterbezahlt, gering geschätzt und ohne soziale Absicherung fristen sie ein Dasein, das dem der Steinbeck'schen Wanderarbeiter aus der Staubschüssel Oklahoma erschreckend nahe kommt. Hier entsteht ein intellektuelles Subproletariat, das aus dem Kofferraum lebt, kaum mehr besitzt als einen Laptop und einen alten Wagen und jahrein, jahraus armseligen Jobs hinterherfährt.

Kann vor diesem Hintergrund ausgerechnet das Electronic Publishing das Heil bringen? Die erste Phase der E-Book-Begeisterung ist ja mittlerweile abgeklungen und sollte uns vor überzogenen Hoffnungen warnen. Kurioserweise sind heute die treuesten Anhänger der Internet-Utopie zugleich Verfechter einer strikten Marktpolitik. Ginge es nach ihnen, würden es allein die segensreichen Kräfte des Marktes schon richten. Freie Unternehmer auf einem freien Markt, dazu eine Handvoll guter Suchmaschinen und das Wunder nimmt seinen Lauf. Das Wunder: Qualität setzt sich endlich durch, der Schrott verschwindet wie von selbst aus dem Markt.

Das mag für einige Konsumgüter gelten, vielleicht sogar für Publikumsbücher, immerhin hat Amazon.com viele tausend Titel, die in Buchläden nie zu bekommen waren, de facto erst erhältlich gemacht. Für alle diejenigen hingegen, die sich um die Zukunft des wissenschaftlichen Diskurses Gedanken machen, klingt eine solche Botschaft eher wie aus dem Munde der Dickens-Figur Mr. Micawber – dessen Motto lautete: Erst mal gar nichts unternehmen, alles andere wird sich schon ergeben. Dabei braucht der Cyberspace, nicht anders als die Wirtschaft, feste Regeln. Die Wissenschaft darf nicht tatenlos mit ansehen, wie ihr unter dem Vorwand der Krise jegliche Qualitätskontrolle aus der Hand genommen wird, sondern muss eigene Initiativen ergreifen. Dies kann an zwei Punkten geschehen, einerseits dort, wo der Nachwuchs mit eigenen Büchern die Szene betritt, andererseits bei gestandenen Gelehrten, die mit neuen Formen wissenschaftlichen Schreibens experimentieren.

Sicherlich könnte man unbegrenzt neue Dissertationen ins Netz stellen. Verschiedene Programme für diesen Service stehen schon zur Verfügung und sind nicht einmal schlecht. Jedenfalls ermöglichen sie dem Leser den Zugang zu wissenschaftlichen Texten, wenn auch für gewöhnlich entweder in abgespeckter Form oder als reine Übersichtsinformation. Vor allem in den Geistes- und Sozialwissenschaften stehen vollwertige E-Books noch aus. Denn wer einmal eine Dissertation im Rohzustand gesehen hat, weiß, dass man dabei normalerweise von einem Buch noch nicht sprechen kann. Zwischen einer Dissertation und einem Buch liegen Welten. Um überhaupt erst mal so etwas wie Lesbarkeit herzustellen, muss der komplette Aufbau geändert, müssen Teile verschlankt, andere ergänzt werden, kurz und gut, der Text muss von A bis Zett neu geschrieben werden, vorzugsweise mit Unterstützung eines erfahrenen Lektors.

Lektoren verweisen deshalb gerne darauf, dass diese Runderneuerung einen »Mehrwert« darstellt. Allerdings ist es mit der redaktionellen Begleitung noch nicht getan. Die Kritik der Kollegen gehört ebenso dazu wie ein vernünftiges Seitenlayout. Und selbst vermeintlich nachgeordnete Stationen wie Druckerei, Binderei und Vertrieb entscheiden maßgeblich darüber, in welchem Zustand das Buch seinen Leser erreicht. Kaum anzunehmen, dass sich dieser Ablauf per E-Publishing bedeutend vereinfacht, im Gegenteil. Erhöhen aber könnte sich der Nutzwert. Einer E-Dissertation könnte theoretisch eine unendliche Zahl von Datenbanken angehängt sein. Links könnten den Leser zu verwandten Publikationen führen und so weiter zu immer entlegeneren, so dass sich auf einmal Zusammenhänge ergäben, wie sie so noch nie hergestellt wurden. Sind erst die technischen Probleme gelöst, wären die Verlage den ärgsten Kostendruck los und in den Regalen der Bibliotheken wäre ebenfalls wieder Platz.

Sicher, bis dahin ist es noch ein weiter Weg. Vor allem die Anfangsinvestitionen in geeignete Suchmaschinen und neues technisches Personal sind extrem hoch. Und ehe sich noch kein richtiger Mark gebildet hat, werden E-Angebote für den Nutzer auch nicht unbedingt preiswert zu haben sein. Doch dass es sie geben wird, damit rechnen auch die Verlage. Sie wollen an die Bibliotheken künftig Nutzungslizenzen für Sites mit umfangreichen

E-Book-Archiven verkaufen. Mit einem speziellen Passwort kann dann der Leser das gewünschte Werk aufrufen und je nach Bedarf ausdrucken, eine Bindemaschine verarbeitet schließlich diese Loseblattsammlung zu einem Taschenbuch, das ganz normal mit nach Haue genommen werden kann. Die Technik hierfür existiert bereits, sogar für Bücher, die noch nicht einmal digital erfasst sind – Kostenpunkt zur Zeit noch 150 Dollar, Tendenz fallend. (Derartige Do-it-yourself-Abläufe, Stichwort »Print on Demand«, werden eines Tages möglicherweise das Gesicht der gesamten Verlagslandschaft verändern.) Dennoch bleiben natürlich fachliche Kompetenz und professionelles Management grundlegende Voraussetzungen für anspruchsvolle wissenschaftliche E-Werke.

Angenommen, es kommt so. Wie aber steht es dann um den Stellenwert der E-Bücher im Vergleich zu ihren traditionellen Vorläufern? Werden sie vor argwöhnischen Kuratorien bestehen können und Bewerbern, die nur das Pech haben, am falschen Thema zu arbeiten, den Weg frei machen? Viel hängt hier von den älteren etablierten Kollegen ab. Sie könnten mithelfen, einen völlig neuen Typus wissenschaftlicher Literatur zu schaffen, ehrgeiziger und auch origineller als die bisherigen umgearbeiteten Dissertationen.

Insbesondere bei geschichtlichen Themen, bei denen sich der Mangel an Publikationsmöglichkeiten akut bemerkbar macht, kann das E-Book seine Stärken ausspielen. Jeder Historiker kennt das frustrierende Gefühl, nach endloser Recherche dem Leser immer nur den Extrakt etwa eines Briefwechsels präsentieren zu können, das heißt in aller Regel lediglich die so genannten wichtigen Stellen. Warum sollte der Leser nicht selber einmal in den Orkus des Archivierten schauen dürfen, und wenn auch nur, um einen Eindruck von der Masse historischer Hinterlassenschaft zu gewinnen? Warum muss ich mir aus kompositorischen Gründen jeden noch so interessanten Exkurs verbieten, obwohl ich doch während der Recherche genau diesen Weg gegangen bin. Was, wenn ich durch einen Link bestimmte Seitenaspekte eines geschichtlichen Vorgangs verfolgen könnte, auch wenn sie streng genommen nicht mehr zur Sache gehören. Ich möchte hier nicht der Formlosigkeit das Wort reden, Schreiben verlangt immer auch nach Disziplin – gerade *weil* es Historiker mit dem Uferlosen zu tun haben. Aber mit dem E-Book verfügen wir zum ersten Mal über ein Instrument, mit dem sich das geschichtliche Rohmaterial in all seiner Widersprüchlichkeit und Komplexität wiedergeben lässt, Rohmaterial, das ja erst durch den Historiker zum historischen Faktum wird. Die Vergangenheit ist ein Konstrukt, und der Leser kann, wenn er möchte, die Entstehung dieses Konstrukts mitverfolgen.

Um nicht missverstanden zu werden, es geht mir nicht um die schiere Anhäufung von Daten per Hyperlink. Ein solches Verfahren wäre nicht mehr als die gute alte Fußnote mit elektronischen Mitteln. Auch sollte sich das E-Book nicht wie nach dem Urknall in jede Richtung ausdehnen, sondern klar gegliedert sein. Denkbar wäre etwa die Form einer Pyramide mit einem straff geschriebenen Abriss an der Spitze, der womöglich auch als Taschenbuch erhältlich, aber in seiner Netz-Version mit fünf weiteren Ebenen unterfüttert wäre. Ebene 2 unter der Spitze präsentierte dem Leser eine Vielzahl von Hintergrundinformationen, aber nicht als fortlaufende Erörterung, sondern in Form kleiner Einheiten, die direkt an Schlüsselbegriffen von Ebene 1 festmachen. Ebene 3 in der Mitte der Pyramide wäre eine Art Dokumentationszentrum mit Originalquellen, denen jeweils kleine einführende Essays vorangestellt sind. Ebene 4 wiederum gestattete einen Rückblick in die Forschungsgeschichte des betreffenden Gegenstands, verbunden mit Auszügen aus früheren Untersuchungen und ihrer Resonanz in der Fachwelt. Ebene 5 könnte pädagogische Hilfestellung leisten mit einer Liste von Studienschwerpunkten und Diskussionsthemen für die Seminararbeit. Ebene 6 schließlich, die Basis der Pyramide, fungierte als eine Art Leserforum mit Mailfunktion. Hier wäre nicht nur der Briefwechsel zwischen Autor und Lektor nachzulesen, sondern auch der Ort, an dem der Leser Gelegenheit zu persönlicher Meinungsäußerung hätte, ideale Möglichkeit, die Rezeption eines Buches zu verfolgen.

Das E-Book könnte mithin zu einer neuen Art des Lesens führen. Während manche Leser sich vielleicht mit dem Text auf der obersten Ebene der Pyramide zufrieden geben, könnten andere das Material auch vertikal durchstreifen oder gezielt nach den eher randständigen Aspekten fahnden, um das Thema auf völlig individuelle Weise anzugehen. Der Bildschirm dient dabei weniger der Lektüre denn als Sammel- und Sortierstation für die in Frage kommenden Texte, die entweder heruntergeladen oder an Ort und Stelle gedruckt und gebunden werden. Die eigentliche Beschäftigung mit dem Text geschieht jedenfalls immer offline.

Das alles ist längst keine Zukunftsmusik mehr. Abgesehen davon, dass sich mit den E-Books tatsächlich so etwas wie eine neue Dimension des Lernens eröffnen wird, können sie auch dazu beitragen, einige der drängendsten Probleme innerhalb der wissenschaftlichen Gemeinde zu lösen. Die Andrew W. Mellon Foundation unterstützt deshalb bereits verschiedene Initiativen in dieser Richtung. Ein entsprechendes Programm zur Konvertierung von Dissertationen in E-Books wurde soeben von der American Historical Association auf den Weg gebracht. Ein weiteres, das sich die Herstellung von ambitionierteren E-Projekten zur Aufgabe gemacht hat, ist im Aufbau. Überall wird Neues entwickelt und das Tempo der Innovation macht genaue Voraussagen, wo wir uns in zehn Jahren befinden werden, so gut wie unmöglich. Doch dass bis dahin die Gutenberg-Galaxie abgeschafft ist, glaube ich nicht. Zugegeben, sie wird einige energiereiche Sterne mehr haben, aber eine cybernikanische Wende steht uns deshalb nicht bevor.

[Aus dem Amerikanischen von Marcus Ingendaay]

HILMAR SCHMUNDT

Eine 150-Milliarden-Metapher

Über die Fusion von AOL/Time Warner
und warum alles gut wird

> Artists, don't be afraid of commercialization ...
> Today, sitting quietly and thinking is the greatest generator of wealth and prosperity.
> *Bruce Sterling, The Manifesto of January 3, 2000*

Wie bitte?

Es war ein Anruf der etwas anderen Art. Vordergründig ging es um einen Text. Aber eigentlich um mehr. »Könnten Sie etwas schreiben über die Fusion von AOL und Time Warner?« Klar, immer. »Nicht so das Standard-Lamento, bitte.« Aha? »Na, also Sie wissen schon. Nicht gleich mit der Kulturindustrie-Keule kommen ...« Das hätte ich sowieso nicht getan. Dachte ich. Und dachte. Und je mehr ich darüber nachdachte, desto spannender fand ich die Frage: Warum eigentlich ist die kritische Theorie, vor allem aber der Begriff »Kulturindustrie«, nicht mehr en vogue? Die folgenden Vignetten sollen diese Frage beleuchten, indem sie ein Sittenbild zeichnen von der Beziehung zwischen Kultur und Industrie, zwischen Geist und Geld am Anfang des neuen Jahrhunderts.

Akute Fusionitis

Es war ein Jahreswechsel der etwas anderen Art, der zeigte, dass nicht mehr Geld die Welt regiert, sondern Content, Storys, Visionen. Endlich angekommen also im neuen Jahrtausend. Das Fanal, das uns der so genannte »Millennium Bug«, die Mutter aller Computerfehler, vorenthalten hatte, wurde nachgereicht am 10. Januar: AOL, der größte Internetprovider der Welt, gibt seine Pläne bekannt, das größte Medienimperium der Welt, Time Warner, zu schlucken. Es ist soweit. Die Neuen Medien überwältigen die alten, schnell frisst langsam. Und digital ist einfach besser. Die Weltöffentlichkeit war von der Neuigkeit elektrisiert. Jeltzins Abtritt, die Parteispendenaffäre oder der Tschetschenienkrieg spielten plötzlich keine Rolle mehr, ein paar Stehpartys lang wurde über die Bedeutung des AOL-Deals spekuliert. Sogar die gute alte FAZ kommentierte ungewohnt lebhaft: »Kurz nach dem Jahrtausendwechsel läutet die größte Unternehmensfusion der Geschichte endgültig eine neue Epoche ein: das Zeitalter der Information und Kommunikation.«

Was war passiert? Das Internet-Unternehmen America Online hatte angekündigt, mit 55 Prozent die Aktienmehrheit des Medienkonglomerates Time Warner zu übernehmen. Der Kaufpreis soll 150 Milliarden Dollar betragen. Zu dem neuen Superkonzern gehören damit der Internetprovider Aol mit seinen mehr als 20 Millionen Kunden sowie sein einstiger Konkurrent Compuserve und das Internetportal Netscape.com. Außerdem das zweitgrößte Fernsehkabelnetz der USA, vier Fernsehsender, darunter der Nachrichtensender CNN, 33 Magazine, das Flaggschiff Time, diverse Musiklabels, etwa Warner Brothers, die auch den Superstar Madonna vertreten, allerlei bunt gemischte Filmstudios und und und. Sofern das Kartellamt den Plänen zustimmt, entsteht ein neuartiger Mischkonzern, der sowohl über technische Infrastruktur verfügt als auch über die begehrten Inhalte: Filme, Musik, Zeitschriftenartikel. Wohlgemerkt wurde die Fusion nicht als Faktum angekündigt, sondern als Plan. Bis auf weiteres bleibt sie Fantasy, Science Fiction. Die Fusion dreht sich um die Geschichte vom Großen Verschmelzen.

Konvergenz heißt das Zauberwort: Fernsehen und Radio werden interaktiv, die Kunden können sich in Zukunft Filme und Musik herunterladen und anschauen, wann sie wollen. Und das Internet seinerseits wird ein wenig wie Fernsehen, zigmal schneller als heute und garniert mit allerlei Filmchen, mit Musik, mit Nachrichtensendungen, weil die Übertragung breitbandig durchs Fernsehkabelnetz oder per Satellit erfolgen könnte. Schon heute ist diese Konvergenz angelegt: Die beliebtesten Websites bieten Infobröckchen über Stars aus Kino- und Musikbranche, und nach wichtigen Sportereignissen im Fernsehen steigt die Besucherzahl in Online-Chaträumen schlagartig an. Der neue Konzern wird sehr wahrscheinlich diese Konvergenz aus Rundfunk und Datennetzen entscheidend beschleunigen, wahrscheinlich sogar Standards setzen. Womöglich ein Monopol errichten, riesig und immateriell. Bestehend aus Madonnas Gurren, aus Batmans Abenteuern, aus CNNs Liveberichten von den schrillsten Krisenherden des Planeten. Die Welt im Würgegriff von singenden Sirenen?

Gedämpfte Meinungsfreude

Es war ein Abend der etwas anderen Art. Er zeigte, wie hilflos unsere kritischen Reflexe gegenüber der Neuen Medienwelt geworden sind. Wir saßen also nach dem Sport in einer Squashhalle unweit der ehemaligen Stasizentrale in Berlin-Lichtenberg. »Was wird nun aus der Pressefreiheit bei Time Warner?« fragte ich H., der neben mir an der Bar saß. »Zensur können die sich gar nicht leisten«, sagte H., genau wie ich ein Medienjournalist um die dreißig. Mit unseren Redaktionen sind wir nur per E-Mail und Telefon verbunden, fast wie Auslandskorrespondenten. »Redaktionen handeln mit Glaubwürdigkeit«, sagte H., »und wenn der Verleger versucht, auf die Redaktion Einfluss zu nehmen und das fliegt auf, dann vernichtet er sein eigenes Kapital.« Der ökonomische Diskurs hat heute die Dauerentrüstung ersetzt. So saßen wir da, das lebende Kapital unserer fernen Redaktionen. Ich widersprach halbherzig, redete von der vorauseilenden Selbstzensur und von Schlips und Schere im Kopf. Was ich H. jedoch verheimlichte, war, dass ich am Morgen per Internet Aktien von AOL geordert hatte. Ich bestellte noch ein Pils. In der Glotze lief stumm »Wetten, dass…?« Gottschalk verabschiedete gerade Bill Gates, den reichsten Mann der Welt.

Gates war gerade auf Weltreise. Im Gropius-Bau in Berlin hatte er eine Ausstellung über Leonardo da Vinci und Joseph Beuys eröffnet. Beuys würde sich in seinem Filzsarg umdrehen, wenn er das wüsste. Er hatte mit seiner Gleichung doch Recht behalten, wenn auch anders, als wir immer dachten: Kunst = Kapital. In derselben Woche, in der die Fusion angekündigt worden war, hatte Gates seinen Chefposten bei Microsoft abgegeben. Wahrscheinlich aus taktischen Gründen, um die geplante Zerschlagung seines Konzerns zu verhindern. Im Netz vermutete manch einer, dass Gates nun seinen Titel als meistgehasster Mann der Computerwelt abtreten würde. Und zwar an Steve Case, den Chef von AOL. Doch das ist eher unwahrscheinlich. Zu familienfreundlich ist das Image der beiden Kulturindustrie-Giganten. Kann Bugs Bunny Böses wollen?

Auffällig, dass von den vielen Kommentatoren kaum einer das Thema eines AOL-Monopols ernsthaft verfolgte. Die wenigen Kassandras verhaspelten sich rasch, vielleicht aufgrund mangelnden Trainings, denn für ihre Künste gibt es derzeit keinen Markt. »Im neuen Reich wird die Sonne nie untergehn, sie wird auf uns niederscheinen, immer und überall, auf jedem Channel, den wir öffnen«, orakelt Felix Stadler in der Online-Zeitschrift Telepolis. »Und das Licht wird so hell sein, dass wir Sonnenbrillen tragen müssen um Mitternacht.« Ach, tatsächlich? Der nächste Einwand bitte.

Durch die Megafusion entstehe ein »Allmedienreich«, warnte Heinrich Bleicher-Nagelsmann von der IG Medien. Seine Warnung verhallte ungehört und unerwidert. Sogar an der Internetliste mit dem vielsagenden Namen alt.aol-sucks prallten alle Warnungen ab: »jetzt haben sie Kontrolle über unsere Nachrichten, über die Kindersendungen, über die Kinofilme, und über einen Teil der Literatur, die wir lesen. Dem entkommt man nicht. Also bitte. WENN DAS KEINE BEDROHUNG UNSERER FREIHEIT IST!« Das schreibt ein Diskussionsteilnehmer mit der Mailadresse prellrace@aol.com. Und genau das wird ihm in der Diskussion zum Verhängnis: »Du bist doch bescheuert«, erwidert ihm look@spam.bounce, »du meckerst darüber, dass AOL uns alle beherrscht, aber um diese Mail abzusenden, benutzt du AOL!« Alle Freaks stimmen diesem etwas simplen Argument zu. So wird seine Warnung für prellrace@aol zu einer selbsterfüllenden Prophezeiung. Er meldet sich nicht mehr zu Wort – genau wie die meisten anderen Kritiker.

Beliebt dagegen waren Kommentare der folgenden Sorte: »Diese Fusion war längst überfällig, so sicher wie im Winter Schnee fällt auf den Gipfeln von Vermont«, schreibt Vemartin62@yahoo.com, um mit einer hoffnungsfrohen Note zu enden: »Können wir bald im Internet surfen und gleichzeitig den neuesten Batman-Film sehen, während wir auf dem Sofa sitzen? Ich kann diese Möglichkeit vor mir sehen. . .« Dieser Kommentar wäre nicht weiter interessant, wenn nicht ein stilisierter erhobener Daumen ihn zieren würde mit dem Hinweis »highly Recommended Opinion«. Derlei »Empfehlenswerte Meinungen« sind der Rohstoff, mit dem das Internetportal Epinions.com handel treibt. Hier informieren sich Kunden gegenseitig zu Produkten, Preisen und eben auch zum aktuellen Meinungsmarkt. Meinungen, die oft abgerufen werden und außerdem von Lesern positiv bewertet wurden, erhalten das prädikat »highly Recommended Opinion« und der Verfasser bekommt von nun an für jeden Leser ein paar Cents überwiesen, pro Monat beläuft sich das bei mehreren Kommentaren leicht auf über hundert Dollar. So war Vemartin62@yahoo.com also einer der ersten Profiteure der geplanten Fusion, und das nur aufgrund seiner veröffentlichten Meinung. Vielleicht ist es sogar anders herum, und nicht der AOL-Deal ist die eigentliche Sensation, sondern der Meinungsmarkt, der sich um diesen Anlass formiert hat.

In der postmodernen, vernetzten Meinungsmarktwirtschaft hat es die Kritik nicht leicht, zu einer »highly Recommended Opinion« gewählt zu werden, denn per Definition ist sie anstrengend und tendenziell lästig. Der Philosoph Walter Ch. Zimmerli wundert sich zu Recht, dass es nie eine

Anti-Internet-Bewegung gegeben hat, obwohl doch die Netze unser Leben, unsere Gesellschaft, unsere Politik stärker umkrempeln als etwa Atom- oder Gentechnik es je getan haben. Auch die beiden Medienphilosophen Geert Lovink und Pit Schulz sind vom Fehlen der Kritik befremdet. Mit der von ihnen ins Leben gerufenen Mailingliste »Nettime« versuchen sie daher, eine »Netzkritik« zu begründen. Doch seit Jahren schon sind sie aus dem Gründungsstadium nie herausgekommen. Ihr Fazit: »Im noch andauernden Zeitalter des multikulturellen Massenkonformismus, voller Mikropraxis und Ich-Management, ist die Kunst der Kritik in Vergessenheit geraten.« Die Reaktionen auf die AOL-Fusion verdeutlichen das einmal mehr. Eigentlich schreit diese Fusion geradezu danach, einer Kritik unterzogen zu werden, die mit dem Begriff »Kulturindustrie« operiert. Um so erstaunlicher, dass momentan niemand das Wort verwenden will. Zumal doch Warner schon zu Zeiten Horkheimers und Adornos eines der größeren Hollywoodstudios war und das Time Magazine sogar namentlich erwähnt wird im berühmten Kulturindustrie-Kapitel, also quasi Pate stand für den Begriff. Aber zum Thema AOL-Fusion will keine Meinungsfreude aufkommen, wie Michael Rutschky die Lust an der öffentlich zur Schau gestellten Erregung einmal genannt hat. Nur: wenn nicht hier, wo tobt sich dann die Meinungsfreude derzeit aus?

Konvergenz von Geist und Geld

Es war eine Pressekonferenz der etwas anderen Art, wenn man den Presseberichten glauben darf. Denn sie veranschaulichte, welch tiefgreifende Revolution die Industrie umgekrempelt hat. Als sie gemeinsam die Fusion bekannt gaben, präsentierte sich der AOL-Chef Steve Case, sonst eher hemdsärmelig gekleidet, erstmalig in einem Anzug der Öffentlichkeit. Und Jerry Levin, der Boss von Time Warner, kam betont leger daher. Die plumpe Symbolik sollte signalisieren: Case und das Internet werden erwachsen. Und Levin und Time Warner erleben eine Verjüngungskur. Doch anstatt von Profiten, von Renditen und vom Shareholder Value zu sprechen, versicherte Levin der Journalistenschar, warum der Zweck der Fusion ein ganz und gar altruistischer sei: »Die Werte, die wir vermitteln wollen, haben viel mit den sozialen Belangen der Menschen in aller Welt zu tun.« Und niemand wunderte sich über diese weichgespülte Rhetorik aus dem Mund eines Kulturindustriellen.

Die AOL-Fusion läutet daher nicht das Kommen der Informationsgesellschaft ein, wie die FAZ kommentiert, sondern sie macht lediglich sichtbar, wie tiefgreifend der Kapitalismus bereits umgebaut worden ist. Wir leben bereits in einer postindustriellen Gesellschaft, wie Daniel Bell sie schon 1973 beschrieb. Die AOL-Übernahme ist eine 150 Milliarden Dollar schwere Metapher für die Konvergenz von Geist und Geld, von Kultur und Industrie. In der digitalen Wirtschaft verschwimmt der Unterschied zwischen Produkt, Wissen und Geld, konstatiert Peter Glotz in seinem Buch »Die beschleunigte Gesellschaft – Kulturkämpfe im digitalen Kapitalismus«. Die Konvergenz von Fernsehen und Computer ist dabei nur ein kleines Pars pro toto der viel tiefer liegenden Konvergenz von Informations- und Geldmärkten, von Handels- und Erzählgemeinschaft. »Softnomics« nennt der trendige Medientheoretiker Norbert Bolz diesen Effekt in seinem Buch mit dem prägnanten Titel »Die Wirtschaft des Unsichtbaren – Spiritualität, Kommunikation, Design, Wissen – Die Produktivkräfte des 21. Jahrhunderts«. Was Bolz unter Softnomics versteht, beschreibt er so:

> »Seit es die elektronische Datenverarbeitung gibt, werden sich Geld und Information immer ähnlicher. Das bedeutet aber, dass die Finanzmärkte der wichtigste Schauplatz für die Kommunikationstechnologien des 21. Jahrhunderts sind: Geldfluss und Datenfluss werden ununterscheidbar.«

Die alten Erzählfabriken der Kulturindustrie werden deklassiert. Die Mythenmaschine Hollywood wird als reiner Content-Lieferant von der Netzwelt geschluckt. Damit ändern sich auch die Erzählmuster. Nun heißt es nicht mehr Boy meets Girl. Sondern der Schnellere frisst den Langsamen, und damit der Kleinere den Größeren, denn wer klein ist, ist schnell. Die Fantasie hat damit eine neue Heimstatt gefunden. Ihre Erzählfäden laufen nicht mehr in Hollywood zusammen, sondern in der interaktiven, globalisierten Netzwelt. Und die hat entgegen aller Behauptungen ein Zentrum: die Börse.

Der AOL-Deal ist deshalb eine 150-Milliarden-Metapher, weil er nicht mit wirtschaftlichen Kennzahlen begründbar ist, sondern auf nichts als der Kursfantasie der Anleger beruht. Noch vor zwei Jahren lag der Aktienwert von Time Warner weit über dem von AOL. Verständlich, denn schließlich beträgt der Umsatz des alten Medienriesen mit 26 Milliarden Dollar mehr als das Fünffache des kleinen Newcomers. Damals hätte Time Warner die kleine Klitsche AOL aufkaufen können. Doch seitdem boomen die Technologiewerte an den Börsen, vor allem durch den Online-Aktienhandel, der sich einfach, billig und vom Büro aus während der Arbeitszeit nebenher erledigen lässt. Heute besitzt jeder zweite Amerikaner Aktien, in Deutschland jeder Fünfte unter den 18- bis 25-jährigen. Die Hightech-Börsen

NASDAQ und Neuer Markt sind heute nicht mehr das Privileg verschworener Kapitalistenzirkel, wie sie noch in Zolas Roman »Das Geld« auftauchen. Seit der Emission der Telekom-Aktie 1996 ist der Börsenhandel auch in Deutschland ein Teil der Popkultur. Publikumszeitschriften wie Stern und Max sprechen Tipps aus und Börsenspiele laden zum Mitmachen ein. Aktiendaddeln gleicht heute eher Skatspielen oder Flippern. Nur ist es spannender. Schließlich geht es um reale Firmen – oder was man dafür hält. Die Börse ist interaktives Reality TV. Und jeder Aktionär seine eigene Hauptfigur.

In diesem Klima schoss der Kurs der AOL-Aktie in die Höhe, beflügelt von der Kursfantasie der Anleger. Denn Steve Case verstand es, seine Firma als Symbol der Modernisierung erscheinen zu lassen, und zwar der familienfreundlichen Modernisierung: »Unser wichtigstes Geschäftsfeld sind nicht Daten, sondern Gemeinschaften«, pflegt Case zu sagen. Die Werbekampagnen des Dienstes sind auch hierzulande legendär. Boris Becker, der naiv und glücklich fragt: Bin ich schon drin? Ja. Ich bin drin. Kicher. Und ein Jahr zuvor der Kinofilm »You've got Mail«, einer Romanze, die angebahnt wird durch die Benutzung von AOL. AOL avancierte zur Ikone für Modernität mit Herz. Computer sind doch gar nicht die kalten, herzlosen Zählmaschinen, so das Argument. Computer sind ein Teil unseres Gefühlshaushaltes, gutherzige Erzählmaschinen. Die Neuen Medien liefern vor allem das: neue Geschichten, neue Legenden, neue Märchen. Die regen die Kursfantasie an und entschieden letztendlich darüber, ob AOL Time Warner kauft oder andersherum. Die kollektive Fantasie der Kleinanleger hat Hollywood entmachtet.

Die Weichen der Handlung wurden also vom derartig handelnden, aktiven Publikum gestellt. Doch wie geht es weiter, was bedeutet die Fusion von Time Warner und AOL für die Zukunft? Wild wurde spekuliert, gleichzeitig finanziell und narrativ. Die einen beschrieben die Fusion eher als Elefantenhochzeit, der eine Brautschau und ein Werben vorausgegangen war, und der schließlich auch ein reicher Kindersegen beschert sein wird. Andere schrieben, dass die Berliner Mauer, die bislang Fernsehen und Internet trennte, gefallen sei. Die meisten aber waren sich einig: AOL hat sich einen altersschwachen Partner gewählt, zu groß, zu behäbig, der jugendliche Ungestüm der Aktie sei nunmehr zu Ende. Und diese Angst vor dem Kurssturz ließ die Kurse tatsächlich abstürzen.

Die Kulturindustrie entwickelt eine ganz eigene Industriekultur, vermarktet sich selbst, narrativisiert ihr eigenes Schicksal. Millionen von Kleinanlegern nehmen aktiv an ihren Erzählungen teil, steuern eigene Gerüchte bei, reagieren mit Käufen und Verkäufen auf das Erzählte. Das Börsengeschehen ist die eigentliche Interaktiv-Literatur, die bislang fälschlicherweise immer auf irgendwelchen Kulturservern vermutet wurde. AOL fällt von 90 auf 60 Dollar! Zwei Zahlen, die von Hybris und Katastrophe berichten. Diese Kürzestgeschichte hat eine Tiefe, Fallhöhe und Sprachökonomie wie die beste konkrete Poesie. Börsenkurse sind Erzählungen im Futur, sie sind ein Stück utopische Literatur, die die Zuhörer mitreißt und zum Handeln animiert. Genau so wollte die sozial engagierte Literatur immer sein. »Ich bin eine Maschine, erbaut, um Glück zu produzieren«, schrieb Majakowski über sein Selbstverständnis als Dichter. Das neue Technopol aus Börse, Interaktivfernsehen und Internet soll genau das sein: eine gigantische Maschine, erbaut um Glück und Unglück und Glück im Unglück zu produzieren. Majakowskis radikale Poetologie, sein »strahlendes Ultra-Idyll« wird heute eingelöst von jenem gesichtslosen Autorenkollektiv namens Dax und Nemax.

Kapitalisten als Revoluzzer

B. ist ein Unternehmer der anderen Art und damit typisch für diese neue Gründerzeit: Er sieht sich als Revoluzzer, als Vorhut einer technologischen Revolte, als radikaler Künder eines besseren Übermorgen. Jeden Monat investiert er für eine internationale Investorengruppe mehrere Millionen Euro in hiesige Hightechfirmen, die gerade frisch gegründet worden sind. Von Kleidung und Habitus her hätte man in dem adretten Mittfünfziger früher ohne weiteres eine Charaktermaske des Kapitals erkannt – bis er zu reden beginnt. Denn orakelhaft wie beim antiken griechischen Chor tönte es aus seinem Munde: »Wir brauchen mehr Träumer, mehr Freaks, mehr Leute, die mit Mitte zwanzig bereits eine Firma gegen die Wand gefahren haben. Leute, die auf ihre Visitenkarte schreiben: Chief Phantasist.«

Allgemeines Nicken in der Runde, die nicht ein Sit-in anno 1968 war, sondern ein sogenanntes Roundtable-Gespräch für eine Zeitschrift des Riesenkonzerns Bertelsmann, gleichzeitig AOL größter Konkurrent und AOLs stärkster Partner und Teilhaber. Das Roundtable-Gespräch fand statt im Bundesministerium für Wirtschaft und Technologie in Berlin im Jahre 1999. Der anwesende Staatssekretär und ein paar Jungunternehmer Ende zwanzig, die schon ihre erste Million »verdient« hatten, nickten nur stumm zu der Forderung nach Freaks und Fantasten, auch der Jüngstunternehmer hinten am Fenster mit der lustigen Punkerfrisur, die eine von der

Hightech-Branche verlangte Aufsässigkeit symbolisieren soll, ähnlich wie früher Krawatten für Seriosität standen. Es ist eben nicht leicht, sich angesichts des neoliberalen Revoluzzertums von B. zu positionieren. Nur einer widersprach halblaut, ein neunundzwanzigjähriger Selfmademillionär im schlabbrigen T-Shirt, auf dem das Logo seiner Firma prangte: »Naja, es wäre aber schon besser, wenn man Firmen nicht nur ruiniert hat... oder?« Der revolutionäre Investor B. findet es nicht einmal nötig, auf diesen geradezu spießbürgerlichen Einwand zu antworten. Leute nenne sich heute neudeutsch »VC«, was man amerikanisch ausspricht. Vor 30 Jahren stand VC für »Vietcong«, heute dagegen für Venture Capitalist, Risikounternehmer also.

Der Diskurs des neuen VC spricht Bände. Die Börse mag eine unsortierte Ansammlung heterogener, paradoxer Erzählungen zum Thema Reichtum, Risiko und Zukunft sein. Doch all ihre disparaten Episoden werden von einer gemeinsamen Großen Erzählung gebündelt. Freilich, noch in den Neunzigern lernten wir, dass die Zeit der Großen Erzählungen mit der Postmoderne vorbei sei. Von uns Studenten las niemand den Börsen- oder Wissenschaftsteil der Zeitung, und so kamen wir auch nicht auf die Idee, welch eigenwilliges Genre der Großen Erzählung sich gerade zu diesem Zeitpunkt neu formierte.

Hören wir einfach einmal der Großen Erzählung von Neuen Medien und Neuen Märkten zu. »Radikal neue Ideen sind zumeist gute Ideen«, heißt es in einer Werbung des Elektronikriesen Hewlett-Packard unter der Überschrift »Das Prinzip Garage«. »Teile alles mit deinen Kollegen: Arbeitsmittel, Ideen, Probleme... Und vergiss nie: Gemeinsam kann man alles schaffen.« Klingt wie ein Hohelied auf das Leben in einer Landkommune, handelt jedoch davon, was man auf Neudeutsch Produkt-Philosophie nennt. Eigentlich sollen Produktphilosophien die Gegenstände voneinander unterscheiden, und dennoch klingen sie alle irgendwie ähnlich: »Die nächste Revolution findet nicht auf der Straße, sondern auf Ihrem Schreibtisch statt!«, verkündet der PC-Hersteller Toshiba über ein Gerät, das »mehr als eine Vision« sein soll.

»Die dritte Welle« nennt der Wirtschaftswissenschaftler Alvin Toffler in seinem gleichnamigen Buch die revolutionäre Umwertung aller Werte in der postindustriellen Gesellschaft, und stellt fest, dass sie »ihre eigene ›Super-Ideologie‹ entwickele«, ihre eigene Große Erzählung also. »Es ist unmöglich, dass eine Revolution stattfindet im Bereich der Energiegewinnung, der Technik, des Familienlebens, der Geschlechterrollen und der Kommunikation, ohne dass auch eine politische Revolution stattfände«, schrieb Toffler schon 1980, und diese einst radikale Außenseitermeinung wird heute von Mainstream und Elite übernommen. AOL-Chef Steven Case zum Beispiel gibt Toffler als seinen Lieblingsautor an, während Levin von Time Warner am liebsten Camus liest. Wer weiß, wenn Levin nicht »Der Fremde« gelesen hätte, sondern einen Cyberpunkroman wie »Neuromancer«, vielleicht hätte er vor ein paar Jahren einfach AOL gekauft.

Wie es sich für eine Große Erzählung gehört, durchdringt die Story von der »Dritten Welle« bereits alle Lebensbereiche. Die Mär von der postindustriellen Revolution prägt nicht nur die Sprache der Werbung, der Unternehmer, sondern auch den Börsenjargon: Unter dem Titel »das Revolutionärs-Portfolio« stellt etwa ein »Prof. Dr. Max Otte« vom Dienst »wallstreet:village« im Internet seine Investmenstrategie vor – »Verdienen Sie an der permanenten Revolution, die sich Wirtschaft nennt.« Prof. Dr. Max Otte nennt aussichtsreiche Aktien schlicht »Revolutionäre« und zählt dazu den Buchversand Amazon.de ebenso wie natürlich den Riesenkonzern AOL. »Entweder, der Revolutionär schafft es im Laufe der Zeit, König zu werden, oder er stirbt oft einen schnellen Tod.« Und »traditionelle Bewertungskriterien gelten für Revolutionäre wie America Online nicht«, so Prof. Dr. Max Otte weiter. Das also ist es. Gemäß der Großen Erzählung von Kapitalismus als permanenter Revolution ist AOL kein potentieller Monopolist, sondern ein Revolutionär! Diejenigen, die in dieser merkwürdigen Welt der Neuen Märchen den Handel und die Handlung bestimmen, tun dies vermittels der kollektiven Kursfantasie.

Betriebssystemkritik

Es war eine Frage der etwas anderen Art. »Wer ist der digitale Hitler?«, fragte mich S., ein Softwareentwickler Ende dreißig. Wir saßen versonnen am Ufer seines Seegrundstückes und rauchten einen Joint. S. gehört zu jenen Digerati, Computerkundigen also, an denen jede Typensoziologie zerschellt. Mal kauft er sich Auto, Motorrad und Seegrundstück, gehört zur besitzenden Klasse und praktiziert die sichtbare Verschwendung. Und ein paar Monate später ist er wieder arbeitslos gemeldet, ein Sozialfall. Dieses binäre Changieren zwischen Soziotopen und Positionen kennzeichnet auch seine Überzeugungen. Die letzten zwei Jahre hatte S. damit verbracht, mit japanischem Invesitionskapital eine Art Radio zu entwickeln, das ortsabhängig verschiedene Programme abspielt und das seinen Zuhörern permanent Unterhaltung, Reklame und Suggestionen einflüstern würde. Eine programmierte Weltbeherrschungsfantasie nannte ich das Programm und ihn den »Ohrenführer«. Er hielt dagegen, dass er mit seinem System nur die Welt warnen wolle vor den Möglichkeiten der digitalen Suggestion. »Wie kommt der digitale Faschismus daher«, bohrte S. weiter, »sicher nicht mit Fackelzügen oder Brandenburger Schlägertrupps. Der digitale Hitler ist ein Unterhalter, ein sanfter Verführer.« Zu Neudeutsch: AOL? S. schlug vor, diese Frage zu klären, indem er sich selber in die Rolle des digitalen Hitler hineindenkt und weiter an seiner und dessen Weltbeherrschungsmaschine bastelt. Um die moderne Kulturindustrie von innen heraus zu verstehen. Mit diesem Bemühen ist er nicht allein.

Ein Stellungswechsel ist derzeit im Gange zwischen der postmodernen Kulturkritik und der digitalen Kulturindustrie: Die Börsianer und Risikokapitalisten reklamieren die Begriffe der Kulturkritik für sich und schwadronieren von Eigenverantwortung und Gemeinschaft, sanfter Revolution und einem besseren Übermorgen. Und der Kulturdiskurs der Avantgarde hat dem naturgemäß wenig entgegenzusetzen und setzt daher auf Überbietung der neuen Ökonomie, auf die Identifikation mit dem Aggressor. Das liest sich dann so:

> »Künstler, habt keine Angst vor der Kommerzialisierung ... Die souveränste Abhilfe gegen die Kommerzialisierung besteht heute nicht mehr darin, vor der Kommerzialisierung zu fliehen. Es gibt eine neue Abhilfe. Die aggressivste Gegenwehr gegen den Konsum-Totalitarismus besteht darin, eure geistigen Schöpfungen zu verschenken. [...] Lasst euch ›ausnutzen‹. Heute gibt es Vertriebskanäle, die es erlauben, Kreativität an Millionen Menschen zu verschenken. Gut möglich, dass ihr dadurch sogar eine Menge Geld verdient. Wenn ihr erfolgreich die Aufmerksamkeit auf euch zieht, ist das sogar sehr wahrscheinlich. In einer Startup-Gesellschaft können auch Unschuldigen große Summen Geld einfach so in den Schoß fallen.« Und so weiter.

Entnommen ist dieses Zitat dem »Manifest vom 3. Januar 2000« des Science-fiction-Autors Bruce Sterling, einem der innovativsten Autoren dieses Genres. Veröffentlicht wurde das Manifest in der Netzliste Nettime, dem Fachorgan der Netzkritik. Sterlings Aufforderung, freiwillig auf das Copyright zu verzichten zugunsten eines »Copyleft«, macht sich die Argumente einer neuen Softwarebewegung zu eigen, die das Besitzdenken aus der Sphäre der Information und damit aus dem Internet verdrängen will. Nicht durch Proteste und Demonstrationen, sondern durch ihre Praxis. Die Prinzipien sind einfach: Verschenke die Früchte deiner Software, und du wirst durch deinen Kultstatus belohnt werden. Lass die Kunden deine Schöpfungen erst testen, bevor sie dafür bezahlen. Oder veröffentliche zumindest den Source Code deiner Software, den Bauplan also, sodass andere dein

Produkt verfeinern und erweitern können. Freeware, Shareware und Open Source heißen diese drei unterschiedlichen Strömungen, die allesamt das herkömmliche Copyright relativieren wollen zugunsten einer Netzökonomie der Aufmerksamkeit. Eigentlich beziehen sich diese drei Prinzipien nur auf die Welt der Software, aber wie das Manifest zeigt, lässt sich ihre Bedeutung auch auf andere Bereiche ausweiten, wie etwa Literatur oder bildende Kunst. Doch festzuhalten bleibt: Leitgenre bei diesen Überlegungen ist die Softwareentwicklung, der Programmierer oder »Coder« ist Inbegriff des schöpferischen Menschen. Ihm eifern in diesem Modell alle anderen Künstler nach.

Bruce Sterlings Netzkritik versucht nicht, die digitale Kulturindustrie von außen zu kritisieren, sondern sie von innen zu verändern und zu verbessern. Damit liegt er durchaus im Trend, denn Konvergenz heißt auch hier das Zauberwort: Kulturtheorie, Ingenieurswesen und Ökonomie rücken zusammen in der Netzkritik. »The Cathedral and the Bazaar« heißt etwa ein vielzitierter Aufsatz von Eric Raymond, in dem er darlegt, warum das offene, gemeinschaftliche Programmieren gemäß den Open Source-Prinzipien einfach besser ist als das proprietäre Horten von Programmen, wie es zum Beispiel Microsoft tut. Nicht moralisch besser, nicht kulturell erhebend. Sondern besser im Sinne der Funktionalität, rein meritokratisch. Die »Kathedrale« symbolisiert in diesem Modell das herkömmliche Programmieren mit bezahlten Ingenieuren, das »Basar«-Modell steht für die ehrenamtliche Programmierertätigkeit vieler Freiwilliger, die unbezahlt per Internet kooperieren. Das bestechende am Basarmodell ist dabei seine Praxisnähe. Es ist keine Vision, keine Utopie, keine Ideologie, sondern eine jahrelang getestete Methode. Die Firma Netscape zum Beispiel, der große Gegenspieler von Microsoft in den sogenannten Browserkriegen, entschloss sich 1998 dazu, alle Informationen ihrer Softwareentwicklung zu veröffentlichen, um Bastler in aller Welt einzuladen, das Programm in ihrer Freizeit zu verbessern. Heute übrigens gehört Netscape zum Konzern AOL. AOL steht damit auch auf der Seite der Netzkritiker. Womit endgültig alle ideologischen Klarheiten beseitigt wären.

Die kulturelle Elite der Multimediawelt diskutiert heute nicht mehr, wie sie sich gegen den Kommerz wehren könnte und warum AOL zerschlagen werden muss, sondern welche neuen Formen der Kunstpraxis wünschenswert sind. Der programmatische Urtext dieser Überlegungen stammt dabei nicht von Sterling, nicht von Adorno, nicht von Marx. Sondern von einem anonymen Autorenkollektiv, dessen tausende von Mitgliedern auf der ganzen Welt verstreut wohnen und vor allem durch eines zusammengehalten werden: ihren Internetanschluss. Linux heißt dies ständig weiter wachsende Credo der Systemkritik und nur Maschinen können es lesen und ausführen, denn es handelt sich dabei um ein Computerprogramm. Die weltweit sich formierende Linux-Bewegung ist als Alternative zum weltweiten Monopol von Microsoft entstanden, als ein Betriebssystem, das im Internet frei erhältlich ist. Nicht Mitleid, Verzweiflung oder Erleuchtung standen am Anfang dieses Programms, sondern die Bequemlichkeit. Linus Benedict Torvalds hatte einfach keine Lust mehr, Schlange zu stehen, um an eines der 16 Unix-Terminals an der Universität von Helsinki zu dürfen, so der Gründungsmythos. Der junge Finne wollte seinen eigenen Unix-Rechner haben. Also setzte er sich hin und strickte sich ein eigenes Betriebssystem, beginnend mit dem Kernel (sprich Körnel), dem Innersten des Innersten eines jeden funktionierenden Computers. Stolz taufte Linus diesen Kernel »Linux«, wie man es eben bei Erstgeborenen tut. Das war im April 1991, und Torvalds war 21 Jahre jung. Er veröffentlichte seine Bastelei in einer Newsgroup im Internet und schnell entwickelte sich das System zum Geheimtip für Edelhacker. Durch die internationale Vernetzung konnten die besten von ihnen über Jahre hinweg zusammenarbeiten. Das Ergebnis dieses Experiments in Sachen Vertrauen und Kooperation ist das wohl am stabilsten laufende Betriebssystem der Welt. Denn nicht Eitelkeit oder Besitzrechte zählten, sondern einzig die Funktionalität. Das honoriert auch die Industrie. Ohne Linux würde keine Boeing starten, keine E-Mail ihr Ziel erreichen, kein Roboter auf dem Mars landen. Großkonzerne wie SAP und IBM investieren in Linux und Linux-Vertreiber wie Redhat sind bereits erfolgreich an die Börse gegangen. Denn jeder dritte Internetserver läuft heute unter Linux und die Zuwachsrate seiner Verbreitung liegt bei rund 200 Prozent pro Jahr. Linux ist das eherne Fundament, auf dem die digitale Kulturindustrie ruht.

Gleichzeitig gilt Linux als Kritik derselben, als Gegenentwurf zu Microsofts Betriebssystem-Monopol. Aufgrund seiner Produktionsweise wurde es ebenso als lebendiges Christentum geehrt wie auch als Beispiel urkommunistischer Ideale. Linux ist angewandte Betriebssystemkritik, die gleichzeitig systemstabilisierend wirkt. Linux ist ambivalent. Gleichzeitig ist Linux aus der Perspektive der Kulturkritik die wohl trockenste, schwerverdaulichste Form der Literatur, seit es den Marxismus-Leninismus gibt: Zeilen wie »DF6KC:~#cat/dev/soundstat« gelten im Programmcode geradezu als Beispiel barocken Überschwanges. Genau so wollte doch der Kulturkritiker Heidegger eigentlich immer schreiben, einsam von den eisigen Höhen des Geistes und des Schwarzwaldes herab!

Je nach Betrachterstandpunkt erfüllt Linux unterschiedlichste Bedürfnisse. Das sichert dem Betriebssystem nicht nur einen festen Platz auf den Festplatten der Kulturindustriellen, sondern auch in den Herzen und Köpfen der digitalen Hochkulturschickeria. Die Ars Electronica etwa, Europas wichtigstes Medienkunstfestival, vergab 1999 den renommierten Preis namens Golden Nica nicht an einen Science-fiction-Autoren, nicht an einen Theoretiker, sondern an das Betriebssystem Linux selber. An Einsen und Nullen, an tausende von Zeilen in trockenstem Kauderwelsch, das sich der sinnlichen Erfahrung stärker entzieht, als das selbst den blutleersten Theoretikern bisher gelingen wollte. Die Jury zeigte sich schwer beeindruckt. Es war wohl das erste Mal, dass die Kulturelite ein Computerprogramm als ihr Vorbild feiert. Und Linus Torvalds, der Koordinator der Softwareentwicklung, nahm den Preis lediglich als sein menschlicher Sachwalter in Empfang. Auch das Zentrum für Kunst und Medien (ZKM) in Karlsruhe, Deutschlands wichtigstes Medienmuseum, schwimmt auf der Linux-Welle mit und lud im Herbst 1999 zur Linux-Konferenz »Wizards of OS« ein – wobei OS für Operating System steht, Betriebssystem also. Wie wichtig Linux für das Selbstverständnis der kulturellen Elite geworden ist, zeigt die Begrüßungsrede von Peter Weibel, Direktor des ZKM:

> »Open Source ist die demokratische Antwort auf die feudalistische Struktur der Computerindustrie. . . . Wir leben bekanntlich in einer Art konstitutionellen Medienmonarchie, mit einer feudalistisch strukturierten Computerindustrie. Das offensichtliche Bestreben der Computerfirmen, Betriebssysteme im Maße ihrer Profitgier zu schützen und bedienungsumständlich zu machen, widerspricht jeglicher demokratischer Nutzung von Compuernetzen.« Und so weiter.

Und plötzlich wird es uns ganz heimatlich ums Herz und gerührt erkennen wir jenen Tonfall der Entrüstung über die »Aufklärung als Massenbetrug« wieder. Genau diese Stimmen fehlten doch so schmerzlich im Chor der Kommentare zu AOL und Time Warner. Ja, Theodor Wiesengrund Weibel, möchten wir jauchzen, genau so ist es! Immerwährend betrügt AOL seine Konsumenten um das, was es immerwährend verspricht! Alle Massenkultur unterm Monopol ist identisch! In der Seele soll ein geheimer Mechanismus wirken, der die unmittelbaren Daten bereits so präpariert, dass sie ins System der reinen Vernunft passen!

Linux verbindet die Kulturkritiker aller Länder in ihrem beschwerlichen Stellungskampf gegen eine immaterielle Bewusstseinsindustrie, die für sich die Diskurse der Freiheit und Fantasie, der Utopie und der Revolution reklamiert. Diese Ideologie von der permanenten postindustriellen Revolution trifft heute nur noch auf eine Form des zeitgemäßen Widerstands: auf die Praxis des Programmierens. Die digitale Kulturelite klammert sich an Linux wie an die letzte Planke des untergegangenen Tankers namens Kulturkritik. In den Tiefen des Programmcodes überwintert die kritische Theorie.

Heimwerker am Kernel des Systems

Es sind eben Partys der anderen Art: geprägt von Ernst und Arbeit. »Linux-Install-Partis« finden landauf, landab statt. In Uni-Rechenzentren und in Jugendzentren laden junge, ernste Männer die Öffentlichkeit ein, ihre Festplatten von Microsoft-Programmen zu reinigen und stattdessen Linux zu installieren. R. zum Beispiel, ein Medizintechniker Mitte vierzig, trägt schwer an Linux: Tower, Monitor, zwei Festplatten, Modem hat er von zu Hause aus hergeschleppt, um seinen Rechner vom falschen Leben ins richtige zu holen. Zehn Kilo guter Wille. Nun sitzt er vor seinem Gerät und lässt sich von den Studenten aufklären. Wo er mühsam mit einzelnen Fingern tippt, streicheln sie einen Tusch auf die Tastatur, elegant wie Pianovirtuosen. Auf seinem linken Knie lastet die 1000 Seiten starke »Linux-Bibel«, auf dem rechten ein Schreibblock mit Einträgen wie »DF6KC:~#cat/dev/soundstat«. R. stöhnt darüber, wie hart die Arbeit so dicht am Code doch ist. Aber auch irgendwie befriedigend. Kein billiger Schnickschnack wie Windows-Dialoge betrügen ihn hier um seine hart erkämpfte Souveränität. Hier muss er sich selbst beweisen, gelehrig und geduldig sein.

»Mann, das ist fast so, als ob du eine neue Sprache lernst«, flüstert sein Nachbar M., ein Koch. Seit zwei Stunden sitzt er vor seinem Notebook und büffelt Linux, dekliniert Promptzeichen, konjugiert Schnittstellen. Die Vorhänge sind zugezogen, damit die Bildschirme heller strahlen. Die klösterliche Ruhe wird nur unterbrochen vom Klicken der Tastaturen. Hier sind Computer noch nicht und nicht mehr die Ablenkungsmaschinen der Spieleindustrie, hier flimmern keine Interaktivpornos über den Bildschirm. Auf Linuxpartys wird harte Textexegese betrieben und die digitale Kulturkritik ist ganz bei sich. Linuxpartys sind der letzte Hort der Systemkritik in Zeiten der globalen Aufmerksamkeitsökonomie, in der jede Form der verbalen Kritik sofort als News und Attraktion ins System selber eingespeist wird und so als »highly recommended opinion« in Cybercash und Börsenkurse transformiert wird. Doch hier im dämmerhohen Raum des Unirechenzentrums greifen die Regeln von AOL, Vodafone und Microsoft nicht mehr, denn diese jungen, ernsten Männer installieren ein Betriebssystem, das für alles steht, an das sie glauben. Das System und seine Kritik, die Kulturindustrie und ihre Verneinung. In seiner Unbestechlichkeit ergreift Linux für uns alle das Wort, für die schweigende Mehrheit der DAUs, der Dümmsten Anzunehmenden User, die nicht einmal imstande sind, ihr Unbehagen am AOL-Deal zu artikulieren. Linux ist unser Trost, unser gutes Gewissen. Linux läuft Tag und Nacht, automatisch wie eine tibetanische Gebetsmühle, kollektiv, anonym, ortlos. Linux ist Kulturkritik im Softwareformat, ein aktuelles Update sowohl der Kulturindustrie als auch ihrer Kritiker, Sinnbild der Konvergenz von Kultur und Industrie und Ausdruck unserer hochgradig arbeitsteiligen Gesellschaft, die alle anstrengenden Aufgaben an Maschinen delegiert – selbst die Kulturkritik. Nur dank dieser automatisierten Betriebssystemkritik können wir DAUs uns den Luxus leisten, nicht zu jeder neuerlichen Megafusion eine Meinung haben zu müssen. Und das befreit. Vielen Dank, liebes Linux! Weiter so! Energie!

STEPHAN POROMBKA

literatur@netzkultur.de

Auch ein Beitrag zur Literaturgeschichte der 90er

Ansprüche: Die Ars Electronica 1989

Im Rückblick lässt sich die Geschichte der Netzliteratur mit einem Flimmern beginnen. Mit einem Mal tut sich eine freundliche Weite auf, eine offene Ebene, eine Landschaft, die ganz und gar unbegrenzt scheint. Keine Pflanzen, keine Tiere, keine Menschen. Nur weit hinten schwirrt am Horizont ein dunkler Schatten – eine Stadt! Je näher wir kommen, um so deutlicher sind riesige Häuser zu sehen und Straßenschluchten dazwischen. Die führen mitten hinein in den Text, den es schwebend zu entziffern gilt. Die Stadt, der Text, der schwebende Leser: Die Häuser aber sind keine Häuser, es sind gigantische Buchstaben aus Licht, die links wie rechts am Straßenrand stehen und sich im Vorbeiflug zu Worten und zu Sätzen fügen. Bis zur Straßenkreuzung, an der man sich entscheiden muss. Geradeaus, nach links, nach rechts oder zurück. So oder so, der Satz wird weitergehen. Nur wie er weitergeht, das hängt von der Richtung ab, die eingeschlagen wird, bis zur nächsten Kreuzung, an der die nächste Entscheidung auf uns wartet.

Oder man bricht die Reise ab. – Dazu allerdings war kaum jemand zu bewegen, im September 1989, als der australische Künstler Jeffrey Shaw sein Projekt *Legible City* auf der Ars Electronica in Linz ausstellte. Rund um die Installation hatten sich die Leute versammelt, um den Leuchttext zu bestaunen und selbst durch die Straßen zu steuern. Aber immer nur einer durfte auf dem Trainingsfahrrad vor der riesigen Leinwand sitzen, in die Pedalen treten, lenken und lesen. Nur wer im Sattel saß, konnte den Computer aktivieren, der so zwischen Fahrrad und Leinwand geschaltet war, dass er das Geschehen in ›Echtzeit‹ kontrollierte. Denn fuhr man nicht, blieb auch das flimmernde Bild gegenüber stehen; fuhr man los, so schien es, als bewege man sich tatsächlich wie ein kleiner Mensch auf einem kleinen Rad durch die Buchstabenstadt, das Tempo und die Richtung bestimmend – und den weiteren Verlauf des Textes.

Da war eine Begeisterung wie auf dem Jahrmarkt. Ein »Wow« und ein »Echt super« riefen alle aus, die auf dem Fahrrad saßen, und hin und wieder auch: »Das isses.« Was isses? Jeffrey Shaws lesbare Stadt schien 1989 auf geradezu wunderbare Weise das Versprechen der neuen, der kommenden Literatur zu verkörpern. Denn das würde eine Literatur sein, die man in den Computer hineinschreibt und die nur noch am Bildschirm gelesen werden kann. Und mehr noch. Sie würde Perspektiven eröffnen, die noch kein einziges Buch geboten hatte. Endlich würde man zwischen den Zeilen lesen können, indem man einfach zwischen ihnen hindurchfuhr. Endlich konnte man *im* Text sein, statt *aussen vor* zu bleiben. Und der Leser durfte vor allem eins: selbst bestimmen, wo es langgeht. Musste er in Büchern nicht der einen Linie folgen, die der Autor durch die Seiten vom Anfang bis zum Ende gelegt hatte? Musste er sich nicht von ihm lenken lassen, sollte der Sinn des Textes voll und ganz verstanden werden? In der lesbaren Stadt aber, durfte der Flaneur an jeder Kreuzung entscheiden, wie weiterzukommen sei: »Einen bestimmten Weg einzuschlagen bedeutet, bestimmte Texte auszuwählen und spontane Kombinationen herzustellen«, kommentierte Shaw den interaktiven Prozess. »Die Identität dieser neuen Städte entsteht somit aus dem Zusammentreffen der Bedeutungen, die diese Worte evozieren, während man sich frei durch den virtuellen Stadtraum bewegt.«[1] Selber machen, selber fahren, selber schreiben, »das isses«, das musste die neue Literatur sein, die nicht mehr auf Kontemplation angelegt ist, sondern auf die Erlebnissteigerung, auf die Steigerung von *IpMs* – von *Interactions per Minute*, die, wie der Medientheoretiker Florian Rötzer schrieb, »den distanzierten Zuschauer und Zuhörer immer weiter in das mediale Geschehen, in die Medienwirklichkeit hineinziehen, was letztlich heisst, dass der Benutzer nicht mehr nur Abnehmer, Rezipient oder Konsument eines massenmedialen Produkts ist, sondern in das System als aktives und vor allem individuiertes Element integriert ist«.[2]

Ein paar Meter weiter dasselbe noch einmal und noch einmal anders: unzählige *Interactions per Minute* im sogenannten Mediendorf der Ars Electronica, in dem die beiden Computer-Aktivisten Heiko Idensen und Matthias Krohn ihre PooL-Datenbank aufgebaut hatten, eine kleine Ansammlung von Rechnern, die untereinander vernetzt waren und über die man sich per Telefonleitung mit anderen Datennetzen verbinden konnte. *Hands-On!* hieß das Motto: Nicht dumm dastehen, sondern mitmachen, dabeisein, am Geschehen teilhaben und unmittelbar erleben – Hacker-Culture light: »Es standen viele Apparate herum«, erinnert sich ein Besucher, »Menschen saßen vor Sichtgeräten, tippten auf Tastaturen. Gelegentlich reichte man sich kleine Zettel. Helles, transparentes Licht. Leere Whiskeyflaschen in der einen Ecke. Der Raum hatte weder Fenster noch Türen, es wurde wenig gesprochen. Niemand in diesem Raum schien sich an meiner Anwesenheit zu stören. Ich ließ mich vor einem der Computer auf einem mörderisch unbequemen Stuhl nieder und sah vor mir auf dem Schirm die Aufforderung: ›Gib mir dein Wort!‹«[3]

Selber schreiben! Kaum hatte der Benutzer sein Wort gegeben, schon war er mit dem Computer in das Netz eingewoben, das durch den Raum gespannt war. Und schon bewegten sich die Benutzer durch ein Gewebe von Texten, das Krohn und Idensen entworfen hatten und das von den vielen Teilnehmern sukzessive ergänzt worden war. Jeder Punkt führte zu verschiedenen Abzweigungen, an denen zu entscheiden war, wie weitergelesen werden sollte. Oder man konnte neue Texte verfassen, neue Wege legen, um das Netz komplexer zu gestalten.

Für Idensen und Krohn war unbestreitbar: Wo in Zukunft so geschrieben und gelesen würde, da ereignete sich die Befreiung von alten und von neuen Zwängen, denn Texte im Computernetz zu verfassen, hieß für sie, sozial zu schreiben – und vor allem: revolutionär. »Wir können solche nicht-linearen Produktionsweisen als Werkzeugkiste und Wunschmaschine in unseren jeweiligen Aktionsbereichen und Tätigkeitsfeldern einsetzen«, schmetterten sie programmatisch. »Koordination zur Unterstützung kooperativer Arbeitsmethoden, Vernetzung persönlicher Herangehensweisen und Systematiken in soziale KONTEXTE. [...] Konzeptart, offene Kunstwerke mit Beteiligung, interaktive Experimente der Medienkunst, soziale Rückkopplung frei nach Burroughs, Hyper-Text-Systeme und kooperative Software verlangen nach einer revolutionären Kopplung.«[4]

Was heute nach hohlem Techno-Kitsch klingt, galt 1989 als unverfremdete Sprache des Aufbruchs. Als oberste Sprachpfleger gaben sich dabei die beiden Organisatoren der Ars Electronica, Gerhard Johann Lischka und Peter Weibel. In einem Manifest »für eine interaktive Kunst«, das so strukturiert war, wie man sich den vernetzten PooL-Text aus der Datenbank von Idensen und Krohn vorstellen muss, gaben beide die Parolen für ihre eigene Veranstaltung aus. Ganz assoziativ, ganz hypertextuell mischten sie Zitate von Chaosforschern, Biologen, Systemtheoretikern, Physikern, Kybernetikern, Ökonomen und Kunsthistorikern mit eigenen Stellungnahmen, um den Epochenbruch zu markieren, den sie mit Kunstwerken wie der *Legible City* von Jeffrey Shaw oder dem kleinen PooL-Computernetz angekündigt sahen. Das neue Schreiben, das neue Lesen, die neue Literatur und die neue Kunst überhaupt – das alles stimmte für sie »mit den neuesten Interpretationen der Quantentheorie« überein und »mit der aktuellen Erkenntnistheorie des radikalen Konstruktivismus (von Glasersfeld) und der evolutionären Erkenntnistheorie eines H. Maturana«. In der künstlerischen Interaktion mit Computern sahen Weibel und Lischka die »Sequenzierung der Zeit in Helix-Form«, und Interaktivität wurde zum »Oberbegriff für eine Vielzahl homeostatischer Prozeduren« erklärt, »die eben für das Funktionieren komplexer dynamischer Systeme notwendig sind. War die bisherige Kunst der starren Geometrie des Verhaltens verpflichtet, löst die von der Technologie geforderte und geförderte Interaktivität diese starre Geometrie auf und wandelt sie in ein dynamisches Chaos um, in eine stabile Heterarchie selbst-organisierender Systeme.« Bei aller Verschwommenheit solcher Formulierungen stand dem Organisatorengespann der Ars eines klar und deutlich vor Augen: »Die Zukunft ist interaktiv. Das interaktive Bild ist gekommen, um zu bleiben. Das interaktive Bild ist die Zukunft.«[5]

An diesem Bild der Zukunft musste sich alles Kommende messen lassen – darauf surrte die Botschaft der Ars Electronica von 1989 zusammen. Wer mit Kunstwerken und literarischen Texten frei von jeder Bevormundung umgehen wollte, der hatte so frei und dem Werk so nah zu sein wie der fahrende Akteur in Jeffrey Shaws lesbarer Stadt. Wer in Zukunft schreiben wollte, der hatte so hypertextuell, so sozial und revolutionär, mit einem Wort: so vernetzt zu sein wie die Interaktivisten in der PooL-Datenbank von Idensen und Krohn. Wer schließlich von der Zukunft der Literatur und der Kunst reden wollte, der musste so *up to date* und so assoziativ sein wie Lischka und Weibel. Und der Text der Zukunft musste alles das miteinander vernetzen: Er musste der komplexen, unüberschaubaren Stadt mit allen Wendungen und Windungen nachgebaut sein. Er musste Straßennetz, Computernetz und Bedeutungsnetz ineinander abbilden. Und er musste alle zukunftsmächtigen Diskurse der Künste und Wissenschaften zu einem Hyperdiskurs zusammenführen. Die neue, die kommende Literatur – das alles war ihr aufgegeben, obwohl, vielleicht auch gerade: *weil* sie noch gar nicht das Licht der Welt, das Licht des Bildschirms erblickt hatte.

Einbrüche: Die bittere Bilanz der 90er

Will man die Geschichte der digitalen Literatur der 90er Jahre erzählen, dann nur als Geschichte der Kurzatmigkeit und Atemlosigkeit, als Geschichte des Versuchs, die überzogenen Ansprüche zu erfüllen. Es galt

Avantgarde zu sein, den Beweis zu erbringen, dass die Literatur auch in der Welt des Virtuellen Kräfte freizusetzen vermag, die sie zum wichtigsten Reflexionsmedium des neuen technologischen Umbruchs machen würde.

Doch ist der Beweis ausgeblieben. Nichts, was in den 90ern für den Computer geschrieben wurde, konnte sich mit einer Installation messen lassen, wie sie etwa Jeffrey Shaw mit *Legible City* realisiert hatte – technologisch nicht und auch nicht konzeptionell. Immerhin hatte Shaw einen mehrere zehntausend Mark teuren Silicon Graphics Crimson Computer eingesetzt, um die richtigen Effekte zu erzielen. Nur mit einem solchen Gerät ließ sich dem Rezipienten vermitteln, dass die eigene Aktivität mit der Bewegung des digitalen Bildes auf der Leinwand gleichgeschaltet war. Ein Computer mit geringerer Leistungskraft, der den Interaktionsprozess nicht hätte in ›Echtzeit‹ verrechnen können, wäre für *Legible City* ungeeignet gewesen. Für die Maschine aber brauchte Shaw einen Programmierer, der die künstlerische Konzeption zusammen mit ihm umsetzen konnte. Und so wurde aus der Einzelarbeit ein Projekt, an dem zuletzt eine ganze Gruppe von Leuten beteiligt war.

Wer als Autor digitaler Texte Effekte wie Jeffrey Shaw erzielen beabsichtigte und von seinem Publikum ein »Wow«, ein »Echt super« oder gar ein »Das isses« hören wollte, der musste also nicht nur viel Geld investieren. Er musste auch die notwendige *manpower* zur Verfügung stellen können, was vorerst nur Künstlern mit entsprechendem institutionellem Umfeld möglich war, Leuten, die in der Lage waren, ihre Ideen mit Hilfe einer Gruppe zielsicher umzusetzen.

Deshalb musste auf den ersten wie zweiten Blick enttäuschen, was mit weniger finanziellem und logistischem Aufwand zu Beginn der neunziger Jahre als digitale Literatur vorgestellt wurde. Zumeist handelte es sich um simple Hypertextprogramme, die man Ende der 80er in den USA entwickelt hatte. Etwa im Fall des berühmten Disketten-Textes *Afternoon* von Michael Joyce, der schon bei Erscheinen »a postmodern classic« genannt und als erstes Stück echter Netzliteratur gefeiert wurde.[6] Trotz der kaum zu unterbietenden Schlichtheit, mit der sich der Text auf dem Bildschirm präsentierte, meinten einige, lesend und klickend eine Art Kulturrevolution in Gang zu setzen. Doch sollte der geradezu unglaubliche Hype, der um *Afternoon* vor allem von euphorisierten Studenten der Amerikanistik veranstaltet wurde, wohl eher die Erkenntnis blockieren, dass sich mit diesem Dokument nicht einmal eine literarische Revolte inszenieren ließ. Heute steht fest, dass *Afternoon* zu den meist überschätzten Texten der letzten zehn Jahre gehört.

Jene Versuche, die in Sachen Digitalisierung der Literatur zu Beginn der 90er in Deutschland unternommen wurden, lassen sich an einer Hand abzählen. Ein paar Beispiele: Klaus Dufke projizierte mit ästhetisch mäßigem Erfolg das dritte Kapitel aus James Joyce' *Ulysses* im Computer auf einen Stadtteil von Dublin zurück, um den Leser von einem hypermedialisierten Lageplan aus auf die entsprechenden Textstellen zugreifen zu lassen.[7] Detlev Fischer hat einen inhaltlich wie strukturell äußerst naiven Hypertext mit dem Titel *Schwamm* entworfen, der »verschiedene Genres (Erzählung, Skizze, Spiel, Rätsel, Dokument etc.) als Geflecht von Bildern und Texten« vorstellen sollte und auf »interaktives, tastendes Lesen« ausgerichtet war.[8] Schließlich hat sich auch die österreichische Schriftstellerin Elfriede Jelinek darum bemüht, den Computer zur Umsetzung ihrer Vorstellung von Literatur zu nutzen. Für *Trigger your Text* von 1993 hat sie sich mit dem Künstler Gottfried Hüngsberg und dem Programmierer Hannes Franz zusammengetan. Resultat war eine interaktive Installation, bei der auf einem Monitor herumschwirrende Fliegen zu töten waren, um einige digitalisierte Kapitel aus *Wolken. Heim* lesen zu können. 1993 hatte diese Installation für Jelinek immerhin noch eine richtungsweisende Bedeutung: »Durch meine Beschäftigung mit Computerkunst, überhaupt mit den neuen elektronischen Medien bin ich zu dem Schluß gekommen, daß neue Formen der Literatur gefunden werden müssen, in denen der Rezipient von Kunst selbst auch in das Material, das ihm vermittelt wird, eingreifen können muß. Das Kunstwerk sollte seine eigene Rezeption bereits enthalten! Und gleichzeitig wird der Betrachter ein Teil des Werks.«[9]

Vergessen – zu Recht vergessen – sind solche Anstrengungen heute, nicht nur weil die interaktive Lektüre ermüdend, effektlos und langweilig ausfiel. Vergessen wurden sie vor allem, weil der Literatur mit der Etablierung und Popularisierung des World Wide Web spätestens seit 1994 ein Medium zur Verfügung stand, das eine Orientierung an eben jenen Grundsätzen ermöglichte, die Idensen und Krohn bereits fünf Jahre zuvor zur Bedienung ihres PooL-Prozessors definiert hatten. Deshalb war es kein Zufall, dass ausgerechnet Heiko Idensen zur selben Zeit zum gefragten Mann in Sachen Internet-Literatur wurde, eigene Projekte im Netz etablierte und allenthalben einen neuen Hypertext-Utopismus predigte. Er visionierte eine Kultur, die sich dank weltweiter Vernetzung der Versklavung durchs Buch entwunden hatte. Mit dem Internet fielen für Idensen »Lesen (Blättern, Nachschlagen, Querverweisen folgen, Bücher in Beziehung setzen) und Schreiben (Herausgeben und Verlegen) [...] in einem aktiven semiotischen Prozeß intertextueller Generierung von Texten aus Texten zusammen – dem Folgen bzw. Herstellen von Bezügen. Mediale Offenheit und eine tendenziell gleiche Ausstattung bei Lesern und Schreibern schaffen (zumindest technologisch) die Voraussetzungen für radikaldemokratische Produktion und Organisation von Texten: Die Trennung zwischen verschiedenen Texten, unterschiedlichen Diskursen wird durchlässig [...]. Eingreifen des ›Lesers‹ zu jeder Zeit an jeder Stelle. Dadurch verlieren die Texte ihr vermeintliches Bedeutungs- und Machtzentrum. Der Unterschied zwischen Haupttext, Kommentar, Anmerkung verschwindet zugunsten einer Text-Netzwerk-Konzeption.«[10]

Intertextualität durch Vernetzung, Unabschließbarkeit des Textes, Auflösung der Zentralgewalten, Aufhebung der Autorschaft, Ermächtigung des Lesers, digitale Radikaldemokratie – hier finden sich alle entscheidenden Stichworte, die um 1995 die gesellschaftlichen Diskussionen über den globalen Medienwechsel bestimmt haben, in drei klappernden Sätzen zusammengeschweißt. Dabei listete Idensen mit seinem Katalog lediglich die Forderungen noch einmal auf, die er bereits 1989 an die Literatur der Zukunft gestellt hatte: Sie sollte hypertextuell sein, kooperativ, sozial und revolutionär.

Im Blick hatte Idensen vor allem jene Internetprojekte, in denen die Texte nicht von einem Autoren allein geschrieben wurden, sondern von vielen, weltweit miteinander verknüpften Computernutzern, die ihre Arbeit als Work in Progress verstehen wollten. Dazu gehörten für ihn die *Free for All-Pages*, die man im World Wide Web ansteuern konnte und auf die sich jeder mit beliebigen Texten eintragen durfte. Dazu gehörte etwa auch solch kooperativer Schnickschnack wie der im Netzwerk erstellte längste Satz der Welt, dem jeder Leser noch etwas anhängen durfte. Und dazu gehörten schließlich Projekte, die einen ambitionierteren literarischen Anspruch verfolgten: *Tree-Fictions*, in denen Erzählungen von wechselnden Autoren immer weiter verästelt wurden; *Add-Ventures*, die im Netz die Tradition der digitalen Textabenteuer fortführten, indem man gemeinsam Märchenwelten entwarf, erweiterte und durchstöberte; komplexe Textnetze wie das *Hypertext-Hotel*, das von der amerikanischen Brown-University aus unterhalten wurde. Als Literatur entdeckt hat Idensen aber auch die sogenannten MUDs, die *Multi-User Dungeons*. Das waren Textwelten, in denen sich verschiedene Leute zur gleichen Zeit von ihrem eigenen Computer aus verbinden konnten, um sich online zu treffen und gemeinsam durch die verschiedenen virtuellen Räume zu bewegen. Diese MUDs wurden als eine Art Echtzeit-Literatur begriffen, die alle bisherigen Definitionen von literarischen Texten zu sprengen drohte. Denn diese Literatur fand *immer* und *immer jetzt* statt, sie wurde von unzähligen, interagierenden Autoren gleichzeitig geschrieben und sie eröffnete zugleich allen Lesern als Schreibern die Möglichkeit, sich selbst in den Text hineinzuversetzen und in ihm eine beliebige Rolle zu spielen.

Es waren solche schriftbasierten Online-Performances, die noch am ehesten erfüllen konnten, was von der Literatur der Zukunft gefordert wurde. Doch war klar, dass die *Free For Alls*, die *Tree-Fictions* und die MUDs lediglich einen neuen, am Computerspiel orientierten Erlebniswert zu bieten hatten. Literarische Qualität ließ sich mit den kooperativen Projekten im Internet ganz offensichtlich nicht herstellen. Und so war die Literatur, so waren der Autor und der Leser zwar endlich in die unendlichen Weiten des virtuellen Raums entlassen, doch schien es, als hätte sie bei dieser Befreiung eine ihrer vorzüglichsten Eigenschaften verloren: genießbar zu sein.

Im festen Glauben, dass sich auch diese Eigenschaft noch in die befreite Zone hinüberretten ließ, wurden 1996, 1997 und 1998 Preisgelder für die besten literarischen Texte geboten, die im Internet gelesen werden konnten und die zugleich die Möglichkeiten des Netzes für sich zu nutzen wussten. Die Auslober des Preises, die *ZEIT* und IBM, hofften, eben jene Literatur präsentieren zu können, die seit Jahren schon gefordert wurde, die jedoch immer noch nicht geschrieben und programmiert worden war.

Schon 1996, war man von den eingereichten Ergebnissen enttäuscht, allerdings ohne die Enttäuschung offen zu zeigen. Beteiligt hatten sich weder namhafte Autoren noch professionelle Programmierer. Stattdessen gab es Kleinkunst im digitalen Format. Peter Glaser, der sich mit seiner Literatur bereits in den achtziger Jahren an den Medientechnologien Video und Computer orientiert hatte, würdigte die Gewinner-Beiträge im *ZEIT*-Magazin mit einiger Zurückhaltung: »Weil die Entwicklung des Hypertextes noch so jung ist, konzentrieren sich die Autoren vorerst oft auf kleine Moleküle aus luftig miteinander verbundenen Textchen.«[11] Ein Jahr später, beim zweiten Internet-Literaturwettbewerb, machten sich deutlichere Töne vernehmbar. »Und wie das so ist, wenn man in das Internet hineinruft nach neuer Literatur: Was zurückschallt ist das Leben selber, so aufregend und so banal, wie man es kennt.« So zog man auf der Computerseite der *ZEIT* bitter Bilanz: »Allen voran kamen die Eiferer mit langen Manifesten für humanes Sterben, nachhaltiges Wachstum und andere untadelige Zwecke. Gleich dahinter die Vielschreiber, die mal eben hundert beliebige Kilobyte digitalisiert haben aus Werken, die zwar literarischer anmuten, aber doch mit den Möglichkeiten des Internet nicht viel zu tun haben [...].

Auf der anderen Seite die Technikerfraktion mit dreidimensionalen Buchstabenwelten, frei flottierenden Worten, die man mit der Maus anstupsen darf, und wellenschlagenden Überschriften. Vieles davon ist offenkundig aus den Weiten des World Wide Web zusammenkopiert und nur neu verbunden worden, vieles aber auch von Grund auf selbst entworfen.«[12] Einen ersten Preis wollte man angesichts der Qualität der eingesandten Beiträge gar nicht erst vergeben. Teile der Jury traten zur Begründung ihrer Entscheidung vor lauter Frustration nicht an. Ein Juror machte seinem Ärger in einem zynischen Artikel Luft.[13] Worauf sich schließlich einige Autoren, die am Wettbewerb mit eigenen Beiträgen teilgenommen hatten, zur Wehr setzten und der Jury kurzerhand die Kompetenz absprachen.

Als dann 1998 der dritte Internet-Literaturwettbewerb stattfand, war längst die Luft raus. Weil sich kaum noch jemand für die Thematik erwärmen mochte, fand die Veranstaltung fast unter Ausschluss der Öffentlichkeit statt. Wie demütigend, dass die Preisverleihung 1998 ausgerechnet im ZKM, im Zentrum für Kunst- und Medientechnologie, in Karlsruhe ausgerichtet wurde. Denn die Leitung des ZKM hatte mittlerweile eben jener Peter Weibel übernommen, der noch knapp zehn Jahre zuvor als Organisator der Ars Electronica die Latte für die Literatur der Zukunft so unerreichbar hoch gelegt hatte. Und auch Jeffrey Shaw war inzwischen in Karlsruhe eingetroffen. Der australische Künstler hatte sich mit der Abteilung für Bildmedien sein eigenes Kunstlabor am ZKM eingerichtet. Was er hier zwischenzeitlich an interaktiven Installationen geschaffen und zum Teil in Karlsruher Museumsräumen ausgestellt hatte, ließ alle bisherigen Versuche, einen literarischen Netztext zu realisieren, geradezu diletantisch aussehen. So brachte es der dritte Literaturwettbewerb auf den Punkt: In all den Jahren war nicht eine einzige der Forderungen, mit denen sich die digitale Literatur konfrontiert gefunden hatte, auf überzeugende Weise erfüllt worden, obwohl sich die interaktive Kunst in der gleichen Zeit mit Riesenschritten weiterentwickelt hatte.

Da halfen auch die Beschwichtigungen nicht mehr, die der amerikanische Autor und Literaturkritiker Robert Coover mobilisierte, wann immer er auf die mangelnde Qualität von digitalen Netztexten angesprochen wurde. Coover hatte die Hyperfiktion 1991 in den Spalten der ehrwürdigen New York Book Review geadelt, er hatte Afternoon von Michael Joyce dort »einen Meilenstein« genannt und sich selbst ganz prophetisch gegeben. Der Hypertext, so behauptete er, »legt den Grundstein für eine radikal andersartige, interaktive und vielstimmige Technik, indem er eine Vielfalt von Diskursen einer definitiven Aussage vorzieht und den Leser von der Bevormundung durch den Autor befreit«.[14] Als Coover im Herbst 1995 auf der Softmoderne, dem Festival für Netzliteratur in Berlin einen Vortrag über Hyperfiktionen hielt, nahm er die großen Projektionen zurück. Immerhin habe es nach der Erfindung des Buchdrucks noch 150 Jahre gedauert, bis Cervantes den Don Quichote schreiben konnte, gab Coover zu bedenken. Deshalb dürfe man so kurze Zeit nach Erfindung des Personal Computers und des World Wide Web noch keinen brillanten Hypertext erwarten. Das könne auch noch hundert Jahre dauern. Dass er so lange nicht mehr warten wolle, gab ein älterer Zuhörer dem Vortragenden zu verstehen, rief es und verließ den Saal.

Aufbrüche: Zeit für Experimente

Die Lösung für diese eigenartige Problemlage stellte sich unverhofft ein. Und sie kam, ohne dass viel Lärm darum gemacht wurde. Kaum lässt sich genau angeben, wer wo und wann die Lösung ins Spiel gebracht hat. Doch lässt sich zuallererst Matthias Politycki nennen, um zumindest einen zu identifizieren, der sie nicht nur plausibel, sondern auch populär gemacht hat.

Nachdem Politycki mit seinem Weiberroman zum Star des Literatursommers 1997 avancierte, verfiel die aspekte-Redaktion des ZDF auf die Idee, den Autor die Fortsetzung des Romans auf den World Wide Web-Seiten des Senders schreiben zu lassen.[15] Das lag schon deshalb nahe, weil der Weiberroman, der von Politycki im Untertitel als Historisch-kritische Gesamtausgabe ausgegeben wurde, lediglich drei Liebesgeschichten des Helden Gregor Schattschneider aus zwei verschiedenen Jahrzehnten erzählte, während die vierte Geschichte, die im dritten Jahrzehnt spielen sollte, nicht mehr für das Buch ausgearbeitet worden war. Politycki hatte sich auf die Kapitel *Kristina*, *Tania* und *Katarina* beschränkt. Nun konnte *Marietta* folgen, die Liebesgeschichte der 90er im Medium der 90er. Zwar sollte am Ende ein gebundenes Buch stehen, doch bis dahin wollte man den Lesern Einblick in die Notizen, Entwürfe und ersten Kapitel des Textes gewähren.

Im Jahr zuvor hatte bereits Ilija Trojanow auf den ZDF-Seiten einen Roman verfasst, der später als Buch unter dem Titel *Autopol* erschienen war.[16] Allerdings stieß er damit auf weniger Resonanz als sein Nachfolger. Denn kaum waren die *Marietta*-Seiten im Netz zu besichtigen, klickten sich schon unzählige User heran, um an der Entstehung des vierten Romanteils teilzunehmen. Und Politycki konnte sich vor Einladungen zu Lesungen und Vorträgen kaum retten, bei denen er erläutern sollte, wie es sich denn als Buchautor im Netz so schreibt.

Das Spektakuläre an Polityckis Projekt waren nicht die Seiten, die im World Wide Web zu sehen waren. Graphisch boten sie eher den bekannten Netzkitsch. Inhaltlich versuchte man, nicht nur neueste Ergebnisse der literarischen Heimarbeit Polityckis zu präsentieren, sondern die Leser unmittelbar ins Geschehen einzubinden. Deshalb wurde ein »Parallelforum« eingerichtet, in dem die Erzählstränge der Marietta-Geschichte diskutiert und eigene Varianten vorgestellt werden konnten. Hin und wieder speiste Politycki eigene Beiträge in die Diskussion ein, zumeist aber beschränkte sich der Autor aufs vergnügliche Mitlesen. Hinzu kamen kurze digitalisierte Filmsequenzen, in denen Politycki interviewt wurde. Und in einem eigenen Bereich stellte man, ebenfalls mit Filmchen, elf junge Frauen vor, die sich darum bewarben, der fiktiven Marietta eine wirkliche Gestalt zu geben. Wer als Gewinnerin aus dem Wettbewerb hervorgehen würde, darüber sollte die Gemeinde der Online-Leser abstimmen.

Atemberaubend war die ganze Sache nicht. Dass Politycki aber dennoch eine Lösung für den alten Streit um die digitale Literatur anbieten konnte, lag daran, dass er keineswegs als Medien-Prophet oder Hypertext-Utopiker auftrat, um unter Beweis zu stellen, dass nun auch er die Gutenberg-Galaxis verlassen habe und die Zukunft der Literatur hypertextuell, sozial und revolutionär sei. Ohnehin hatte er sich der »78er-Generation« zugeordnet, die ihm als unprogrammatisch und unideologisch galt. Politycki konstatierte, dass seine Generation längst »Abschied von der eigenen Wichtigkeit« genommen habe und nur noch »Abscheu vor jeder Art des Pathos« empfinde.[17] Wenn die wichtigsten historischen Ereignisse, nach denen sich für Politycki die 78er definierten, beim Fußball in Cordoba und beim Widerstand gegen die Endlagerung in Gorleben zu suchen waren, wie sollte er da plötzlich von Epochenbrüchen, von Jahrhundert- und Jahrtausendwenden und von der einen großen Zukunft der Literatur sprechen?

Folgerichtig stellte sich Politycki nicht als Avantgardist vor seine Zuhörer, sondern – wie er selbst es nannte – als »DAU«, als »dümmster anzunehmender User«.[18] Das Internet-Projekt hatte er begonnen, ohne zu ahnen, worauf er sich einließ. Nach eigenem Bekunden war ihm weder geläufig, wie man einen Personal Computer ans Netz anschließt, noch klar, wie ein Hypertext funktioniert oder gar wie eine Homepage für das World Wide Web programmiert wird. Und so schrieb einer die Netztexte für Marietta, der schlicht etwas über neue Literatur lernen wollte, ohne sich vorab der ästhetischen Zielsetzungen und medientheoretischen Zwecke seiner Praxis versichern zu müssen.

Damit wird klar, welche Lösung Politycki für das Problem der digitalen Literatur, die zwar epochemachend sein wollte, aber niemals Epochemachendes vorgelegt hatte, anbieten konnte. *Erstens* ging er als ein Autor an sein Internet-Projekt heran, der seine literarischen Qualitäten nicht erst im Netz beweisen musste. *Zweitens* begnügte er sich mit der Rolle des Schreibenden, dem man professionelle Screendesigner und Programmierer an die Seite gestellt hatte, die das Projekt für das Internet umsetzen und Politycki vor den schlimmsten Widrigkeiten des Online-Seins schützen sollten. *Drittens* glorifizierte er weder das Medium noch den Produktionsprozess, der fast in Echtzeit im Netz präsentiert wurde. *Viertens* gab er sich fortwährend als Unwissender, der aus dem neuen Medium klüger werden wollte. Und schließlich *fünftens*, vielleicht der wichtigste Punkt: Es war von Beginn an entschieden, dass *Marietta* im Netz entstehen sollte, damit der Text am Ende als Buch veröffentlicht werden konnte. Deshalb galt der Computer plötzlich nicht mehr als Medium, in das die Literatur sogartig eingezogen wurde und aus dem es kein Entkommen mehr gab. Politycki nutzte den Computer und das Netz vielmehr als Experimentierraum. Hier ließ sich etwas entwickeln, was man in dieser Form woanders nicht würde ausprobieren können, was allerdings jederzeit in andere Medien transformierbar war. Kein Wort von Revolution, von Radikaldemokratie, von Chaostheorie, Kybernetik und Radikalem Konstruktivismus! Aber auch kein riesiger technologischer Aufwand, kein Silicon Graphics Crimson Computer, kein Trainingsfahrrad und keine gigantische Leinwand, die den Leser umfängt. Stattdessen die kleine Probe aufs Exempel. Experimentelle Literatur eben.

Ganz in diesem Sinn hat auch Rainald Goetz seinen *Abfall für Alle* im Netz produziert, der am Ende ebenfalls in Buchform erschienen ist.[19] Der Unterschied zum Marietta-Projekt bestand allerdings darin, dass Goetz nicht wie Politycki mit ironischem Zwinkern auftrat. Goetz wollte im übrigen gar nicht auftreten, sondern seine ebenso intensive wie extensive Medienpraxis mit der altbekannten Aggression vom Computer aus fortsetzen. Trotzdem hat auch er seinen Teil dazu beigetragen, die alten verspannten Debatten über die Computer- und Internet-Literatur vergessen zu lassen. »Los gehts«, hieß es am 4. Februar 1998, »Sonnentag Berlin. Anruf von Herrn Häberlen. Ich soll jetzt mal mit Texten rüberkommen.« Und ein Jahr später, am 10. Januar 1999 hieß es dann im letzten Eintrag: »ja/ das wars// allen alles// Licht.« Dazwischen hatte Goetz Bericht erstattet vom Leben und vom Lesen, vom Biertrinken und Butterkaufen, vom TV-Zappen und Tanzengehen, von Luhmanns Theorien und Harald Schmidts Witzen. Tag für Tag.

Beim Design der Seiten von *Abfall für Alle* hatte man sich für den konsequenten Retro-Look entschieden. Hier gab es nichts zu klicken, nichts Verknüpftes und Vernetztes oder gar Interaktives. Im Vordergrund – vor grauem Hintergrund – standen ganz allein die Worte von Goetz, zwischen denen man sich nur vorwärts und rückwärts bewegen konnte, um zu lesen, was sich der Autor zum neuen Verhältnis zwischen Text und Leser durch den Kopf gehen ließ: »Totaler Unsinn: die Praxis Notizen hier raus zu lassen. Auch die Anredeform an irgendwelche Leser, die sich eingeschlichen hat, hat einen ankumpelnd unverschämten, unangenehmen Unterton und muß wieder weg. Das stört mich auch in den diversen Kolumnen, vor allem bei Maxim. Ich finde, man wird als Leser und Zuschauer schon dauernd genug zusammen geschrien und angebrüllt, von Bild, von Blitz, von Brisant, Explosiv und Extra Explosiv und was es da noch alles so gibt, Bild am Sonntag und natürlich von der Bild Werbung. Bild dir deine Meinung. Ja, ja schon gut. Schrei halt nicht gleich so. Danke. Wobei, manchmal machts ja auch Spaß.«[20]

Das waren gegengiftige Worte, die Goetz ins Netz schrieb: Stellungnahmen zu den Versuchen, das Glück und Heil der Literatur in der immer engeren Verbindung von Text und Leser durch die Verbesserung der Man-Machine-Interaction zu suchen. Bei Goetz gab es in dieser Richtung kein Heil mehr. Und das Glück auch nur in kurzen Sätzen. Ansonsten lakonisches Experimentieren: »Der Plan war ja nur gewesen: mal kucken, wie das läuft. Ganz einfach, simpel, nebenhin, Tag für Tag, geatmet wird ja auch, geschrieben, gelesen, gedacht. Normal.«[21]

Polityckis *Marietta* und der *Abfall* von Goetz – diese beiden Projekte haben den Sinn für die Möglichkeiten digitaler Literatur nicht nur in der literarischen Öffentlichkeit, sondern weit darüber hinaus maßgeblich geschärft. Auf jeden Fall waren es Initiationsprojekte, durch die andere Unternehmungen angeregt wurden, an denen sich zum Ende der 90er Jahre immer mehr Autoren beteiligt haben, die sich einen Namen zuallererst im Print-Bereich gemacht hatten. Nun endlich kamen die lesbaren Texte. Von Michael Rutschky, Peter Glaser, Kathrin Röggla, Norman Ohler, Claudius Hagemeister, David Wagner, Jörg Paulus, Rainer Merkel, Tanja Dueckers, Terzia Mora – die alle für *HyperTextBerlin* geschrieben haben, ein World Wide Web-Literaturprojekt, dessen Ergebnisse im Frühjahr 1999 und im Frühjahr 2000 vorgestellt wurden. Distanziert hatten sich die Organisatoren und Herausgeber von den Wettbewerben der 90er Jahre, bei denen »man sich mit einer Unmenge von Beiträgen auseinandersetzen [musste], die selten literarische Qualität erreichen konnten oder wollten und die aus diesem Grund die Möglichkeiten der elektronischen Literatur in der Öffentlichkeit geradezu diskreditiert haben«.[22] Um diese Probleme zu umgehen, wurde kein freier Wettbewerb veranstaltet und das Thema wurde eingeschränkt. Außerdem waren etablierte Autoren gebeten, Hypertexte zu entwerfen, die dann von Programmierern für das Netz umgesetzt werden sollten.

Hat man es bei *HyperTextBerlin* – mit Ausnahme des Projekts von Merkel, Paulus und Wagner – mit Netztexten zu tun, die von einem Autoren entworfen und geschrieben wurden, so sind längst Literatur-Projekte realisiert worden, die ganz auf Kooperation setzen und mehrere Künstler miteinander vernetzen. Die Seiten, die man unter der www.ampool.de abrufen kann, sind zur Anlaufstelle für Autoren geworden, die Texte und Textstückchen veröffentlichen wollen, die je für sich gelesen werden können und die zugleich im großen und ganzen Textpool aufgehen. »Im ›pool‹ haben die Initiatoren einige Schriftsteller und Künstler eingeladen, Beiträge für einen jeden Tag sich weiterentwickelnden Text zu liefern«, teilte Carmen von Samson mit, die sich selbst als Autorin an dem Projekt beteiligt hat. »Dann gibt es noch das Gästebuch ›loop‹, in dem sich alle Leser und Leserinnen der ›pool‹-Beiträge zu Wort melden können. Mitunter tun das auch die ›pool‹-Autoren. Die Kommunikation ist rege, schnell und deutlich. Es gibt keinerlei Redaktion.«[23]

Auch wenn es dabei hin und wieder noch vollmundige Rückfälle in alte Debatten gibt – »das kommende Jahrtausend hält einige Herausforderungen für uns bereit. Auch in literarischer Hinsicht« –, durchgesetzt haben sich auch hier eher entspannte Weltsichten und Literaturprogramme.

Das Projekt, das diese Entspanntheit noch auf der Zielgerade der 90er Jahre vorgeführt hat, ist dann Thomas Hettches *Null*[24] gewesen. Unterschlupf hat es beim Kölner Dumont-Verlag gefunden, der sich entschieden hatte, eine Buchreihe mit jungen und jüngsten Autoren zu starten, und dem das Literaturengagement im Internet äußerst gelegen kam. Denn immer noch verschafften Netzprojekte ein begehrtes Up-to-date-Image, einen Aktualitätsbonus, mit dem sich auch Bücher verkaufen lassen. Immerhin zeigte das Label Null an, dass man sich nicht von alten Forderungen an die Netzliteratur irritieren lassen wollte, um stattdessen noch einmal ganz vorne – eben bei null – anzufangen.

Thomas Hettche, zu Beginn des Unternehmens bereits als literarisches

Schwergewicht bekannt, übernahm gemeinsam mit Jona Hensel das Lektorat, moderierte das Text- und Kunstgespräch und zuweilen auch die politischen Diskussionen zwischen den Autoren. Ihre Namen wurden auf dem Bildschirm als Sterne am Himmel präsentiert, die sich durch ihre Stellungnahmen untereinander zu Sternbildern verbinden ließen. So wurde das Bild vom Literaturstar, der sich in den unergründlichen Weiten des Cyberspace bewegt, noch einmal ironisch fixiert. Und der mit den Datennetzen evozierte allumfassende Zusammenhang fand sich zugleich geradezu kosmisch aufgeladen und – in ironischer Brechung – der Lächerlichkeit preisgegeben. Null war der zeitgemäße Ausdruck eines abgeklärten Umgangs mit den digitalen Utopien. »Ich stelle mir vor«, schrieb Hettche in Animationen, einem Stück gedruckter Literatur, das auch als Ergebnis seiner Arbeit mit dem Internet verstanden werden muss – »ich stelle mir vor, wie die Literatur noch einmal mit derselben Geste, mit der sie einst – immun gegen das Verstummen – der tönenden Bilderwelt entgegentrat, für jedes Hologramm und jeden simulierten Raum ein Wort finden wird, das deren Geheimnis bannt.«[25]

So klang sie am Ende der 90er, die Internet-Literatur, die durchaus auch im Buch stattfinden konnte. Nach dem Abschluß wird das Null-Projekt ebenfalls gedruckt und gebunden. Nachlesen kann man dort die, wenn man den literaturhistorisch so belasteten Begriff noch einmal auf will: Ankunftsliteratur. In und mit ihr ist dokumentiert, dass die Literatur einigermaßen unbeschadet in der Netzwelt angekommen ist, ohne sich aus der Gutenberg-Galaxis verabschiedet zu haben. Und zugleich ist sie Aufbruchsliteratur, weil sie daran erinnert, dass sie nicht mehr ist als ein Experiment, das seine Leser zu einer anderen Zeit in einem anderen Medium auch mit ganz anderen Ergebnissen überraschen könnte.

1 Jeffrey Shaw: *The Legible City – Die lesbare Stadt 1988–91.* In: Jeffrey Shaw – eine Gebrauchsanweisung. Vom Expanded Cinema zur Virtuellen Realität, hrsg. vom ZKM/Zentrum für Kunst und Medientechnologie Karlsruhe, Heinrich Klotz und Peter Weibel, Karlsruhe 1997, S. 128.

2 Florian Rötzer: *Interaktion – das Ende herkömmlicher Massenmedien.* In: Kursbuch Neue Medien. Trends in Wirtschaft und Politik, Wissenschaft und Kultur, hrsg. von Stefan Bollmann, Mannheim 1995, S. 57–78, hier: S. 69.

3 PooL-Processing (Heiko Idensen, Mathias Krohn): *Connect it! Eine Navigation durch die PooL-Datenbank zur Ars Electronica 1989.* In: Im Netz der Systeme, hrsg. von der Ars Electronica (Linz), Berlin 1990, S.123–140, hier: S.124.

4 Ebd., S.138.

5 Alle Zitate aus Gerhard Johann Lischka, Peter Weibel: *Polylog. Für eine interaktive Kunst.* In: Im Netz der Systeme. Für eine interaktive Kunst: Ars Electronica Linz, Kunstforum international, Bd. 103, Sept./Okt. 1989, S. 65–86, hier: S. 78, 81, 80, 84.

6 Michael Joyce: Afternoon, a story. (Elektronischer Hypertext für Macintosh) Cambridge, Mass. 1987.

7 Aus Copyright-Gründen durfte dieser Hypertext nicht vertrieben werden.
8 Detlev Fischer: *Schwamm (1989–93).* In: Künstliche Spiele, hrsg. von Georg Hartwagner, Stefan Iglhaut und Florian Rötzer, München 1993, S. 290–293, hier: S. 290.
9 Elfriede Jelinek zit. nach Elfriede Jelinek, Gottfried Hüngsberg, Hannes Franz: *Trigger your text (1993).* In: Künstliche Spiele, a. a. O., S. 306–311, hier: S. 306.
10 Heiko Idensen: *Hypertext als Utopie.* Entwürfe postmoderner Schreibweisen und Kulturtechniken, im Umlauf per EMail, Herbst 1993. Vgl. seinen programmatischen Essay: *Schreiben/Lesen als Netzwerk-Aktivität. Die Rache des (Hyper-)Textes an den Bildmedien.* In: Hyperkultur. Zur Fiktion des Computerzeitalters, hrsg. von Martin Klepper, Ruth Mayer und Ernst-Peter Schneck, Berlin/New York 1996, S. 81–107.
11 Peter Glaser: *Die große Odyssee.* In: Zeitmagazin Nr. 39, 20.9.1996.
12 DZ: *Ungebundenes. Der 2. Internet-Literaturwettbewerb von Zeit und IBM ist zu Ende gegangen – mit zwei Preisträgern.* In: Zeit, 22.8.1997.
13 Erhard Schütz: *Gebetsmüller und Witzewagner. Ein Wettbewerb für Internetliteratur ist nicht das reine Vergnügen.* In: die tageszeitung, 6.7.1997.
14 Robert Coover: *Hypertext* [1991]. In deutscher Übersetzung in: Chelsea Hotel. A Magazin for the Arts, Volume 2/92, S. 64–69, hier: S.64.
15 Matthias Politycki: Weiberroman. Historisch-Kritische Gesamtausgabe. München 1997.
16 Ilija Trojanow: Autopol. München 1997.
17 Matthias Politycki: *Kalbfleisch mit Reis! Die literarische Ästhetik der 78er-Generation.* In: Ders.: Die Farbe der Vokale. Von der Literatur, den 78ern und dem Gequake satter Frösche, München 1998, S. 23–44, hier: S. 43.
18 Einen Vortrag von Politycki zum Marietta-Projekt, in dem er sich als »DAU« bezeichnet, kann man sich als kleinen Videoclip im Netz ansehen unter: www.goethe-institut.de/ms/pra/softmode /day1.htm
19 Im Netz nachzulesen unter www. rainald goetz.de. In Buchform: Rainald Goetz: Abfall für alle. Roman eines Jahres, Frankfurt am Main 1999.
20 Ebd., S. 111.
21 Ebd., S. 620.
22 Stephan Porombka, Hilmar Schmundt, Thomas Wegmann: *Vorwort zu HyperTextBerlin.* www.softmoderne.de
23 Carmen v. Samson: *Zimmer ohne Aufsicht. Literatur im Internet. Eine Erwiderung.* In: Frankfurter Allgemeine Zeitung, 14.9.1999.
24 www.dumont.de/null
25 Thomas Hettche: Animationen. Köln 1999.

BURKHARD SPINNEN

Mein Jahr im Netz

Zwischen Kulturpessimismus und eigener Homepage

Als mich im Sommer 1998 Thomas Hettche zur Mitarbeit an einer geplanten Internet-Anthologie einlud, da war ich in Computerangelegenheiten weißgott kein heuriger Hase mehr. Kurz die Belege dafür: Ich hatte im Dezember 1986 meinen ersten PC bekommen (Systemdiskette in Laufwerk A:, Arbeitsdiskette in Laufwerk B:); ich hatte Ende der 80er Jahre an der Universität Münster Computerkurse für Geisteswissenschaftler gegeben; ich hatte die kompletten Druckvorlagen für zwei wissenschaftliche Bücher erstellt; und bereits seit Anfang der 90er Jahre verschickte ich meine eigenen Texte auf Disketten an Redaktionen und Verlage. Ich hatte auch kurz einmal »Larry« gespielt, ein deutlich frivoles Abenteuer-Spiel aus dem Holozän der Fun-Games, und ich besaß kurzzeitig einen Flugsimulator, der auf meinem Schwarzweiß-Monitor allerdings eher Feininger'sche Muster realisierte.

Kein Greenhorn in PC-Dingen also. Nein, eher schon ein Pionier, den die Nachfolgenden aufs Altenteil geschoben hatten – bzw. der sich hatte schieben lassen. Denn ich besaß zwar im Sommer 1998 einen Internet-fähigen PC sowie eine AOL-Anmeldung, aber da war eine große Hemmung, die längst so vertraute Arbeitsmaschine auf meinem Schreibtisch via Telefonkabel an die große weite Welt anzuschließen.

Dabei wurde im Sommer 1998 schon seit langem und intensiv in der Öffentlichkeit übers Internet und seine Verheißungen geredet. Der dann-doch-nicht-Wirtschaftsminister Stollmann etwa wusste bei seiner Medien-Vorführung im August kein schlagenderes Mittel zur Belebung der Wirtschaft zu nennen als eine verstärkte Netzpräsenz der deutschen Firmen. Stollmann war (nein: ist) ein Mann meines Alters – doch während er das Netz in höchsten Tönen pries, liebäugelte ich, der ich schon so lange ohne ausgekommen war, nachdrücklich mit dem Gedanken, das auch in Zukunft zu tun. Ja, ich war drauf und dran, mir die Koketterie zu erlauben, ganz bewusst diejenige Technologie auszuwählen, mit deren Verweigerung ich meinen Ausstieg aus der allgemeinen Entwicklung der Kommunikationsmittel beginnen wollte. Sprich, ich wollte fürs Internet zu alt, zu gemütlich, zu gewohnheitsverhaftet oder was auch immer sein.

Doch dann kam Hettches Einladung – und spätestens die machte mir klar, dass an Ausstieg noch nicht zu denken war. Ich sagte zu, ein Bekannter wies mich in die technischen Verfahren ein, und daraufhin verbrachte ich den Herbst 98 mit sehr intensiven Überlegungen darüber, was genau ich in »NULL« würde veröffentlichen wollen. Tatsächlich war ich auch unter den drei oder vier Teilnehmern, die pünktlich zum 1. Januar 1999 die ersten Einträge auf dem Sternenhimmel der Web-Seite plazierten. Ich begann mit einer Millenniums-Satire im Stile Georg Christoph Lichtenbergs: ein zugegeben etwas manieristischer Text, dessen wichtigeste Funktion es aber auch sein sollte, mir für das Folgende alle Möglichkeiten offen zu lassen.

Denn schon die besagten Überlegungen im Herbst hatten nicht gerade eine emphatische Produktion angeschoben, und im kommenden wurde es nur noch schwieriger. Was bitte – und wie – soll ich fürs Internet schreiben? Nun gibt es viele Gründe dafür, warum einem, der schreiben will, nichts Rechtes einfällt, und alle diese Gründe bilden in der Regel ein ziemlich unaufdröselbares Konglomerat – ich will es aber in diesem speziellen Fall doch einmal mit einer (natürlich simplifizierenden) Analyse meiner Schreibhemmung versuchen.

Ich glaube nämlich, dass es vor allem die Freiheiten waren, die Hettches Unternehmen, die aber insbesondere das Medium Internet selbst anbot, durch die ich in Bedrängnis, nein, eher in eine Art Starre geriet. Bislang hatte ich nämlich immer gewusst oder immerhin zu wissen geglaubt, was wo und wie gedruckt und gelesen wird; ein eher vages, dabei aber irgendwie verlässliches Wissen um den Allgemeinzustand der Schreib- und Lesewelt. Doch jetzt – vis-à-vis der publizistischen Universal-Simulation Internet – fiel ich rasch aus der alten Sicherheit und sah mich vor lauter offenen Fragen.

Wer liest hier eigentlich? Und was? Und – auch das eine wichtige Frage – wie wird hier eigentlich gelesen? Dabei blieben diese Fragen nicht nur offen, schon ihre bloße Existenz war ein Problem. Denn ich spürte über meinen Entwürfen für »NULL«, dass und wie das schiere *Phänomen* WWW in meinen Textplänen zur *Instanz* wurde. Die Gedanken an Lesergruppen, Leseverhalten oder gar Textdesign hatte ich bisher beim Schreiben immer geflissentlich niedergehalten – nun aber drängten sie sich nach vorne, und sie attackierten dabei jene sonst so sorgsam gepflegten, weil ja auch überaus fragilen Konstrukte wie den »heimlichen Schreibanlass«, die »Obsession durch den literarischen Gegenstand«, die »sachliche Entrüstung« etc. etc.

Das war mir ziemlich neu. Ich hatte zwar auch schon für journalistische Medien geschrieben, doch dabei hatte ich mir immer selbst die Freiheit zugestanden, deren publikumsorientierte Kriterien ignorieren zu dürfen. Meine Maxime war: Entweder der Text schlüpft durch die Maschen ins Blatt – fein! Oder ein Redakteur sagt nein – dann gibt es ein Ausfallhonorar und dazu die Genugtuung, zumindest gelegentlich noch medial inkompatibel zu sein. Doch die Stunden, die ich seit dem Winter 98/99 vor meinem PC und im Internet verbrachte, lehrten mich, dass für solches Dandytum im Netz kein Platz sein würde.

Kein Platz im Netz – das heißt nun allerdings genauer: viel zuviel Platz! Dass das Medium die Botschaft sei, hatte ich schon seit über 20 Jahren oft und gerne zum Besten gegeben, aber – endlich einmal ehrlich gesagt: lange Zeit war das in der Hauptsache ein todschicker Satz gewesen. Nun allerdings, angesichts des Internet und seines Universums, verwandelte sich dieser Modesatz in den Ausdruck einer schlagenden Erkenntnis. Denn tatsächlich, und nun wieder ein Modesatz aus der Kritischen Theorie, schlägt ja die ungeheure Quantität des Internet in eine ebenso ungeheure Qualität um!

Zum Vergleich: der »Spiegel« mag umfangreich sein, eine Wochenendausgabe der »FAZ« ist es auch, doch beide sind sie gewissermaßen endliche Einheiten. Sie sind an die Zeit ihres Erscheinens gebunden, sie veralten in den immer gleichen Rhythmen, und sie vermitteln immerhin die Möglichkeit, man könne sie in diesen Rhythmen lesend bewältigen. Zudem, und das ist ganz besonders wichtig, rangieren alle Zeitungen und Zeitschriften in längst feststehenden publizistischen Hierarchien und stellen diese Hierarchien auch innerhalb ihres Materials immer wieder her. Kurz gesagt: man weiß, woran man ist.

Und genau das weiß man im Internet nicht. Das Netz ist unendlich, es ist genau so aktuell wie überzeitlich, und es ist hierarchielos. Oder, etwas kühner formuliert: das Netz ist nicht *vertikal*, sondern *horizontal* strukturiert, es geht unübersehbar in die Fläche und verliert sich dort. Dabei erschlägt die Summe der Möglichkeiten und Freiheiten leichter Hand alles, was nun möglich und frei ist. Wer erinnert sich etwa noch an die alte Utopie von der universellen, permanent kosten- und zensurfrei zugänglichen »Gegenöffentlichkeit«? – Ja, im WWW ist sie entstanden. Aber ob ihre Nutzer die Welt verbessern, ein Gedicht vorlesen, ein Feuchtbiotop bei Vechta retten, eine Digitalkamera verkaufen oder eine seltene Variante des Lederfetischismus propagieren wollen – in der Struktur ihrer (Benutzer-)Oberflächen unterscheiden sich diese grundverschiedenen Intentionen nicht wesentlich voneinander. Webadresse, Homepage, Werbebanner, Mailbox, Webcounter, kleine Ikonen, auf denen der Pfeil zum Finger wird, und schließlich die Aufforderung, die Kreditkartennummer einzugeben. Das ist überall das Gleiche, wenn nicht gar dasselbe. Und alles wohnt in unmittelbarer Nähe von allem, einen Mausklick entfernt, was wie in der Hochhaussiedlung dazu führt, dass keiner sich um seinen Nebenmann kümmert.

Im Netz ist vielmehr alles einander fremd. Der große Anteil pornographischer Angebote erklärt sich meines Erachtens nicht allein aus dem ökonomischen Anreiz und dem (zweifelhaften!) Versprechen der Anonymität. Etwas anderes kommt hinzu. Insbesondere die Unmengen von privaten und amateurhaften Sex-Darstellungen arbeiten vielmehr verzweifelt an der Vermittlung einer letzten Identität, der des Körperlichen. Wohlgemerkt, es geht nicht um die Identität der Personen, die bleiben selbst bei Angabe der vollständigen Adresse im Wesentlichen namenlos! Aber die permanente Ausstellung stimulierter oder stimulierender Körper im Netz bekundet nichts so sehr wie den Wunsch der Menschen im WWW-Zeitalter, ihrer digitalen Existenz ein immerhin leiblich scheinendes und dergestalt attraktives Bild zu verleihen. Gerade die Privaterotik im Netz verschafft dem alten Begriff des Exhibitionismus eine völlig neue Dimension; es geht jetzt weniger um den Bruch des Tabus und vielmehr um seine Wiederherstellung. Wenn selbst auf der Auktionsseite die User in Kürzeln und Noms-deguerre verschwinden, dann tritt der nackte Privatier auf der Amateurseite immerhin wieder mit Haut und Haaren für sich in Erscheinung.

Doch zurück zum Thema Literatur. Ich scheue mich heute kaum noch vor einem starken Satz: Das Allerfremdeste im Netz ist die Literatur! Denn meiner Ansicht nach behagt ihr die Existenz in der Fläche am wenigsten; und sie tut sich auch am schwersten, das Netz als schieres Transport- oder Aufbewahrungsmedium zu instrumentalisieren. Die Vorstellung, der Autor könne doch seine Literatur in einer universellen WWW-Bibliothek platzieren und der lesende Connaisseur blättere dann hier und dort hinein, um sich das Gewünschte herunterzuladen – diese Vorstellung ist reizend. Doch sie ist ungefähr so realistisch wie der Vorschlag, man könne das große Terrain der Mittelstreifen zwischen den Autobahnspuren mit Erfolg zum Erholungsgebiet ausbauen.

Freilich *gibt* es Literatur im Netz. Es gab sie vor »NULL« und wird sie (wie eben ALLES) wohl auch weiterhin geben. Aber beim Surfen durch einschlägige Sites ist mir fast durchgehend Literatur begegnet, die in den alten literarischen Strukturen und Hierarchien nicht reüssiert hat oder die dort gar nicht erst in die Konkurrenz hat treten wollen. Heimarbeit auf Homepages, nett bisweilen, aber kaum von Bedeutung; und offenbar hat die Qualität dieser Texte auf die Reputation des Netzes bereits zurückgeschlagen. Besonders ganz junge Autorinnen und Autoren haben mir im letzten Jahr bei Gesprächen übers Internet immer wieder versichert, sie dächten gar nicht daran, dort zu veröffentlichen. Ganz eingestandenermaßen fürchteten sie, damit nicht nur in schlechte Gesellschaft, sondern überdies in den Ruch des Umsonst zu geraten. Ein Text im Netz erschien vielen ähnlich verpönt wie einer im Druckkosten-»Zuschuß«-Verlag. Das Umsonst ist gewissermaßen die andere Seite der Beutelschneiderei. Beim Verlag X & Y gibt es für viel Geld keinen Vertrieb und also keinerlei Öffentlichkeit, im Netz ist alles gratis und die Öffentlichkeit bis zum Verschwinden groß. Bezahlte Klandestinität und kostenfreie Ubiquität: es läuft auf üblen Leumund hinaus.

Und was ist zu den Texten zu sagen, die speziell für das digitale Medium konzipiert werden? Oft ist ja die Rede von den sogenannten Hypertexten, in denen der Leser etwa den Verlauf der Geschichte beeinflussen oder in die er sogar hineinschreiben kann. Ja, sehr schön. Und ich denke, es muss diese Gattung geben – zumindest als den greifbarsten Ausdruck dessen, was die spezielle Form von Demokratie, die das Internet repräsentiert, in der Literatur auszurichten gewillt ist. Machthaber zum Anfassen, Musik zum Mitmachen – es gehört nun einmal zu den korrekten Ritualen der späten Demokratie, eine Auflösung der Gattungsgrenzen und eine unbedingte Publikumsbeteiligung beständig als ein moralisches Dogma zu verkünden, das auf absolut jeden Lebensbereich anzuwenden sei.

Man muss sich allerdings solchen Trends nicht beugen. Man muss nicht jedes Crossover und jede Interaktivität als solche und von vornherein bejubeln. Man kann hingegen durchaus gegen Hypertexte sein, und das mit dem eher schlichten Argument, dass jeder Leser bei der Lektüre jedes anspruchsvollen Textes immer schon etliches an Interpretationsleistung zu erbringen hat und dass daher das demokratische Hand-Anlegen nur eine schlimme Störung sein kann. Jedes sinnvolle Lesen ist bereits ein Umdenken und Anverwandeln des Gelesenen – und sollte sich diese Neukonstruktion nicht besser an etwas Vorgegebenem abarbeiten, statt es durch eine paar Knopfdrücke zu modifizieren? ›Sinnvoll‹ erscheint mir die Interaktivität bloß da, wo letztlich belanglose Schöpfungen von ihrer Belanglosigkeit ablenken wollen, indem sie dem Leser die Verantwortung für diese Belanglosigkeit in die Schuhe schieben. Bei dieser Gelegenheit: Matthias Politycki's Roman-Projekt »Marietta« auf der »aspekte«-Seite des ZDF gibt sich zwar ganz interaktiv; schaut man genauer hin, so bemerkt man aber leicht, wie alle Eingriffe der User dort nur immer wieder die Souveränität des Autors bestätigen.

Und damit zurück in den ausgehenden Winter 99. Ich hatte, wie gesagt, meinen ersten Text an »NULL« abgeschickt – und schaffte erst einmal keinen zweiten. Als er dann endlich doch entstand, war er ein Kompromiss: ich hatte nämlich über ein Internet-Phänomen geschrieben, über Tinacam.de, das heißt über eine junge Frau aus Düsseldorf, die in ihrer Wohnung eine digitale Kamera installiert und sich selbst im Gefolge ihrer Internet-Präsenz in ein menschliches Ready-made verwandelt hat.

Der Text nahm die Tradition der Zeitungsglosse auf, wie sie der von mir so hoch verehrte Karl Kraus jahrzehntelang in seiner satirischen Zeitschrift »Die Fackel« gepflegt hatte. Während aber Kraus in der »Fackel« seine satirischen Funde aus der Zeitungswelt der Jahrhundertwende als Zitat wiedergeben musste, konnte ich über ein bloßes »Link« die Tina-Seite im Hintergrund des eigenen Textes präsent halten. Das schien mir eine neue Dimension literarischer Satire zu sein; und eine Zeitlang glaubte ich, einer Internet-spezifischen Literaturform zumindest auf der Spur zu sein.

Doch dann kam der Kosovo-Krieg, dessen Bedeutung für die deutsche Bewusstseinslage weißgott nicht unterschätzt werden kann. Der Krieg und insbesondere die deutsche Beteiligung entfachten auch unter Autoren ein Meinungsgestöber, und das drang in »NULL«, wo sich Thomas Meinecke, Helmut Krausser und Joachim Helfer eine beispielhafte Auseinandersetzung lieferten.

Die inhaltlichen Positionen in diesem Streit sind dabei nicht so wichtig (für das Thema Netz) wie die Art, in der er ausgetragen wurde. Und was ich aus dieser Art lernte, war in etwa dies: Im Netz nimmt, wer dort veröffentlicht, eine Existenz an, die (selbst wenn Fotos beigegeben sind) viel artifizieller (oder eben virtueller) ist als die landläufige Existenz des Autors hinter dem gedruckten Text. Diese Existenz nun drängt, um sich zu realisieren, viel heftiger nach starkem und persönlichem Ausdruck. Er habe bei »NULL« anfangs automatisch an Briefe gedacht, schreibt Thomas Meinecke in seinem ersten Beitrag für Hettches Anthologie. Will wohl sagen: er hat sich ein Veröffentlichen im Netz als eine Fortsetzung oder Erweiterung der privaten Kommunikation gedacht.

Doch wenn solche Briefe als Verlautbarungen der digitalen Existenz ein wirklich heikles Thema zum Gegenstand haben, dann kann passieren, was im April und Mai 1999 in »NULL« passiert ist: schnell schaukelte sich eine eher in Nebensätzen ausgelöste Diskussion zur heftigen (teils übrigens auch sehr gelungenen) Personalpolemik auf – woraufhin dann ebenso schnell die beteiligten Protagonisten auseinanderstiebten (und »NULL« verließen). Warum das? Ich glaube, um im hellen Licht zu erscheinen, muss die in den Weiten des WWW verloren kreuzende Netzexistenz Leuchtraketen abschießen, doch nach dem wie auch immer gelungenen Feuerwerk sehen sich dessen Protagonisten schmerzlich an den Umstand erinnert, dass sie neben der Netzexistenz noch eine reale (und zumindest ökonomisch wichtigere) besitzen, in der andere Spielregeln gelten als im WWW.

Vor der Kollision dieser beiden Existenzen hatte ich selbst in den Kriegswochen eine zu große Angst, als dass ich mich hätte überwinden können, an der Diskussion teilzunehmen – und das, obwohl ich seit Ende März eine Art Tagebuch als Mischung aus Zeitungsmeldungen zur medialen Erscheinung des Krieges und privaten Reflexionen führte. Ich mailte stattdessen als 3. »NULL«-Beitrag eine ähnliche Sammlung ohne aktuellen Bezug; wieder eine ausgesprochene Verlegenheitslösung, wie ich zunächst empfand. Aber immerhin.

Doch dann war fürs erste Schluss mit mir als einem Aktiv-Posten im Netz. Und statt weiter dafür zu schreiben (oder es zumindest zu versuchen), begann ich das Netz im Alltag zu *benutzen*. Eine Abhängigkeit ist daraus noch nicht geworden, dafür waren und sind die Frustrationen im Technischen wie im Inhaltlichen zu hoch, doch von einer Gewöhnung zu sprechen ist nicht übertrieben. Das gilt für Serviceleistungen, etwa den Fahrplanauskunftsdienst der Bahn, aber auch für gewerbliche Angebote. So habe ich zwar bislang noch nirgendwo meine Kreditkartennummer abgegeben (die Urangst der Namenspreisgabe in der zeitgenössischen Version), aber seitdem ich im Sommer 99 ein sehr seltenes Sammlerobjekt via Netz bei einem österreichischen Händler auftreiben und zu einem wirklich günstigen Preis kaufen konnte, gibt es eine ganze Reihe von Seiten, die ich regelmäßig mit der spezifischen Nervosität des Sammlers durchforste.

Doch auch hier folgt gleich ein Aber. Denn gerade wer an den intellektuell unauffälligen Angeboten des WWW partizipiert, erfährt wohl am besten etwas über den Zustand der kleinen Gegenwart im Netz. Dazu ein Beispiel: Vor Jahren habe ich sehr intensiv Bücher gesammelt, Literatur der (vorletzten) Jahrhundertwende in Originaldrucken, und meine Sammlung von über 70 verschiedenen Ausgaben der Werke Peter Altenbergs besetzt immer noch einen Sonder- und Ehrenplatz in meinem Arbeitszimmer. Was habe ich dahinein nicht an Sammeleifer und an Spürsinn gesteckt! Im Internet allerdings hätte ich diese Sammlung an einem Abend durch 70 Mausklicke in der gemeinsamen Angebotsliste der deutschen Antiquare generieren können. Ich war, als ich das zum ersten Mal zur Kenntnis nahm, ausgesprochen schockiert. In einem Moment waren von meiner Sammlung ihre schwierige Geschichte und damit ihr Charakter abgefallen. Was ich da hatte, konnte jeder haben; aus einer geliebten Sammlung, die den Dingen durch Arrangement eine zweite Aura gegeben hatte, war wieder das Exemplar einer netzhandelsüblichen Ware geworden.

Ernüchternd das. Aber, wie gesagt, auch ein Beispiel, das lehrt. Denn es lehrt, dass im Internet der Zustand der Alltagsgegenwart nicht von oben, sondern von unten und insbesondere durch die Umgestaltung ökonomischer Gewohnheiten und durch die Veränderung von Alltagsmythen und -ritualen verändert wird. Viel wurde vor Jahren über das Sterben der »Tante-Emma-Läden« geklagt – und damit über das Schwinden einer humanen Alltagskultur. Jetzt lässt sich ahnen, dass selbst die großen Warenhäuser vielleicht nur eine Durchgangsstation hin auf dem Weg zu einer totalen Veränderung der Kauflogistik und zu einer netzunterstützten Anonymisierung und Entkörperlichung des Konsums waren! Und um im Bereich einer besonderen Besorgnis zu bleiben: vielleicht wird gar nicht der mit so großem Brimborium betriebene Kampf um den Erhalt der deutschen Buchpreisbindung über Leben und Tod Hunderter kleiner Buchhandlungen entscheiden, sondern vielmehr die Durchsetzung des elektronischen Kommerzes, die sich ganz unspektakulär und ohne große Debatten über Recht und Gesetz vollziehen wird.

Denn – und auf die Gefahr hin, Holzschnitte zu produzieren: das Internet ist nun einmal in erster Linie das Medium der *ökonomischen* Gegenwart, und das heißt: es ist die mediale Erscheinungsform eines späten, des zeitgenössischen Kapitalismus, der sich nicht mehr gegen die Utopien und Normen der Demokratie durchzusetzen, sondern sie vielmehr als Vehikel seiner Prosperität zu nutzen versucht.

Und um diesen Exkurs so weit zu treiben, wie das wohl nötig ist: Seitdem sich seine real existierenden Widersacher und Antipoden aufgelöst haben, hat sich auch der Kapitalismus selbst verwandelt. Er ist nun nicht mehr eine (allerdings kraftvolle) Möglichkeit, ein Entwurf mit oben und unten, Ecken und Kanten. Er ist vielmehr allgegenwärtig geworden, er ist wie die Luft, über deren Qualität man sich dauernd streitet, ohne dass es eine sinnvolle Alternative dazu gäbe, sie beständig ein- und auszuatmen.

Ganz ähnlich das Internet. Im Gegensatz zu seinen Betreibern imponiert es selbst nicht mit großartigen Verlautbarungen dessen, was es ist oder kann oder gar will; es beeindruckt vielmehr durch seine Allgegenwart und Selbstverständlichkeit. Sein Hauptanspruch ist es gewissermaßen, weitgehend naturförmig zu sein, das heißt die möglichst unkorrigierte Umsetzung der Bedürfnisse einer Konsumgesellschaft leisten zu können: schnell wohin gehen, schnell was angucken, schnell was kaufen. – Ende des Exkurses.

Im Spätsommer 99 lud Thomas Hettche zu einer Veranstaltung ins LCB, bei der Autorinnen und Autoren übers Internet sprechen und sich mit Netz-Spezialisten und Hypertextern austauschen sollten. Dort nun lernte ich »ampool« kennen, einen von den Berliner Autoren Elke Naters und Sven Lange betriebenen – ja, was denn?

»ampool« ist, obwohl es Ähnlichkeiten damit hat, keiner von den chatrooms, in denen die Teilnehmer Informationen über einen bestimmten Gegenstand austauschen oder in dem sie andere, nicht-virtuelle Kontakte anzubahnen versuchen. Gegenstand in »ampool« sind vielmehr die Sprecher selbst, das heißt ihre medial-virtuellen Doppelgänger (zumeist) gleichen Namens, etwa zwei Dutzend junger Autorinnen und Autoren; jung nicht ausschließlich wegen ihres Alters, sondern auch aus Absicht. Wenn sie über ein Etwas sprechen, so ist dieses Etwas Vehikel. In »ampool« besteht kein wesentlicher Unterschied zwischen Cocktail-Rezensionen aus Bombay, Alltags-Impressionen aus Berlin und einer etwas verwunschenen Kurzprosa. Denn »ampool« ist die aktuelle Erscheinungsform der *Konversation*. Als einmal jemand von den Teilnehmern vorschlug, man solle sich jetzt darauf einigen, über welche (ernsthafte) Angelegenheit man reden solle, da fing sich der Betreffende von den anderen Party-Gästen ein paar polemische Ohrfeigen.

Ich schaue seit meiner ersten Begegnung mit den »pool«-Machern gelegentlich auf der Seite vorbei. Ist es witzig, ist es geistreich, interessant, spannend, aufschlussreich, was dort geschieht? Darauf will ich nicht antworten, kann es auch gar nicht – denn es ist wohl die falsche Frage. Eines ist aber gewiss: »ampool« ist netzgerecht – und darüber hinaus drückt es wohl eine große Sorge der schreibenden Intelligenz aus. Als schierer *Ort*, an dem nur erscheinen kann, wer eine Einladung erhält, ist »ampool« nämlich Ausdruck des Bedürfnisses, auf das erschreckend Kommune und Landläufige des WWW mit einem – Vorsicht, jetzt kommt ein böses Wort: elitären Gegenentwurf zu antworten. Um das besonders deutlich zu machen, wurde neben »ampool« ein »loop« eingerichtet, eine Art Spielwiese für die Zaungäste der Party, von der sich einige ganz erkennbar über die Demarkationslinie hinweg in den »pool« zu schreiben versuchten.

Damit wäre also wiederhergestellt, was in der Fläche des Netzes verloren geht: das Vertikale, die Orientierung, die Hierarchie. Und bezeichnenderweise vollzieht sich diese Rekonstruktion nicht durch Auswahl und Ordnung und Instanz, sondern (zumindest soll es an der Oberfläche so aussehen): eben durch Konversation. An den »pool« hat man sich heranzusprechen. Wie in einer fontaneschen Szene plaudern sich die Beteiligten in die Akzeptanz hinein und bestimmen sie dabei untergründig die Gesetze dafür, was akzeptabel ist. So entsteht, gerade indem Regeln und Maßstäbe ausgeschlossen oder bestenfalls ironisiert werden, wieder eine geregelte und maßvolle Gesellschaft. Das scheint mir ausgesprochen zeitgenössisch zu sein. Und einmal ehrlich: wer wollte dabei nicht mittun? –

Ich natürlich auch. Aber in Berlin musste ich mich noch darauf beschränken, einen kleinen Einblick in den damaligen Zustand meiner unspektakulären Netzbindung zu geben. So erzählte ich von meiner Marotte, spät nachts verschollene Mitschüler oder Studienkollegen via Suchmaschine ausfindig zu machen. Wer sich für die genauen Abläufe dieses Spiels und vielleicht auch für seine obsessiven Implikationen interessiert, kann meine Beichte darüber im Internet nachlesen, bzw. in der »NULL«-Anthologie, die demnächst ganz konventionell als Buch erscheint. Nur soviel noch dazu: ich habe mittlerweile wieder damit aufgehört.

Mit dem Nachdenken freilich nicht. Mit dem Nachdenken darüber, was überhaupt und was speziell für mich der Umstand bedeutet, dass ich mich selbst mit meinem halb-antiken Pentium I vorbei an Redaktionen und Verlagen in eine wie auch immer diffuse Öffentlichkeit wenden könnte. Bislang bin ich zu keinem Ergebnis gekommen. Ich schwanke zwischen Kulturpessimismus und der Einrichtung einer eigenen Homepage. Und vielleicht ist dieses Schwanken sogar die angemessene Haltung. Denn das Internet steckt ja trotz der phantastischen Zahlen und Zuwächse, mit denen es aufwartet, noch in seinen Kinderschuhen. Schon in kurzer Zeit kann es ganz anders aussehen, und vielleicht sind dann meine jetzigen Überlegungen vollkommen obsolet.

Vielleicht hat dann die große Zahl alles in den Bann geschlagen. Ein paar Netzriesen kontrollieren alles und jedes, und die kostenlose Homepage ist endlich nur noch der freundliche, wenngleich völlig bedeutungslose, ja tendenziell alberne Gimmick. Im WWW wird es dann gerade noch so chaotisch zugehen, wie es das Londoner Edelkaufhaus »Harrods« in seiner Lebensmittelabteilung zuläßt, um die Kunden ein wenig orientalisch zu betören. Die Suchmaschinen werden aufhören, kleine und kleinste Funde zusammenzutragen, es wird kein Surfen als Flanieren mehr geben, sondern nur noch die schnelle und präzise Befriedigung von Mainstream-Konsumentenbedürfnissen. Jede Frage nach der Literatur im Netz wäre dann endgültig beantwortet. Gegen (hoffentlich angemessene) Bezahlung lüde man sich bei virtuellen Texthandlungen das Gewünschte aus den großen Sellerlisten auf den PC, um es dann vom selbst-erleuchteten E-Book unter der Bettdecke abzulesen. – Sprich also: das Ende des Gutenbergzeitalters? Richtung, zum x-ten noch immer nicht letzten Mal beschlossen und verkündet. Jedenfalls stehen mit dem Netz die technischen Voraussetzungen zur Verfügung, sich neben des Einkaufskorbes auch des Papiers zu entledigen.

Aber wie alle (düsteren) Prophezeiungen verbreitet auch diese, da man sie ausspricht, ein angenehmes Gefühl. Denn im Moment der Prophezeiung ist ja eines klar: Es ist *noch* nicht so weit. Wir leben in einer Zwischenzeit, wir stehen an einem Übergang, von dem aus man nach vorne wie nach hinten gleich gute Sicht hat. Literatur nun liebt solche Übergänge, ja, mit Vorliebe nistet sie sich im Transit ein. Es ist daher vielleicht ohne Zukunft, über Literatur im Netz nachzudenken – doch über eine Zukunft mit dem Netz lohnt sich für die Literatur jeder Gedanke. Schon das Telefon hat einmal unser Reden und Denken verändert, ohne dass es eine Telefon-Literatur hervorgebracht hätte. Auch das Netz wird vieles verändern; und wenn es vielleicht kein Ort der Literatur sein wird, ihr Gegenstand ist es allemal.

Werkgespräch

Der Schriftsteller als Sprachforscher. Interview mit Thomas Hettche von Daniel Lenz & Eric Pütz

Der Schriftsteller als Sprachforscher

Interview mit Thomas Hettche von Daniel Lenz & Eric Pütz

NR: In dem Essay »Das Sperma der frühen Jahre« erzählen Sie bruchstückhaft aus Ihrer Kindheit: »Eine meiner frühesten Erinnerungen ist die an den Kunststoffrolladen mit grünen und gelben Segmenten, der in unregelmäßigen Abständen kleine weiße Lichtquadrate auf den Boden des Wohnzimmers hereinließ, immer herabgelassen im Sommer, bis am späten Nachmittag Vater nach Hause kam. Ich war mit Mutter allein und weiß noch genau, daß ich sie an diesem Tag zum ersten Mal ansah.« Wann haben Sie Ihre Beobachtungen zum ersten Mal schriftlich festgehalten?
TH: Prosa begann für mich mit dem Versuch, Szenen, Bilder oder Eindrücke möglichst genau festzuhalten. Das fing mit 15 Jahren an. Vor der Geschichte, vor dem Plot hat mich eigentlich immer das Bild interessiert: Beschreibungen von Szenerien, Natur, Licht oder Musik. Der Arbeitsablauf ist immer noch derselbe: Ich sammle Fragmente, die ich dann, manchmal erst nach Jahren, innerhalb eines Buchzusammenhangs montiere. Diese Stücke entstehen quasi privat und werden dann in den Buchkontext übersetzt. Das Neue an »Animationen« ist unter anderem, dass ich vorher nie die Notwendigkeit gespürt und auch keine Form dafür gefunden hatte, Biographisches in meine Texte einfließen zu lassen.
NR: Wenn Ihr Vater nach Hause kam, haben Sie – obwohl Sie noch nicht lesen konnten – aus seiner Aktentasche immer zielsicher die Zeitung herausgeholt. Fühlten Sie sich von den gedruckten Buchstaben in der Zeitung angezogen?
TH: Das ist eine Familienlegende, die ich aufschreiben wollte – ich verstecke in meinen Büchern ganz gerne so persönliche Kassiber –, in der es um das Verhältnis von »zu Hause« und »Fremde« geht, wobei die Geborgenheit im Elternhaus jeden Tag durchbrochen wurde von meinem Vater, wenn er nach Hause kam: Und seine Tasche roch nach anderen Lebenszusammenhängen, die ich nicht kannte. Dahinein zu schauen, war, als ob ich ein Geheimnis lüftete. Ich komme nicht aus einem Elternhaus, wo

Gedrucktes sehr präsent gewesen wäre. Die täglich wechselnde Zeitung war schon etwas Besonderes.

NR: Im selben Essay beschreiben Sie, wie Sie nach der Schule einen pornographischen Roman kauften und ihn voller Erregung auf dem Nachhauseweg im Schulbus lasen. »Insofern ist Pornographie eine Strategie der Schreibweise und die Lektüre des unzüchtigen Buches exemplarisch für jede Lektüre und darüber hinaus vielleicht für das Schreiben.« Inwiefern?

TH: Pornographische Texte sind insofern Literatur pur, als sie darin aufgehen, den Leser zu erregen, einen Schein zu erregen, der so real ist wie Wirklichkeit. Die Fiktionsbildung wird in der Pornographie sozusagen unverstellt geleistet – das ist ja auch ein Thema der »Animationen« am Beispiel von Pietro Aretino. Zum anderen war, als ich ungefähr mit zwölf Jahren angefangen habe, Literatur zu lesen, die Suche nach Texten immer mit der Suche nach nicht-kindgerechter Literatur verbunden und also natürlich auch mit der Suche nach pornographischen Stellen. Dieses Verbot, das Nicht-Ausgesprochene, unter dem Ladentisch Gehandelte hat für mich ganz stark mit Literatur zu tun.

NR: Urs Widmer spricht im Zusammenhang mit seinen ersten zufriedenstellenden literarischen Arbeiten von einem »Erregungsgefühl des Gelingens«. Haben Sie eine solche Wirkung von Literatur, wie sie Sie damals im Bus empfanden, später auch einmal bei der Produktion eines Textes erfahren?

TH: Schreiben ist für mich nicht wirklich physiologisch erregend, aber die Empfindung des Beherrschens oder Gelingens ist durchaus ein rauschhaftes Gefühl und dieser Rausch übrigens eine wichtige Conditio des Schreibens überhaupt. Erst in der rauschhaften Übersteigerung bin ich in der Lage, etwas weiterzutreiben als ich es vorher hätte planen können. Am nächsten Tag wird das wieder eingeholt bei der erneuten Lektüre des Geschriebenen.

NR: »Tatsächlich begann das Buch für mich mit diesem Photo, das auf der ersten Seite beschrieben wird. Vielleicht handeln alle ersten Bücher von der Suche nach einem Ton, einem Rhythmus, auf den man sich verlassen und anfangen könnte. So verrät mir die Atemlosigkeit der Sätze in ›Ludwig muss sterben‹ heute viel mehr darüber, wie es mir damals ging, als die Geschichte, die diese Sätze so sehr ohne Pause erzählen, dass selbst die Kapitelenden nur schmale Kanten sind, die man überspringt.« Sie gehen davon aus, dass sich im ersten Buch eines Schriftstellers in der Regel der Ton einpegelt?

TH: Das erste Buch hat vor allem mit der Tonfindung zu tun, mit dem Vertrauen, das man erstmals in die eigene Stimme setzt. Ob danach ein anderer Ton folgt, ist damit nicht gesagt. Für mich kann ich festhalten, dass vor allem bestimmte Themen geblieben sind. Die Form von »Ludwig muss sterben« aber – dass es keine Absätze, sondern nur Kommata und Punkte gibt; dass es ein atemloser Monolog ist; dass Sätze mit ganz vielen Nebensätzen gestaffelt sind – zeigt mir heute vor allem die große Anstrengung, einen einmal gefundenen Ton zu halten, um weitererzählen zu können.

NR: Was ist dann konstitutiv für das »erste Buch«, wenn sich der Ton später wieder ändern kann?

TH: Dass der Ton selber zum Thema wird. Die formalen Mittel reflektieren sich gleichzeitig selbst, stellen sich aus. So ist natürlich die im Buch geschilderte Erschaffung der Figuren aus einem Anatomieatlas eine Metapher für das literarische Figurenerfinden. Insofern ist »Ludwig muss sterben« ein Buch über Schreibanfänge. Um auf Ihre erste Frage zurückzukommen: Das Buch besteht aus ganz vielen älteren Szenen, Beschreibungen und Fragmenten, die eingearbeitet worden sind, und die erst über den Ton, der plötzlich mit dem für das ganze Buch zentralen Foto da war, Geschlossenheit gewinnen. Das Buch hat mit einer großen Unsicherheit zu tun, mit dem Gefühl, sich auf nichts verlassen zu können, was vorher da war. So ein Ton ist aus dem Nichts gesprochen. Die Sätze sagen nicht, dass sie auf etwas anderem aufbauen. Das Ich, das spricht, trägt allein die Geschichte.

NR: »Schreiben ist stets zugleich Abbildung und Negation der realen Welt, weil das Wort immer dasjenige absentiert, was es bezeichnet«, stellen Sie in »Animationen« fest. Geht man wie Sie davon aus, dass der »moderne Blick« »jedes Ding, um es lesen zu können, in Schriftzeichen [verwandelt] und [...] dabei [verliert], was er doch zu gewinnen trachtet«, dürfte die sich sprachlich konstituierende Identität des Schriftstellers eine besonders prekäre Sache sein?

TH: In der Tat. Diese Ichkonstitution hat etwas von einer sich selbst erfüllenden Prophezeiung, weil man sich in dem wiederfindet, was man erfindet. Die Erfindung beglaubigt einen selbst, und da dieser Mechanismus für einen Autor durchschaubar ist, bleibt er tatsächlich sehr anfällig.

NR: Wie äußert sich diese Abhängigkeit von der Sprache?

TH: Viele Künstler haben im Grunde ein infantiles Verhältnis zur Welt, indem sie sich immer wieder selbst in einer Art von Wunscherfüllungsstruktur inszenieren. Man erfindet irgendetwas und möchte dafür bitteschön in der Erfindung aufgehoben sein – eigentlich im Heimatraum der Kindheit.

NR: Es geht in der Kunst also nie um Finden, sondern um Konstruktion des Ichs?

TH: Allerdings glaubte die Kunst andererseits immer, dass ihre Erfindungen einen Wahrheitsgehalt hätten und keine Simulation wären. Die klassische Ästhetik ging davon aus, sich in einem Wahrheitsverhältnis zur Welt zu befinden, was angeblich dadurch gedeckt sei, dass das Material aus der Welt stamme: Die Sprache wird ja nicht erfunden, sondern ist schon in der Welt, und dadurch kann das, was der Künstler erfindet, in einem Verhältnis von Wahrheit zur Welt stehen. Aus dieser Sicht ist es auch eine Ichfindung.

NR: Im folgenden möchte ich Sie bitten, drei Zitate von Experten aus dem Literaturbetrieb zu kommentieren oder mit Ihren Erfahrungen abzugleichen. Zunächst Marcel Beyer: »Es gibt Schriftsteller, die antworten auf die Frage, wo bei Ihnen das Schreiben einsetze, mit dem Satz: Ich möchte Geschichten erzählen. Ich aber habe keine Geschichten. Ich habe Fragen. Das Schreiben setzt mit Fragen ein, die ich nicht beantworten kann.«

TH: Ich gehe, wie eingangs schon erwähnt, von Bildern oder Zuständen in mir aus, die ich festhalten möchte – und das sind natürlich Fragen. Fragen nach Konstruktionen, in denen meine Fragmente und Splitter eingepasst werden können. Und die Konstruktion der Geschichte ist dann tatsächlich so etwas wie die Antwort auf die Fragen, was erzählt wird.

NR: Adolf Muschg: »Ein Schriftsteller, der kein Forscher ist, mit dem Instrument der Sprache, das vom Gegenstand ebenso verändert wird, wie es ihn verändert – der ist heute auch als Schriftsteller nicht mehr gut genug.«

TH: Dieser Satz reflektiert eine Ästhetik, die im Kontext der neusten Popliteratur-Entwicklungen wohl Schnee von gestern ist – und mir sehr sehr sympathisch.

NR: Helmut Böttiger: »Unmerklich ist in den letzten Jahren die Theorie zur Literatur geworden. Während das angestrengt Belletristische immer mehr an Boden verliert, hat das Wissenschaftliche immer phantastischere Züge angenommen.«

TH: Es gibt so merkwürdige Ungleichzeitigkeiten in Reflexionen über Literatur. Dass Theorie auch erzählt gehört und Literatur umgekehrt Theorie usurpiert, ist doch spätestens seit Musil literarisches Paradigma. Aber wenn Böttiger das erst jetzt entdeckt ...

NR: Der literarische Text hat sich spätestens seit der Romantik von der Realität des Vor-Bildes emanzipiert, und darin wird seitdem das poetische oder genuin literarische lokalisiert. Die elektronischen Medien haben sich ebenfalls von ihrem Vor-Bild gelöst, schaffen ihre eigene Bildwirklichkeit: »Die neuen elektronischen Medien begründen eine Bildwirklichkeit, in der

die Frage, was ein Bild belegt, gegenstandslos geworden ist.« (»Animationen«) Warum wird dieses Faktum in den Medien – anders als in der Kunst – kaum reflektiert?
TH: Literatur hält die Balance zwischen Erfindung und der Destruktion von Erfindung seit mindestens 100 Jahren. Bilder tun das nicht so sehr.
NR: Sie prognostizieren eine durch technische Innovationen ausgelöste »Apokalypse der Schrift«: »Medien hinterlassen [...] die Welt für eine kurze Zeit in einem anderen Licht. Diese Zeit gilt es zu nutzen, denn zu erwarten steht eine bald schon völlig veränderte Wirklichkeit [...], in der es [...] gänzlich unrentabel geworden sein wird, Wissen und Geschichten in Form von Sprache aufzubewahren.« »Das sprechende Tier ist kein Bild mehr für den Menschen in der Welt.« Wie gilt es aus Sicht der Literatur, diese Übergangszeit zu nutzen?
TH: Als Zwitterwesen – mit einer Sprache, die sowohl fiktionsbildend als auch reflektierend ist – kann Literatur beschreiben, unter welchen Koordinaten wir wahrnehmen, kann zum Beispiel den ideologischen Charakter von Bildern zeigen, und genau das ist ihre Aufgabe. Ich glaube aber gar nicht an eine Apokalypse der Literatur. Die Schriftbasierung, wie wir sie seit 500 Jahren kennen, wird sich nicht aufheben. Es wird weiterhin Texte geben – das »World Wide Web« ist voll von Texten, ist eigentlich nur Text. Aber: Die Schriftbasis des Wissens zerfällt langsam. Literatur wird dadurch aber nicht zum Verschwinden gebracht, sondern im Gegenteil von ihrer Informationsträgerpflicht entlastet werden. Das letzte Paradies einer deutschen Informations-Literatur war ja die DDR-Literatur, deren Texte zumeist ganz anachronistisch politische Selbstverständigung und Oppositionsmarkierungen als Subtext mittragen mussten.
NR: Läuft die Logik der neuen Medien nicht darauf hinaus, dass elektronische Bilder zunehmend Texte als Ornament verwenden – also doch eine Apokalypse der Literatur zu erwarten ist?
TH: Meiner Einschätzung nach gibt es zu dieser Vermutung keinen Anlass. Ich teste zur Zeit das E-Book und bemerke dabei gerade, wie sehr Literatur doch an Lettern gebunden ist, an Typographie. Der Versuch, Texte in reine Datenströme aufzulösen, geht nicht auf. Literatur wird sich auf ihre explizite und dauerhafte Schriftform zurückziehen und gerade dadurch auch neue Freiräume erhalten. Neben einer ornamentalen Verwendung von Schrift, wie sie vielleicht im WWW zur Zeit die Flash-Ästhetik repräsentiert, wird gerade das gedruckte Wort mit dem feststehenden Buchstaben sehr wichtig werden im Zuge einer Re-Auratisierung des Buches. Ich glaube, dass Literatur der virtuellen Welt zunehmend als eine zweite Natur

gegenübertritt und entsprechend auf sie reagiert werden wird. Im Prozess der Verschmelzung aller möglichen Medien zu einem Universalmedium wird sie also als absolut notwendiges Korrektiv dienen. Es gibt eine klare Grenze zwischen Literatur in ihrer unveränderlichen Form, aus der sie ihre Schönheit bezieht, und anderen Daten in ihrer unendlichen Kopierbarkeit innerhalb der Netze.

NR: In »Animationen« heißt es, dass Sprache »eine verlassene Provinz« und eben nicht mehr der »universelle Code« sei, der die »Welt aufschließt«. Liegt Ihre strikte Ablehnung eines naiven Realismus der »dirty places« (Matthias Altenburg) – Realismus als, wie Sie sagen, »Argument fernsehbildgerechter Abkehr von erzählerischer Virtuosität« – in diesem Zweifel begründet?

TH: Ja, natürlich. Aber – ich kann auch gar nicht anders schreiben. »Nox« zum Beispiel ist zunächst eine plane Geschichte, bei der ich aber versucht habe, über die Metaphorik mehrere Ebenen einzuziehen und so nicht in der Sprache, sondern semantisch Mehrdeutigkeit zu erreichen. Das finde ich einfach spannender, denn ich halte das, was gemeinhin Realismus heißt, für ideologisch, weil nicht Welt, sondern die einfachsten Vereinbarungen, wie die Welt angeblich sei, in den gemeinhin sich »realistisch« nennenden Romanen erzählt werden. Mein Stilideal des Realismus ist eine Mehrschichtigkeit, die verschiedene Lektüren möglich macht, und der paradigmatische Text für ein Erzählen, das durch solche Mehrschichtigkeit eine Art Schillern der Bedeutungen hervorruft, ist für mich immer noch »Die Wahlverwandtschaften«.

NR: Durch das Internet scheinen sich völlig neue Perspektiven für eine literarische Avantgarde zu eröffnen. »Die Technik nimmt ihre künftige Ästhetik vorweg.« Sehen Sie durch die mediale Einflussnahme auf Literatur Chancen für das Entstehen neuer literarischer Gattungen?

TH: Eine Weile lang fand ich es faszinierend, Möglichkeiten des nichtlinearen Erzählens auszuprobieren; damit zu experimentieren, dem Leser eine Wahlfreiheit der Geschichte zu überlassen; eine Unübersichtlichkeit, Unendlichkeit des Erlebens im Text zu suggerieren, wie etwa CD-ROMs sie bieten können, oder die Möglichkeiten, Texte im WWW etwa über Hyperlink-Strukturen an andere Netzinhalte anzukoppeln oder einzuweben. Andererseits kenne ich keinen guten Hyperlink-Text und keine CD-ROM-Geschichte, die nicht-linear spannend erzählt wäre. Allerdings hat mir die Erfahrung mit »Null« und anderen literarischen Netz-Projekten gezeigt, dass es bei deutschsprachigen Autoren im Internet momentan eine Tendenz zum Austausch unfertiger Texte, eine regelrechte Befreiung von

der hermetischen Form gibt. Die zur Zeit gepflegten Formen kommunikativen Schreibens scheinen mir in der Tat einen neuartigen Ort für Literatur zu umreißen.
NR: In wenigen Wochen ist Ihr schon angesprochenes Internetprojekt »Null« zu Ende. Welches Fazit ziehen Sie nach den zwölf Monaten? »[E]ine Hoffnung für Null war, dass hier Texte miteinander ins Gespräch kommen würden und nicht, wie immer, die Vermittler«, haben Sie zu Beginn von »Null« formuliert. Waren die Privatfehden zwischen Krausser und Meinecke anlässlich des Kosovo-Kriegs eigentlich in Ihrem Sinne?
TH: Nein, meine Hoffnung war, dass die Texte miteinander reagieren, dass Motive aufgenommen werden und ästhetisch argumentiert wird. Am Anfang gab es eine Geschichte von Dagmar Leupold über eine Autobahnszene, und dazu gab es wenig später einen Text von Judith Kuckart, die aus einer anderen Perspektive dieselbe Geschichte erzählte – so etwas wäre mein Ideal gewesen. Dass das sich nicht verwirklicht hat, mag mehrere Gründe haben: zum einen, dass Autoren doch eher solipsistisch sind, und zum anderen, dass »Null« größtenteils gratis funktionieren musste und die Autoren nicht die Zeit und nicht den Anreiz hatten, über ein Jahr hinweg die eigene ästhetische Position möglichst stark einzubringen.
NR: Der schnelle Anschluss kommt bestimmten literarischen Texten zugute, nämlich denen, die den Temporausch schon per se in sich hineinkopieren: also dem Pop, wohingegen genau komponierte, auf Reflexion abhebende Texte im Netz Schwierigkeiten haben. Ist also durch die Medialität des Internet schon ein Exklusionsmechanismus eingebaut?
TH: Dagegen stünde der Ewigkeitscharakter des Netzes. Man könnte sich ganz im Gegenteil vorstellen, dass Texte, die lange brauchen, dort ihren Ort finden. In Zeiten, in denen der Buchhandel schon nach einem halben Jahr verramscht, wäre das Netz die Enklave für die Ewigkeit. Außerdem entfalten nicht kompatible Formen im Netz ihre eigene Aura. Bei »Null« war es mir daher besonders wichtig, dass es Beiträge gab wie Johannes Jansens handschriftliche Notate, die Postkarten von Jan Peter Bremer oder die Collagen von Urs Riechle – drei Formen antiquierten Textverhaltens, wenn man so will.
NR: Bei einem Gang durch die Null-Landschaft fällt auf, dass die Texte in der Regel sehr kurz gehalten sind. Zusätzlich gewinnt man den Eindruck, als hätten die Autoren sich nicht in demselben Maße Mühe gegeben, wie sie es vielleicht bei einem Text getan hätten, der gedruckt wird?
TH: Ja, da existiert so eine Art Halböffentlichkeit. Als ob das Bildschirmlicht so eine private Kerzenschein-Atmosphäre vorgäbe. »Null« ist in die-

sem Sinn oft halbprivat, auch unfertig, vorläufig. Die andere literarische Entwicklung, die sich dem WWW verdankt, ist, dass sich literarische Szenen und Gemeinschaften gebildet haben, die es in dieser Form seit Jahrzehnten in Deutschland nicht mehr gegeben hat. Die Schnelligkeit hat also nicht nur Formen verschliffen, sondern auch einen Austausch bewirkt, der ganz erstaunlich ist und eine eigene Qualität birgt. Vielleicht kann man dieses Phänomen mit den Veränderungen der Briefkultur vergleichen: Während man früher einen fünfseitigen Brief schrieb und eine fünfseitige Antwort bekam, schickt man heute 20 E-Mails hin und her. Das Geflecht, das dabei entsteht, ist nicht unbedingt weniger komplex.

NR: Aber wird man dadurch, dass Texte kurzschlüssig ins Netz geschickt und andererseits Texte, die länger als eine Bildschirmseite sind, gar nicht erst gelesen werden, der Literatur gerecht?

TH: Wenn man ein Netz-Gedicht von Mirko Bonné liest, weiß man, dass es eine Woche zuvor geschrieben worden ist. Ob das noch in zwei Jahren zu lesen oder dann längst schon umgearbeitet sein wird, scheint mir weniger wichtig als die Tatsache der Zeitgenossenschaft. Das Netz ersetzt das Buch also nicht, hat aber seine Berechtigung.

NR: Sie haben schon in »Inkubation« damit experimentiert, die Linearität des Erzählens aufzubrechen. Was reizte Sie daran, einen literarischen Stereoeffekt herzustellen?

TH: Ich hatte zwanzig Geschichten für ein Buch, die man in einem herkömmlichen Erzählungsband linear hintereinandergeschaltet hätte. Wobei man aber vernachlässigt hätte, dass es Themenfelder gab, die zusammengehörten, Metaphern, Entwicklungsreihen, die quer zu den Texten verliefen. Der Versuch, dem gerecht zu werden, führte zu einem Buch, das ich als »Partitur« verstehe, und in dem typographisch das Ineinander und Nebeneinander der Geschichten abgebildet wird. Es gibt auch eine Hörspielfassung davon, bei der es darum ging, dass der Hörer Dinge rezipierte, die er nicht gleichzeitig wahrnehmen kann, da zwei Geschichten nebeneinander existieren. Ich finde, dass das eine Dimension ist, die der Literatur fehlt: dass es zu wenig Möglichkeiten gibt, in der Gleichzeitigkeit etwas zu verpassen. Ein Gedanke, der bei »Null« wiederkehrte und grafisch umgesetzt wurde.

NR: Die Kommunikation vom Autor zum Leser läuft im Falle der Netzliteratur ohne die dazwischengeschaltete Instanz des Lektors – das Netz hebt diese Ausschließungsmechanismen auf. Welche langfristigen Konsequenzen ergeben sich aus dieser vermeintlichen Netz-Demokratie für die Qualität der Literatur?

TH: Ich glaube, dass es dazu keine längerfristige Perspektive gibt, weil das Netz, das wir kennen, in fünf Jahren schon nicht mehr so aussehen wird. Diese Phase der Offenheit ist schon relativ bald vorbei. Sobald das Problem des Verkaufs im Netz gelöst ist, wird es ein reines Distributionsmedium. Die wichtigen Portale im Netz werden dann sehr teuer sein. Schon jetzt kann man anhand von Zugriffs-Statistiken sehen, dass der Großteil der User, die sich früher sehr neugierig überall umsahen, nur noch die wenigen Seiten ansteuern, die irgendeinen Service bieten. Und da, wo Aufmerksamkeit hingeht, wird wieder gefiltert werden. Netz wird sich exakt parallel zur Privatisierung des Videobereichs in den 70er Jahren entwickeln: Nach einer kurzen Euphorie, in der alle dachten, dass sie jetzt endlich selbst Fernsehen machen können, hat sich der demokratische Impuls von selbst aufgehoben.
NR: Warum werden Internet-Projekte wie »Null« oder das Tagebuch Rainald Goetz' schließlich doch in Buchform veröffentlicht, wenn sie doch eigentlich für das Netz konzipiert worden sind?
TH: Meine Erfahrungen aus einem Jahr »Null« sind die, dass man Aufmerksamkeit für ein Netz-Projekt nur außerhalb des Netzes bekommt.
NR: Wie würden Sie, mit dem Wissen um die Schwächen von »Null«, ein nächstes Internet-Projekt aufziehen?
TH: Die kommunikativen Formen, die etwa »pool« bedient, entsprechen offenbar einem Bedürfnis von Autoren und Netzbesuchern: Teilhabe am Leben. Die Möglichkeit eines voyeuristischen Dabeiseins gibt einen enormen Hallraum, während die Literatur im Netz, wie sie »Null« repräsentiert, das Medium eigentlich gegen den Strich gebürstet hat. Man müsste also eine Form finden, die ein Textkonstrukt entstehen ließe, dass sowohl literarischer als auch ein Dokument der Gegenwart wäre.
NR: Fünf Jahre lang waren Sie Juror beim Ingeborg-Bachmann-Wettbewerb in Klagenfurt: Welche Eindrücke haben Sie gerade im Hinblick auf den Wandel, von dem die deutsche Literatur zur Zeit betroffen sein soll, in dieser Zeit gewonnen?
TH: Ich war, glaube ich, ganz erfolgreich als Vermittler der Literatur, die ich schätze: Ich habe mehrere spätere Preisträger eingeladen und Autoren, die nach Klagenfurt sehr erfolgreich waren. Ingo Schulze etwa, Kathrin Schmidt, Jan Peter Bremer oder Terézia Mora. Literatur also, die der Komplexität der Welt durch Erzählen gerecht zu werden versucht und sie nicht hinter Geschichten verstecken will. Ich hoffe, dass der momentane Pop-Hype den Blick auf die Qualität solcher Literatur nicht nachhaltig verstellt.
NR: Haben Sie sich schwer damit getan, Literatur anderer nach Ihren eigenen subjektiven Maßstäben beurteilen zu müssen?

TH: Nein, ich bin Literaturwissenschaftler, Schriftsteller und Journalist – habe also Erfahrung mit unterschiedlichen Textsorten und kann auch mit ihnen umgehen. Als Autor glaube ich zudem, Texte besser beurteilen zu können als jene, die kein Gespür fürs Gemachtsein haben. Und was die Kriterien angeht, gibt es doch keine – außer Gelingen. Und das Empfinden von Gefangen- oder Überwältigtsein, vielleicht auch Sprachlosigkeit, das Erhabene des Gelingens fundiert eben kein Geschmacksurteil. Dem Erhabenen steht man gegenüber und hat keine andere Möglichkeit. Man befindet sich bei der Diskussion darüber, ob ein Text gelungen ist im emphatischen Sinn, in einem Wahrheitsdiskurs, nicht in einem von Schönheit.
NR: »Hettche wird älter werden, existentielle Narben werden nicht ausbleiben [...], seine Sprache wird eine andere werden«, hat ein Rezensent 1989 vorhergesagt. Hat sich diese Prognose bewahrheitet?
TH: Zu den Narben: Ja natürlich. Ich bin recht froh, dass man mir endlich meine Jugend nicht mehr vorhält. Und dafür nehme ich auch gern in Kauf, dass die Reaktionen auf die Bücher nach »Ludwig muss sterben« nicht immer euphorisch waren. Aber »Animationen« ist gerade sehr positiv aufgenommen worden. Soviel zur Existenz. Meine Sprache hat sich tatsächlich verändert. Ich glaube, sie ist geschmeidiger geworden, kann unterschiedliche Tonfälle modulieren und ist so vielstimmig, wie es sich für einen Roman-Autor gehört. Thematisch finde ich verblüffend, dass ich von manchen Themen wohl nicht loskomme.
NR: Durch Ihre Tätigkeiten als Vermittler von Literatur mussten Sie zwangsläufig Ihre eigene literarische Produktion zurückstellen. Werden Sie sich in Zukunft wieder mehr Zeit für die eigene Arbeit nehmen?
TH: Nach dem Essay »Animationen«, an dem ich über vier Jahre gearbeitet habe, ist jetzt endlich wieder eine Erzählung angesagt. Ich habe eine komische innere Uhr: Stoffe tauchen bei mir ungefähr nach fünf Jahren der Reifung im Buch wieder auf. Ab Januar beginne ich mit einem neuen Roman.

Forum

HERFRIED MÜNKLER / KARSTEN FISCHER / HARALD BLUHM

Korruption und Gemeinwohl

Probleme und Chancen politischer Ordnung in der Krise

Konjunkturen in der politischen Sprache sind Indikatoren des Wandels von Problemstellungen, aber sie sind auch Ausdruck des moralischen Verschleißes, dem das sozio-politische Vokabular ausgesetzt ist. In beiden Hinsichten scheint sich hierzulande in letzter Zeit ein Wechsel anzubahnen, der sich von einem nahezu ausschließlich gerechtigkeitszentrierten gesellschaftspolitischen Diskurs zu einem auch mit dem Gemeinwohl argumentierenden Denken entwickelt. Dies ist mehr als nur ein Austausch von Etiketten, denn beide Begriffe stehen für unterschiedliche Denkansätze und normative Orientierungen: Gerechtigkeit ist im Prinzip eine auf das Individuum bezogene universalistische Norm; Gemeinwohl dagegen ist ein eher partikulares Konzept mit zwar universalistischen Anschlüssen, das jedoch ohne den expliziten Bezug auf die konkrete Gemeinschaft, deren Wohl angestrebt werden soll, nicht auskommt. Anders als die Idee der Gerechtigkeit, die in der Ungerechtigkeit ihren klaren Gegenbegriff hat, hat das Gemeinwohl im Verlauf der politischen Ideengeschichte seinen eindeutigen Konterpart verloren. In der klassischen Lehre von der Politik, die wesentlich durch Aristoteles geprägt worden ist, war dies einmal das Eigeninteresse, der Privatnutzen. Doch seit Adam Smith der Auffassung zum Durchbruch verholfen hat, die *invisible hand* bewirke, dass gerade das konsequent verfolgte Eigeninteresse das größtmögliche (wirtschaftliche) Gemeinwohl hervorbringe, ist mit diesem *semantischen Coup* des Liberalismus[1] das Gemeinwohl von einem politisch-polemischen Begriff zur allgemeinen Leitkategorie politischen Handelns geworden, die eher dazu taugt, Konsens zu stiften als Ansprüche zu markieren und Konflikte auszutragen. Wenn sich etwa in den letzten Monaten Bundeskanzler Schröder mehrfach auf das Gemeinwohl berufen hat, so hat er dies in aller Regel getan, um die Ansprüche bestimmter Interessengruppen abzuweisen und seine Moderatorenrolle jenseits korporatistischer Einzelinteressen zu betonen. Im Fall der »Rettung« des Holzmann-Konzerns wurde diese Moderatorenrolle der Politik ebenso praktiziert und artikuliert wie im Fall des »Bündnisses für Arbeit«. Dies erzeugt allerdings eine Selbstbindung beziehungsweise Selbstverpflichtung der sich auf das Gemeinwohl berufenden politischen Akteure: Wer vom Gemeinwohl redet, muss sich auch selber an ihm messen lassen.[2] Ohne Selbstbindung wird die von politischen Eliten instrumentalisierte Rede vom Gemeinwohl von den Bürgern sehr bald als bloße Rhetorik durchschaut, und es ist eine politisch-moralische Skandalisierung möglich, mit der die Geschäftsgrundlage gegenseitigen Vertrauens zwischen Regierenden und Regierten aufgehoben wird. Eine als bloß rhetorisch durchschaute Gemeinwohlsemantik steht in der Gefahr, zum Wegbereiter eines sich ausbreitenden politischen Zynismus zu werden.

Dies verweist auf einen weiteren Punkt: Zumindest in freiheitlichen Demokratien, die ohne das freiwillige Engagement und Wohlverhalten ihrer Bürger als solche nicht überlebensfähig sind, kann man sich nicht auf das Gemeinwohl berufen, ohne gleichzeitig Gemeinsinn im Sinne dieses freiwilligen Engagements und Wohlverhaltens zu reklamieren. Dabei ist das Verhältnis zwischen Gemeinwohl und Gemeinsinn entgegen dem ersten Anschein durchaus nicht unproblematisch. Vielmehr besteht ein zirkuläres oder, wenn man so will, ein paradoxes Verhältnis zwischen Gemeinwohl und Gemeinsinn: Gemeinwohl ist das normative Ideal, das uns unter anderem sagt, wieviel Gemeinsinn aufgebracht werden muss. Es bedarf aber eines *vorgängigen* Minimums an Gemeinsinn, damit man sich überhaupt für das normative Gemeinwohl-Ideal interessiert.[3] Diese *soziomoralische Ressource* eines Minimums an beinahe selbstverständlichem Gemeinsinn ist schwerlich politisch herstellbar. Sie bildet eine *vorpolitische Grundlage des Politischen* im Sinne der Einsicht Ernst-Wolfgang Böckenfördes, dass der freiheitliche Verfassungsstaat von seinen Grundlagen zehrt, diese aber nicht selber garantieren kann, soll nicht seine Freiheitlichkeit Schaden nehmen.[4]

Alle diese Probleme – der semantische Coup des Liberalismus, durch den das Gemeinwohl aus seiner strikten Gegenbegrifflichkeit zum Eigennutz gelöst worden ist, die Selbstbindungswirkung von Gemeinwohlrhetorik, die Moderatorenrolle der Politik sowie die soziomoralischen Ressourcen – spielen eine Rolle, wenn der auf den ersten Blick überraschende Zusammenhang zwischen Gemeinwohl und Korruption in den Blick genommen wird. Folgt man der Intuition, dass die Verhinderung von gemeinwohlschädlichem Verhalten möglicherweise mehr Aufmerksamkeit verdient als eine in der Moderne fragwürdige positive Gemeinwohldefinition, so ist es gerade in der aktuellen Situation naheliegend, Gemeinwohl und Korruption als Komplementärbegriffe zu verwenden. Bereits mit der Frage nach dem Begriffsverständnis speziell von politischer Korruption berührt man den Zusammenhang mit der Gemeinwohlthematik. Eine Vielzahl prominenter Bestimmungen von politischer Korruption bezieht sich auf den Gemeinwohlbegriff und definiert, Korruption sei ein Symptom dafür, dass das politische System mit wenig Rücksicht auf das öffentliche Interesse operiert.[5] Bei dieser Begriffsbestimmung wird der alteuropäische Gemeinwohlbegriff bemüht, wie er vor dem semantischen Coup des Liberalismus gegolten hat, als er noch in einem klaren Kontrast zum Eigennutz stand – sei es unter Rekurs auf die aristotelisch-scholastische Unterscheidung von Gemeinwohl und Eigennutz, sei es durch Rückgriff auf Luthers Lehre von Stand und Amt, wonach beide von Gott in der Welt als Widerpart gegen die Sünde – und darunter versteht Luther auch den Eigennutz – eingesetzt worden sind. Als katholische bzw. protestantische politische Ethik sind beide Vorstellungen bis heute zu finden. Die Verfolgung des Eigennutzes mittels politischer Ämter gilt danach als korrupt, während die Orientierung am Gemeinwohl legitime Politik ausmacht. Folgerichtig steht bei dieser Definition von politischer Korruption die persönliche und private materielle Vorteilsnahme eines politischen Funktionsträgers im Vordergrund; ohne dessen Korrumpierung wären andere hoheitliche Entscheidungen getroffen worden. Nach diesem Verständnis bildet politische Korruption eine von verschiedenen möglichen Formen politischer Interessendurchsetzung qua »Austausch von politischen und ökonomischen bzw. gesellschaftlichen Ressourcen«, bei dem mindestens einer der Tauschpartner Inhaber eines öffentlichen Amtes ist und Zuwendungen mit dem Ziel erhält, durch Aktivität oder Unterlassung »eine politische Entscheidung herbeizuführen, die nach dem üblichen Verkehrsgebaren ohne diese Leistung nicht oder anders getroffen würde«.[6]

Dieses klassische Begriffsverständnis scheint jedoch mehr Probleme aufzuwerfen als es löst. Zunächst wird man in der heutigen politischen Landschaft, so sehr man dies auch bedauern mag, wohl kaum mehr so klar zwischen *privat* und *öffentlich* unterscheiden können, wie es vielen Definitionen sowohl von Gemeinwohl als auch von Korruption zugrunde liegt, und zwar nicht nur, weil der Neoliberalismus diese Unterscheidung nach besten Kräften unterminiert, sondern vor allem auch, weil tatsächlich die Einflüsse privatwirtschaftlicher Akteure auf hoheitliche Entscheidungen zunehmen; ebenso übrigens wie privatwirtschaftliche Aktivitäten von Inhabern öffentlicher Ämter. Aussagekräftiger hinsichtlich einer hinreichenden Bestimmung von politischer Korruption dürfte sein, dass Korruption als »eine spezielle Form von Einflusspolitik«[7] mit fließenden Übergängen zu Nepotismus, Klientelismus, (Ämter-)Patronage, Protektionismus und Lobbyismus stets eine Gefährdung demokratischer politischer Systeme darstellt, da sie gleichsam als ein inverses Normen-System in Erscheinung tritt und sich wie ein Virus verhält: Korruption tendiert dazu, sich entlang eines Systems von Normen und Werten selbst zu reproduzieren, das zwar nicht legal ist, aber bei weitem nicht anomisch. Systemische Korruption ist daher ein sich selbst tragendes Phänomen: Es fördert das Auftreten neuer Normen, und diese Normen machen Korruption immer attraktiver.[8] Politische Korruption stellt demnach kein primär in gering differenzierten Gesellschaften auftretendes Symptom für institutionelle Dysfunktionalität dar, wie der bekannte Verweis auf Sizilien nahelegt, sondern indiziert das sich mit steigender gesellschaftlicher Komplexität verschärfende Problem des Systemvertrauens: Korruption dient »als Mittel, in die Beziehung zwischen einem unpersönlichen Autoritätssystem und einer Allgemeinheit, die diesem System weder Verständnis noch Loyalität entgegenbringen mag, Vertrauen einzuführen und eine konkrete Form zu verleihen«.[9] Die subversive Gefährlichkeit von Korruption für demokratische Strukturen besteht mithin darin, eine im gemeinsamen, bewußten Regelverstoß liegende konkrete Alternative zu dem abstrakten, aber für eine Republik unverzichtbaren Erfordernis »verfassungspatriotischer« Identifikation mit formalen Organisationen und Institutionen zu bieten. Korruption besteht hier in der Knüpfung eines mit der Gesetzesloyalität konkurrierenden Loyalitätssystems – mag es auf Ehrenworten basieren oder auf anderen Zusicherungen –, das im Konfliktfall eine größere Verbindlichkeit besitzen kann als Gesetz und Verfassung. Die Vertrauensbildung liegt dabei in dem gemeinschaftsstiftenden Akt bewusster Regelübertretung. Sie ist ein Problem für jedes demokratische System, insofern sie ein subversives Normen-System erzeugt, das keinerlei Orientierung an öffentlichen Problemen benötigt und die öffentliche Ordnung erodiert; aber gleichzeitig ist sie ein Mechanismus zur Etablierung eines soziale Komplexität reduzierenden Vertrauensnetzwerkes. Insofern stellt *politische* Korruption ein genuin modernes Phänomen dar, das von den herkömmlichen Formen von Korruption zumindest teilweise zu unterscheiden ist.

Fasst man die bis hierhin angestellten Überlegungen kurz zusammen, so lassen sich drei theoretische Ansätze zur Bestimmung politischer Korruption unterscheiden: eine strikt normative, die von ethischen bzw. ethisch-politischen Normen her denkt, eine rein institutionalistische bzw. funktionalistische und eine republikanische Variante, in der normative und funktionale Argumente miteinander verbunden werden.[10] Diese Verknüpfung, die auf den ersten Blick als theoretische Unentschiedenheit erscheinen mag, erweist sich bei genauerer Betrachtung gerade als Stärke dieses Denkens, wenn man Korruption als ein durch seine politisch-rhetorischen Thematisierungen und Skandalisierungen mitgeprägtes Phänomen begreift.

Die geschichtstheoretische Grundannahme des Republikanismus lautet bekanntlich, dass Politik sich in einem zyklischen Geschehen entwickelt, in dem Aufstieg und Verfall einer politischen Ordnung mit Aufbau und Verfall soziomoralischer Ressourcen, also der Bereitschaft der Bürger zum Engagement für öffentliche Aufgaben, verbunden sind. Korruption wird hier begriffen als ein notwendig wiederkehrendes Phänomen, das periodisch auftritt und periodisch kommuniziert wird. Jenseits der in dieser Kommunikation von Korruption erfolgenden Aktualisierung der für das Gemeinwesen verbindlichen Normen gibt es keine fixen Maßstäbe für Politik und auch nicht für Korruption. Keiner hat sich diesem Problem so energisch zugewandt wie Niccolò Machiavelli, weswegen er auch gleichermaßen als politischer Moralist wie als politischer Amoralist bezeichnet worden ist, was beides ein Missverständnis ist.[11] Politik wird von ihm nicht als ein moralisches Geschehen gefasst, sondern er beobachtet analytisch, dass sie sozio-moralische Ressourcen auf Seiten der Akteure funktional voraussetzt und von ihnen zehrt. Demzufolge muss Politik als ein in engem Zusammenhang mit Moral stehendes *a-moralisches* Geschehen gedacht werden. In der Politik geht es zwar auch um Tugenden und Regeln, aber dies sind *politische* Tugenden, wie Mut, Besonnenheit, Entschlossenheit, Tatkraft etc., und *politische* Regeln, die nicht ein für alle Mal feststehen, sondern in den Kreislauf des politischen Geschehens, sein Auf und Ab eingebunden sind. Ihre Bedeutung ist an die historischen Umstände und an die Kommunikation der Akteure gebunden. Vor diesem Hintergrund verwundert die Bemerkung Hannah Arendts, dass Machiavelli »mit dem Phänomen der Korruption in allen seinen Gestalten vertrauter« war und mehr darüber nachgedacht hat »als irgendeiner der politischen Denker nach ihm«, nicht.[12]

Eine zeitgemäße Analyse von Korruptionsprozessen ist auf die Analysen verzweigter institutioneller Arrangements angewiesen. Sie sollte jedoch nicht hinter die Grundeinsichten des Republikanismus zurückfallen, sondern bei der Semantik sozio-politischer Krisendiagnosen und den Selbstbeschreibungen der Akteure ansetzen.

Korruptionspolitik

In der republikanischen Perspektive lässt sich nun auch der nicht nur aktuellste, sondern zugleich spektakulärste und hinsichtlich der Gefahr einer demokratischen Legitimitätskrise bislang gefährlichste Fall von politischer Korruption in Deutschland näher beleuchten: die Führung »schwarzer« Konten für Parteispenden in der Verantwortung des ehemaligen Bundeskanzlers und CDU-Vorsitzenden Helmut Kohl.[13] Offensichtlich fällt dieses Vergehen nicht unter jene gängige Definition von politischer Korruption, die auf die persönliche Vorteilsnahme seitens des korrupten Politikers im materiellen beziehungsweise privaten Sinne abstellt. Dies ist von Kohl, Kanther und Schäuble immer wieder zu ihrer Rechtfertigung herausgestellt worden (und von Kohl mit dem merkwürdigen Hinweis garniert worden, wer ihn kenne, wisse, dass er nicht korrupt im Sinne persönlicher Bereicherung oder politischer Beeinflussbarkeit sei – merkwürdig deshalb, weil kaum jemand etwas anderes insinuiert hat,[14] aber auch kaum jemand aus dem Kreis der *in toto* angesprochenen Öffentlichkeit ihn so persönlich kennt, wie es für dieses Urteil nötig wäre). In dieser Hinsicht unterscheidet sich der CDU-Fall grundlegend von anderen, beispielsweise EU-Kommissare oder deutsche Ministerpräsidenten betreffenden Korruptionsskandalen der letzten Zeit. Es geht nicht einmal in erster Linie um die für politische Korruption definitorisch konstitutive, mögliche Beeinflussung politischer Entscheidungen durch Wirtschaftsvertreter, auch wenn »politische Landschaftspflege« durch den Waffenhändler Schreiber bzw. Elf-Aquitaine das erklärte Ziel mancher Spender bildete. Ganz offensichtlich wollte der ehemalige Bundeskanzler durch die Verdunkelung der Parteispenden das politische System nicht nur nicht schädigen, sondern im Gegenteil sogar stabilisieren. Laut Kohls Begründungen, die wesentlich interessanter sind als die immer noch zu einem erheblichen Teil unaufgeklärten »Fakten«, motivierte ihn und offenbar auch die Spender die vermeintliche Übermacht des sozialdemokratischen, grünen und sozialistischen »Lagers« zur finanziellen Manipulation der Machtverhältnisse. Bemerkenswerterweise entspricht dies einer Beobachtung von Leslie Holmes in mittel- und osteuropäischen post-kommunistischen Gesellschaften, wonach »Korruption eine sinnvolle Rolle im Demokratisierungsprozess spielen kann, indem sie ungleiche Ausgangsbedingungen verschiedener Art zwischen den Kommunisten (oder ihren Nachfolgern) und anderen, demokratischeren politischen Parteien mindestens teilweise ausgleichen hilft«.[15] Diese Überlegung scheint bemerkenswerterweise auch die Lagebeurteilung und Strategie politischer und wirtschaftlicher Eliten in einer seit Jahrzehnten stabilen repräsentativen Demokratie bestimmt zu haben. Während gemeinhin politischer Wettbewerb als Hindernis für Korruption angesehen wird, scheint hier ein tiefes Misstrauen gegenüber dem demokratischen Prozeß zur finanziellen Beeinflussung des politischen Wettbewerbs motiviert zu haben und zur Entwicklung einer *Korruptionspolitik* geführt zu haben. Darunter ist zu verstehen, dass sich Politiker nicht, wie im traditionellen Verständnis von politischer Korruption, durch Empfänglichkeit für korruptive Angebote persönliche Vorteile verschafften und hierfür zum Schaden des Gemeinwohls ihre hoheitlichen Entscheidungen beeinflussen ließen. *Korruptionspolitik* bedeutet vielmehr, dass sich Politiker korruptive Absichten gesellschaftlicher, zumal wirtschaftlicher Interessenvertreter aktiv zunutze machen, indem sie verdeckte Zahlungen als Ressourcen ihrer Politik, insbesondere zur Finanzierung ihrer Parteien und zur Durchsetzung ihrer eigenen politischen Ziele jenseits demokratischer Verfahren, strategisch einplanen.[16] Damit liegt weniger eine Beeinflussung hoheitlicher Entscheidungen durch Geldtransfers vor, als ein doppeltes Täuschungsmanöver, bei dem sowohl die Öffentlichkeit über die im Selbstverständnis der Akteure Gemeinwohl-kompatiblen Wege der Korruptionspolitik im Unklaren gelassen wird, als auch die Geldgeber keine klare Gegenleistung erkennen und erwarten können. Offenbar geht es den Spendern darum aber auch gar nicht in erster Linie. Wichtig ist, dass vermittels der vor der Öffentlichkeit verborgenen Zuwendungen ein Netzwerk persönlicher Vertrauensbeziehungen und gegenseitiger Verpflichtungen aufgebaut wird, das, wie gegenwärtig zu beobachten ist, eine enorme Reißfestigkeit hat. Eine solche der Komplexitätsreduktion dienende Personalisierung von Politik bedeutet für das politische System naheliegenderweise eine Entdifferenzierung. Die für Sozialwissenschaftler spannende Frage besteht darin, ob es sich hierbei um einen kontingenten Vorgang handelt, der wesentlich mit Personen wie Craxi, Claes und Kohl verbunden ist, oder um eine Option politischen Agierens in hochkomplexen Gesellschaften.

Was hier Korruptionspolitik genannt wird, scheint jedenfalls die Übertragung eines amerikanischen Zustands auf Deutschland bzw. Europa zu sein, den Dennis F. Thompson vor fünf Jahren als Übergang von *individueller* zu *institutioneller* Korruption bezeichnet hat, wonach sich letztere dadurch auszeichnet, dass sie unter bestimmten Bedingungen als »notwendiger oder sogar wünschenswerter Teil institutioneller Pflichten« angesehen wird.[17]

Mit der Frage nach strukturellen Gründen für diese Entwicklung kommt man auf die eingangs angesprochene Moderatorenrolle der Politik zurück.

Gunnar Folke Schuppert hat den uns geläufigen Staat treffend als *kooperativen Staat* bezeichnet: Dieser Staat ist vielfältig mit der Gesellschaft verflochten, gleichsam mehrfach anzutreffen und moderiert das Zusammenspiel gesellschaftlicher Akteure. In ihm wird das Gemeinwohl plural und prozedural definiert. Der Staat hat das Monopol über die Definition von »Gemeinwohl« verloren. Er fungiert nur mehr als Kontrollinstanz und Appellationsinstanz.[18] Offenbar ist es aber im kooperativen Staat politischen Eliten auch möglich, ihr gesetzwidriges Verhalten ernsthaft so zu verstehen, zumindest aber öffentlich so zu legitimieren, als sei es im Interesse des Gemeinwohls erfolgt, beispielsweise zur Bewahrung eines parteipolitischen Gleichgewichtes, das durch ungleiche Vermögensverhältnisse und womöglich gar durch Wahlen vorgeblich außer Kraft gesetzt worden wäre: Der Staat zieht sich einerseits auf seine Moderatorenrolle zurück, kooperiert mit den anderen funktionalen Teilsystemen der Gesellschaft, aber gleichzeitig beanspruchen seine Eliten in geradezu vormoderner Weise, die Rationalität der Gesellschaft als Ganzer steuern zu wollen, wozu wiederum die finanziellen Ressourcen insbesondere der Privatwirtschaft hemmungslos genutzt werden. Möglicherweise resultiert die niedrige Hemmschwelle gegenüber der Eröffnung solcher Einfallstore für eine im demokratischen Verfahren nicht vorgesehene Beeinflussung des politischen Prozesses aus dem Mißverhältnis zwischen einem kooperierenden und einem – zumindest im Falle Kohls – den Primat des Politischen beanspruchenden Staat. Wenn dies richtig sein sollte, haben vielleicht auch die Sozialwissenschaften in Steuerungsdiskussionen und bei der Suche nach Vermittlungsmöglichkeiten zwischen gesellschaftlichen Einzelinteressen und Gemeinwohl die staatlich-institutionelle Ebene vernachlässigt, sodass es anstünde, jenseits der Besonderheiten des »Systems Kohl« strukturelle Aspekte des Gesamtproblems zu analysieren.

In jedem Fall wäre es eine hoch problematische Vollendung des semantischen Coups des Liberalismus, die Gegenbegrifflichkeit des Gemeinwohls zum Eigennutz *korruptionspolitisch* aufzulösen, denn die durch die Aufdeckung dieser Korruptionspolitik verursachte Krise des Legitimitätsglaubens an demokratische Institutionen in der Bevölkerung dürfte noch desaströsere Ausmaße haben als im Falle herkömmlicher politischer Korruption, was wiederum Rückwirkungen auf die politische Elite zeitigt.

Politische Folgen aufgedeckter Korruption

Das Problem der sozio-moralischen Ressourcen der Bürger sowie ihres Verschleißes bzw. ihrer Erneuerung im Kontext von Korruptionspolitik läßt sich mit einer weiteren Überlegung Schupperts näher beleuchten, und zwar seiner Unterscheidung zwischen *Hütern des Gemeinwohls*, wie zum Beispiel dem Bundesverfassungsgericht, *Anwälten des Gemeinwohls*, wie etwa den mit Klagerechten ausgestatteten Naturschutzverbänden, *Wächtern des Gemeinwohls*, wie sie die Öffentlichkeit, die Presse und NGOs bilden, *Dienern des Gemeinwohls*, wie etwa den der Dienstpflicht unterworfenen Beamten, und *gemeinwohlbeladenen Institutionen*, wie der Sozialpflichtigkeit des Eigentums.[19] Hinsichtlich der Korruptionsproblematik dürfte die Figur der *Wächter* besonders interessant sein. Gerade wenn der kooperative Staat vor allem moderiert, braucht man naturgemäß starke »Wächter« des Gemeinwohls, und zwar offenbar auch gegenüber dem Staat. Diese »Wächter«-Funktion kann jedoch durch einen perfiden Effekt politischer Korruption außer Kraft gesetzt werden: Es ist ein noch genauer zu untersuchender Aspekt politischer Korruption, dass das jeweils vorherrschende Begriffsverständnis darüber entscheidet, ob *überhaupt* beziehungsweise *unter welchen Bedingungen* ein bestimmtes Verhalten als korrupt empfunden wird. Wird Korruption aufgedeckt und wird sie gar in großem Umfang aufgedeckt, so hat dies in der Regel eine Ausweitung des Begriffsverständnisses zur Folge, was wiederum bewirkt, dass entdifferenzierend immer mehr Korruption perzipiert wird. Diese Spirale kann einen »paradoxen Effekt von Korruption« zeitigen: Wird immer mehr Korruption wahrgenommen, so droht ein sich selbst verstärkender »Prozess der Delegitimierung demokratischer Institutionen«: Bei den Bürgern kann zunehmend der Eindruck entstehen, zu den »von gewitzten Zeitgenossen Übervorteilten zu gehören. Die naheliegende Lösung ist dann der Versuch, sich ebenfalls auf illegalem Wege das zu verschaffen, was man als gerechten Anteil an gesellschaftlichem Reichtum und staatlichen Leistungen empfindet. Der durch Korruption erzeugte Verlust an Vertrauen begünstigt also seinerseits wiederum die Verbreitung der Korruption.«[20] Dabei wird Bestechlichkeit als Verhaltensmaxime keineswegs moralisch positiv bewertet – man will nur nicht als der vermeintlich einzige Ehrliche der Dumme sein. Die Einsicht in diesen Mechanismus kollektiven Verhaltens relativiert empirisch kaum jemals überprüfbare Klagen über einen vermeintlichen Verfall moralischer Orientierungen in der Bevölkerung als Ursache korrupten Verhaltens. Sie erfordert vielmehr eine genuin politikwissenschaftliche Analyse dieses Effektes, wonach eine Verletzung der offensichtlich trotz aller vermeintlichen »Entzauberung des Staates« (Helmut Willke) immer noch erwarteten positiven Vorbildfunktion der Politik durch ihre Repräsentanten in eine negative Vorbildlichkeit umschlägt. Dieser Umstand, der sich geradezu als Dialektik der Aufklärung von Korruptionsfällen beschreiben lässt und die politische und sozial-moralische Gefährlichkeit medial spektakulär inszenierter Skandalisierungen erweist, darf – unbenommen der Notwendigkeit dessen, was Schäuble »rückhaltlose Aufklärung« zu nennen pflegt – nicht vergessen werden, zumal seine positive Kehrseite lautet, dass »wenn sich die *Wahrnehmung* halten lässt, dass es etwas weniger Korruption gibt als vorher, [...] die *Wirklichkeit* entsprechend folgen« könnte.[21]

In welchem Ausmaß die eingangs angesprochene Selbstbindungswirkung von Gemeinwohlrhetorik hinsichtlich des Systemvertrauens der Bevölkerung relevant ist, liegt demnach auf der Hand: Wird korruptes Verhalten im weitesten Sinne als gemeinwohlkonform ausgegeben, droht das Vertrauen in das politische System nachhaltig ruiniert zu werden. Die Verbindung von Gemeinwohlrhetorik und Korruptionsaufdeckung könnte dann das Einfallstor eines sich schnell ausbreitenden politischen Zynismus darstellen.

Trotz all dieser schwierigen Probleme und Zusammenhänge ermöglicht die bereits angesprochene Perspektive des klassischen Republikanismus auf Krisen politischer Ordnung abschließend einen optimistischen Ausblick: Politische Krisen sind danach nicht nur Verfallserscheinungen, sondern auch Gelegenheiten zur Revitalisierung der sozio-moralischen Grundlagen eines Gemeinwesens. In Korruptionsskandalen wie dem gegenwärtigen und den an sie anschließenden öffentlichen Debatten versichern sich Gesellschaften ihres Basiskonsenses, ihrer Wertorientierungen und ihres demokratisch-republikanischen Selbstverständnisses, das sich im politischen Alltagsbetrieb aufgezehrt zu haben scheint. Der inzwischen allenthalben zu hörende Ruf nach veränderten institutionellen Designs, konkret nach einer Neufassung der gesetzlichen Regelungen der Parteienfinanzierung, ist, so gesehen, eine, aber kaum die wichtigste der aus der Aufdeckung der Korruptionspolitik zu ziehenden Konsequenzen. Für die politische Ordnung sehr viel wichtiger dürfte die öffentliche Debatte sein, in der kommuniziert wird, was als Verhaltenserwartung an politische Eliten implizit vorausgesetzt, aber selten explizit ausgesprochen wird. Eine solche Revitalisierung sozio-moralischer Grundlagen kann eine rein juridische Bearbeitung von Korruption nicht wirklich leisten, wie sich im Falle der

Flick-Affäre gezeigt hat, die für die politische Klasse weithin folgenlos geblieben ist, ja sogar die absurde Privatmoral legitimer Illegalität in politischen Parteien beförderte.[22] Insofern sind die jüngsten politischen Erschütterungen keine Bedrohung der Bundesrepublik, sondern bieten ihr eine wichtige Chance. Öffentliche Kommunikation über Korruption bildet dabei das korrektive funktionale Äquivalent zu Korruptionspolitik, denn auch sie bietet, gleichsam quer zur funktionalen Differenzierung moderner Gesellschaften, jene Komplexitätsreduktion, die politisches Handeln erst möglich macht.

1 Herfried Münkler / Karsten Fischer: Gemeinwohl und Gemeinsinn. Thematisierung und Verbrauch soziomoralischer Ressourcen in der modernen Gesellschaft, in: Berlin-Brandenburgische Akademie der Wissenschaften: Berichte und Abhandlungen, Bd. 7, Berlin 1999, S. 237–265, 247f.

2 Herfried Münkler: Gemeinwohl statt Gerechtigkeit. Vom allmählichen Austausch eines Leitbegriffs und den Folgen für Politik und Gesellschaft, in: Der Tagesspiegel, 28. Oktober 1999, S. 35.

3 Karsten Fischer: Gemeinwohlrhetorik und Solidaritätsverbrauch. Bedingungen und Paradoxien des Wohlfahrtsstaates, in: Ethik im Sozialstaat, hg. v. Manfred Prisching, Wien (i. E.).

4 Ernst-Wolfgang Böckenförde: Staat, Gesellschaft, Freiheit. Studien zur Staatstheorie und zum Verfassungsrecht, Frankfurt am Main 1976, S. 60f.

5 Susan Rose-Ackerman: Corruption and Government. Causes, Consequences, and Reform, Cambridge 1999, S. 226. Vgl. J. Peter Euben: Corruption, in: Political Innovation and Conceptual Change, hg. v. Terence Ball, James Farr, Russell L. Hanson, Cambridge 1989, S. 220–246, 223; Thomas Maak / Peter Ulrich: Korruption – Die Unterwanderung des Gemeinwohls durch Partikularinteressen. Eine republikanisch-ethische Perspektive, in: Korruption im internationalen Geschäftsverkehr. Bestandsaufnahme, Bekämpfung, Prävention, hg. v. Mark Pieth u. Peter Eigen, Neuwied u.a. 1999, S. 103–119; Frank I. Michelman: The Supreme Court 1985 Term. Foreword: Traces of Self-Government, in: Harvard Law Review, Vol. 100, 1986, No. 4, S. 4–77, 40; Donatella della Porta / Alberto Vannucci: Corrupt Exchanges. Actors, Resources, and Mechanisms of Political Corruption, New York 1999, S. 109ff.; Arnold A. Rogow/Harold D. Lasswell: The Definition of Corruption, in: Political Corruption. Readings in Comparative Analysis, hg. v. Arnold J. Heidenheimer, New Brunswick ^{2}1978, S. 54f.

6 Vgl. Verena Blechinger: Auf dem Weg zu »sauberer Politik« und transparenten Strukturen? Korruption und Selbstreinigung in der japanischen Politik, in: Politische Korruption, hg. v. Zentrum für Europa- und Nordamerika-Studien; Red.: Jens Borchert / Sigrid Leitner / Klaus Stolz (Jahrbuch für Europa- und Nordamerika-Studien 3, 1999), Opladen 2000, S. 145–184, 148 in Anlehnung an Neil J. Smelser: Stabilität, Instabilität und die Analyse der politischen Korruption, in: Korruption. Zur Soziologie nicht immer abweichenden Verhaltens, hg. v. Christian Fleck u. Helmut Kuzmics, Königstein/Ts. 1985, S. 202–228.

7 Ulrich von Alemann / Ralf Kleinfeld: Begriff und Bedeutung der politischen Korruption aus politikwissenschaftlicher Sicht, in: Zwischen Kooperation und Korruption. Abweichendes Verhalten in der Verwaltung, hg. v. Arthur Benz und Wolfgang Seibel, Baden-Baden 1992, S. 259–282, 279.

8 della Porta / Vannucci, a.a.O., S. 255f.

9 Smelser, a. a. O., S. 215.

10 Vgl. Herfried Münkler: Republikanismus in der italienischen Renaissance; in: Traditionen der Republik – Wege zur Demokratie, hg. v. Rupert Moser und Peter Blickle, Bern u.a. 1999, S. 41–71.

11 Vgl. dazu detailliert Herfried Münkler: Machiavelli. Die Begründung des politischen Denkens der Neuzeit aus der Krise der Republik Florenz, Frankfurt am Main 1982, S. 281ff.

12 Hannah Arendt: Über die Revolution, München 1974, S. 132.

13 Vgl. zur Geschichte politischer Korruption in der Bundesrepublik vor allem Ulrich von Alemann: Bureaucratic and Political Corruption Controls. Reassessing the German Record, in: Political Corruption. A Handbook, hg. v. Arnold J. Heidenheimer, Michael Johnston u. Victor T. Le Vine, New Brunswick/ Oxford 1989, S. 855–869 und Wolfgang Seibel: Corruption in the Federal Republic of Germany Before and in the Wake of Reunification, in: Democracy and Corruption in Europe, hg. v. Donatella della Porta u. Yves Mény, London 1997, S. 85–102.

14 Genau das irritiert im – zumal osteuropäischen – Ausland, vgl. Ivan Krastev: Wer redet von Bestechung? Weshalb niemand Kohl auf Korruption reimt, in: F.A.Z., 18. Januar 2000, S. 45.

15 Leslie Holmes: Funktionen und Dysfunktionen der Korruption und ihrer Bekämpfung in Mittel- und Osteuropa, in: Politische Korruption, Red.: Jens Borchert u.a., a.a.O., S. 117–184, 124f.

16 Rose-Ackerman, Corruption and Government, a.a.O., S. 113, nennt ausdrücklich die Möglichkeit, dass manchmal private Akteure die treibenden Kräfte von Korruption sind, manchmal aber auch Staatsoffizielle. Korruption ist hier gerade kein »Mangel an Kompetenz und politischem Willen in der Regierungsspitze«, wie Susan Rose-Ackerman: Politische Korruption und Demokratie, in: Politische Korruption, Red.: Jens Borchert u.a., a.a.O., S. 73–92, 77 für den Fall Nigeria feststellt, sondern das genaue Gegenteil. Dies unterscheidet den *Korruptionspolitiker* auch vom »Geschäftspolitiker«, vgl. hierzu Alessandro Pizzorno, / Donatella della Porta: »Geschäftspolitiker« in Italien. Überlegungen im Anschluss an eine Studie über politische Korruption, in: Kölner Zeitschrift für Soziologie und Sozialpsychologie, 45. Jg., 1993, S. 439–464.

17 Dennis F. Thompson: Ethics in Congress. From Individual to Institutional Corruption, Washington, D.C. 1995, S. 7.

18 Gunnar Folke Schuppert: Gemeinwohldefinition im kooperativen Staat, Ms., Berlin 1999.

19 Gunnar Folke Schuppert: Skizze eines Forschungsprojekts: Institutionenbildung und Gemeinwohl, Ms., Berlin 1999.

20 Jens Borchert: Von Berufskölnern, alten Römern und paradoxen Konsequenzen, in: Politische Korruption, Red.: Jens Borchert u.a., a.a.O., S. 7–17, 9.

21 Holmes, a.a.O., S. 142.

22 Patrick Bahners: Wer klatscht denn da? Auf dem Weg in eine andere Republik: Kohl und seine Truppen, in: F.A.Z., 24. Januar 2000, S. 49, zieht eine treffende Parallele zwischen dem von der CDU stets als Werteverfall bekämpften *zivilen Ungehorsam* und dem ebenfalls gegen pure Legalität gerichteten Legitimitätsglauben führender CDU-Politiker in Sachen Parteienfinanzierung.

RICHARD RORTY

»Sein, das verstanden werden kann, ist Sprache«

Für Hans-Georg Gadamer zum 100. Geburtstag

Gadamer hat in seinem Aufsatz »Philosophie oder Wissenschaftstheorie?« die Frage gestellt: »Kann es überhaupt noch in irgendeinem Sinne Philosophie geben außer in dem der Wissenschaftstheorie?«[1] Gadamers eigene Antwort auf diese Frage lautet natürlich Ja. Von der sogenannten »analytischen« Richtung der Philosophie – also von der Richtung, die auf Frege und Russell zurückgeht und deren bekannteste Vertreter heute Quine, Davidson, Dummett und Putnam sind – wird oft angenommen, sie würde diese Frage mit Nein beantworten. Denn diese Richtung gilt häufig als eine Art von Werbeagentur für die Naturwissenschaften.

Wer die analytische Philosophie so auffasst, kennzeichnet Gadamers eigene Schriften vielfach als eine Art von Apologetik der Geisteswissenschaften. Nach dieser Sicht der Sachlage hat jede der von C. P. Snow unterschiedenen »zwei Kulturen« ihre eigene philosophische Jubelgemeinde. Wer Snows Darstellung der geistigen Lage akzeptiert, glaubt, aus dem Streit »Wissenschaft kontra Religion«, der die Intellektuellen des neunzehnten Jahrhunderts in zwei feindliche Lager spaltete, sei heute der Streit zwischen »*techies*« und »*fuzzies*« geworden, wie wir in Kalifornien sagen, also der Streit zwischen sachlich denkenden Technikfreunden und unsachlichen Schwarmgeistern.

Dieses grobe und übermäßig vereinfachte Bild der Spannungen innerhalb der heutigen Philosophie ist nicht völlig verfehlt. Eine etwas detailliertere Darstellung der Philosophiegeschichte des zwanzigsten Jahrhunderts würde jedoch zwischen einer ersten, szientistischen Phase der analytischen Philosophie und einer zweiten, antiszientistischen Phase unterscheiden. Zwischen 1900 und 1960 hätten die meisten Bewunderer Freges den Ausspruch Quines unterschrieben, wonach wir nicht mehr Philosophie brauchen, als in der Wissenschaftstheorie steckt: »Philosophy of science is philosophy enough.« Aber ein Wandel brach über die analytische Philosophie herein, als die Philosophen anfingen, Wittgensteins *Philosophische Unter-*

suchungen und Kuhns *Struktur der wissenschaftlichen Revolutionen* nebeneinander zu lesen. Seitdem stimmen immer mehr Vertreter der analytischen Philosophie der Meinung Putnams zu, der gesagt hat, »dass das Problem hinsichtlich der heutigen Philosophie zum Teil ein aus dem neunzehnten Jahrhundert ererbter Szientismus ist«.[2]

Putnam fordert uns auf, wir sollten die Vorstellung fallen lassen, die Naturwissenschaft besitze eine sie auszeichnende »Methode« – eine Methode, aufgrund deren die Physik ein besseres Paradigma der Rationalität liefere als zum Beispiel die Geschichtsschreibung oder die Rechtswissenschaft. Diesem Appell Putnams pflichten auch philosophische Theoretiker der Physik wie Arthur Fine bei. Nach Fine sollten wir die Voraussetzung preisgeben, die Naturwissenschaft sei etwas »ganz Besonderes und das naturwissenschaftliche Denken völlig verschieden von jedem anderen Denken«.[3] Sowohl Putnam als auch Fine machen sich über die Vorstellung lustig, der Diskurs der Physik sei irgendwie wirklichkeitsnäher als ein anderer Teil der Kultur. Im englischsprachigen Bereich gibt es eine Zusammenarbeit zwischen der nachwittgensteinianischen Sprachphilosophie à la Putnam, Davidson und Brandom und der nachkuhnianischen Wissenschaftsphilosophie à la Latour, Hacking und Fine. Diese Zusammenarbeit hat sich so ausgewirkt, dass die Grenzen zwischen Geistes- und Naturwissenschaften verschwimmen und dass man bestrebt ist, den Streit zwischen *techies* und *fuzzies* so putzig aussehen zu lassen wie die im neunzehnten Jahrhundert geführte Auseinandersetzung über das Alter der Erde.

Damit ist nicht gesagt, dass der Szientismus tot ist. Es gibt im Bereich der analytischen Philosophie viele hervorragende Theoretiker – vor allem Vertreter der Kripke-Linie wie David Lewis und Frank Jackson –, die sich unerschrocken für eine physikalistische Metaphysik einsetzen. Nach eigener Auffassung führen sie immer noch den gleichen Kampf gegen irreführenden Unsinn wie einst Thomas Huxley gegen Bischof Wilberforce, Russell gegen Bergson und Carnap gegen Heidegger. Diese Philosophen billigen den von Physikern entdeckten Elementarteilchen nach wie vor einen besonderen ontologischen Rang zu. Nach ihrer Meinung liefert die Naturwissenschaft Erkenntnisse über Wesenheiten und Notwendigkeiten, die (um ihre eigene Formulierung zu gebrauchen) nicht nur de dicto, sondern de re gelten. Nach Ansicht dieser Autoren vertreten an Wittgenstein orientierte Sprachphilosophen einen gefährlichen Irrationalismus, wenn sie behaupten, alle Unterscheidungen zwischen Wesen und Akzidens oder zwischen Notwendigkeit und Kontingenz seien Kunstprodukte, die sich verändern, sobald wir eine andere Beschreibung wählen. Für ebenso verfehlt halten sie die Weigerung der an Kuhn orientierten Wissenschaftstheoretiker, der Naturwissenschaft metaphysische oder erkenntnistheoretische Vorrechte einzuräumen.

Dieser Streit um eine eventuelle Sonderstellung der Naturwissenschaft beherrscht derzeit die analytische Philosophie. An dieser Stelle möchte ich vorschlagen, ein vielfach zitierter und häufig erörterter Satz Gadamers könne denjenigen Sprachphilosophen und Wissenschaftstheoretikern als Motto dienen, die nicht auf Kripke und Lewis, sondern eher auf Putnam und Fine eingeschworen sind. Der Satz, den ich meine, lautet: »Sein, das verstanden werden kann, ist Sprache.« Wie ich darlegen werde, steckt in diesem Satz der Wahrheitsgehalt des Nominalismus und zugleich der Wahrheitsgehalt des Idealismus.

Den »Nominalismus« möchte ich im Sinne der These definieren, alle Wesenheiten seien nominaler Art und alle Notwendigkeiten de dicto. Diese These läuft darauf hinaus, dass keine Gegenstandsbeschreibung in höherem Maße die eigentliche Natur des betreffenden Gegenstands trifft als irgendeine andere Beschreibung. Nach nominalistischer Auffassung sollte man Platons Metapher, die Natur müsse an ihren Gelenken zergliedert werden, ein für alle Mal preisgeben. Von den materialistischen Metaphysikern werden Befürworter des Nominalismus oft als Vertreter eines »sprachgebundenen Idealismus« hingestellt. Diese Metaphysiker glauben nämlich, Dalton und Mendelejew hätten die Natur tatsächlich an ihren Gelenken zergliedert. Wer die Dinge aus dieser Kripkeschen Perspektive betrachtet, meint, die Wittgensteinianer seien dermaßen von Worten betört, dass sie die Verbindung zur wirklichen Welt – also zu der durch die moderne Wissenschaft erschlossenen Welt – verloren hätten. Philosophen dieses Schlages bejahen eine Darstellung der Philosophiegeschichte, die Gadamer mit folgenden Worten zusammengefasst hat: »Der rasche Zusammenbruch des Hegelschen Imperiums des absoluten Geistes bestätigt nachdrücklich das Ende der Metaphysik, d. h. aber das Aufrücken der Erfahrungswissenschaften an die erste Stelle im Reiche des denkenden Geistes.«[4]

Der Nominalismus ist jedoch ein Protest gegen jede Art von Metaphysik. Von Hobbes und anderen Philosophen der Frühen Neuzeit wurde der Nominalismus freilich auf irreführende Weise mit dem Materialismus verknüpft, und Quine bringt ihn immer noch damit in Verbindung. Diese Theoretiker handeln sich aber einen Widerspruch ein, wenn sie meinen, durch Wörter für die kleinsten Materieteilchen werde die Natur in einer Weise zergliedert, in der das mit anderen Wörtern nicht gelingt. Wer einen widerspruchsfreien Nominalismus vertritt, wird betonen, dass der Prognose- und Erklärungserfolg eines Korpuskularvokabulars für dessen ontologischen Rang ohne Belang ist und dass man den Begriff des »ontologischen Rangs« überhaupt fallen lassen sollte.

Das bedeutet: Wer einen widerspruchsfreien Nominalismus vertritt, kann keine hierarchische Ordnung im Imperium des denkenden Geistes gelten lassen, die so wie Platons Organigramme einer ontologischen Hierarchie entspräche. Aus nominalistischer Sicht wirken Prioritätsstreitigkeiten zwischen Metaphysik und Physik oder zwischen *techies* und *fuzzies* daher lächerlich. Das Gleiche gilt für Heideggers Unterscheidung zwischen Metaphysik und Denken sowie für seine Behauptung, es sei »am Ende das Geschäft der Philosophie, die *Kraft der elementarsten Worte* ... zu bewahren«.[5] Der Nominalist hält Wörter wie »Physis« oder »Wesen« nicht für »elementarer« als Wörter wie »Rosenkohl« oder »Fußball«. Die würdiger klingenden Wörter haben ebenso wenig ein Vorrecht gegenüber den ungeschliffensten Neologismen wie die Elementarteilchen gegenüber den neuesten Kunstprodukten der Menschen.

Um meinen Vorschlag zu rechtfertigen, dass sich der Nominalismus am besten mit Hilfe von Gadamers These, nur Sprachliches könne verstanden werden, zusammenfassen lässt, möchte ich auf den nächstliegenden Einwand gegen diese Behauptung eingehen. *Techies* werden sogleich zu bedenken geben, das Paradigma besseren Verstehens sei die von den modernen Naturwissenschaften geleistete zunehmende Erfassung der physischen Welt, also einer Welt, die nichts Sprachliches sei. Auf diesen Einwand antwortet der Nominalist: Sofern wir überhaupt etwas verstehen, verstehen wir es mit Hilfe einer Beschreibung, und privilegierte Beschreibungen gibt es nicht. Es gibt keine Möglichkeit, unsere deskriptive Sprache zu hinterschreiten und zum Gegenstand an sich vorzudringen. Und das liegt nicht an der Begrenztheit unserer Fähigkeiten, sondern daran, dass die Unterscheidung zwischen »für uns« und »an sich« das Überbleibsel eines deskriptiven Vokabulars – nämlich des Vokabulars der Metaphysik – ist, das seine Nützlichkeit längst überlebt hat. Die Formulierung »einen Gegenstand verstehen« sollten wir als etwas irreführende Kennzeichnung unserer Fähigkeit zur Verknüpfung alter Beschreibungen mit neuen Beschreibungen deuten. Etwas irreführend ist diese Kennzeichnung deshalb, weil sie – ebenso wie die Korrespondenztheorie der Wahrheit – den Gedanken nahelegt, Wörter könnten anhand von Nichtwörtern geprüft werden, um herauszufinden, welche Wörter der Welt angemessen sind.

Nach nominalistischer Darstellung besteht der Fortschritt der modernen Wissenschaft darin, dass sie neuartige Beschreibungen der physischen Welt formuliert und sodann die Horizonte dieser neuen Diskurse mit denen des Common sense und älterer wissenschaftlicher Theorien verschmelzen lässt. Allgemeiner gesprochen: Wer eine Sache besser versteht, hat mehr darüber zu sagen – er ist imstande, verschiedene bisher gesagte Dinge auf neue und übersichtliche Weise miteinander zu verknüpfen. Was bei den Metaphysikern Annäherung an die wahre Natur eines Gegenstands heißt, nennen die Nominalisten Erfindung eines Diskurses, in dessen Rahmen dem bislang durch alte Prädikate bestimmten Ding neue Prädikate beigelegt werden, um diese Prädizierungen dann so mit den älteren in Einklang zu bringen, dass die Phänomene gerettet werden. Um diesen Gedanken im hegelianischen Stil Robert Brandoms zu formulieren: Wer das Wesen eines Gegenstands versteht, ist imstande, die Geschichte des Begriffs dieses Gegenstands zu rekapitulieren. Diese Geschichte wiederum ist nichts anderes als die Geschichte des Gebrauchs der verschiedenen Wörter, die zur Beschreibung des Gegenstands verwendet worden sind.

Die Hauptthese des Idealismus besagt, Wahrheit werde nicht durch Übereinstimmung mit der inneren Natur des Gegenstands bestimmt, sondern durch Kohärenz. Diese These impliziert die Hauptthese des Nominalismus zwar nicht, aber sie deutet doch auf sie hin, nämlich auf die These, man sollte den Begriff der »inneren Natur« durch den Begriff der »identifizierenden Beschreibung« ersetzen. Denn die Vorstellung von einem realen Wesen und die Vorstellung von der Wahrheit als Übereinstimmung stehen und fallen miteinander. Gadamers Devise gibt uns die Möglichkeit, beide Vorstellungen beiseite zu wischen. Denn diese Devise ist keine metaphysische Entdeckung über das Wesen des Seins, sondern eine Neubeschreibung des Vorgangs, den wir als »Steigerung unseres Verständnisses« bezeichnen.

Seit den alten Griechen wird dieser Vorgang auch heute noch üblicherweise mit Hilfe phallogozentrischer Metaphern der Tiefe gekennzeichnet. Je tiefer unser Verständnis reicht und je tiefer es in die Sache eindringt, desto weiter entfernen wir uns nach dieser Darstellung vom Schein und desto näher kommen wir der Wirklichkeit. Macht man sich Gadamers Devise zu eigen, wirkt sich das so aus, dass diese Metaphern der Tiefe durch Metaphern der Breite ersetzt werden: Je mehr Beschreibungen zu Gebote stehen und je besser diese Beschreibungen ineinander integriert sind, desto besser verstehen wir den durch eine dieser Beschreibungen ermittelten Gegenstand.

Ein besonders augenfälliges Beispiel für dieses bessere Verständnis ist in den Naturwissenschaften die Integration von makroskopischem und mikroskopischem Vokabular. Von ontologischer Bedeutung ist der Unterschied zwischen diesen beiden Mengen von Beschreibungen allerdings ebenso wenig wie der Unterschied zwischen einer Beschreibung der Messe in orthodoxer katholischer Terminologie und einer Beschreibung der Messe in der Terminologie der vergleichenden Völkerkunde. In keinem dieser beiden Fälle gibt es mehr Tiefe oder größere Annäherung an die Wirklichkeit. Aber in beiden gibt es vermehrtes Verständnis. Die Materie verstehen wir besser, seit Hobbes' Vorstellung von Korpuskeln durch Daltons und dann durch Bohrs Vorstellung von Atomen ergänzt wurde. Die Messe verstehen wir seit Fraser besser, und seit Freud verstehen wir sie noch besser. Doch wenn wir den Implikationen von Gadamers Devise auf den Grund gehen, werden wir der Verlockung widerstehen, behaupten zu wollen, jetzt verstünden wir, was es mit der Materie oder mit der Messe eigentlich auf sich habe. Wir werden uns davor hüten, die Unterscheidung zwischen geringerem und größerem Verständnis mit Hilfe der Unterscheidung zwischen Schein und Wirklichkeit zu erläutern.

Diese letztere Unterscheidung hat einen legitimen, unphilosophischen Gebrauch, wenn es darum geht, Wahrnehmungsfehler, betrügerische Finanzoperationen, Regierungspropaganda, irreführende Reklame und dergleichen zu beschreiben. Der intellektuelle Fortschritt beruht aber nur gelegentlich und beiläufig auf der Bloßstellung von Illusionen oder Lügen. Im Hinblick auf die Verständnisfortschritte zwischen Priestley und Bohr ist die Unterscheidung zwischen Schein und Wirklichkeit ebenso unangemessen wie im Hinblick auf die Fortschritte in unserem Verständnis der Ilias. Wir sind stolz auf die Fähigkeit, Homers eigene Beschreibungen seiner Dichtung mit den Beschreibungen von Platon, Vergil, Alexander Pope, den Philologen des neunzehnten und den feministischen Gelehrten des zwanzigsten Jahrhunderts zu verschmelzen. Wir behaupten aber nicht – und sollten nicht behaupten –, wir hätten den Schleier des Scheins durchdrungen, der uns ursprünglich vom inneren Wesen der Dichtung getrennt habe. Ein solches Wesen hat die Dichtung ebenso wenig wie die Materie.

Bei der Auseinandersetzung zwischen *fuzzies* und *techies* geht es genauso wie bei dem im neunzehnten Jahrhundert ausgetragenen Streit zwischen Religion und Naturwissenschaft darum, welcher Bereich der Kultur genauer darstellt, wie sich die Dinge »eigentlich« verhalten. Doch im Laufe des zwanzigsten Jahrhunderts sind immer mehr Vorschläge zugunsten einer friedlichen Koexistenz von Religion und Naturwissenschaft hinzugekommen, und die Auseinandersetzung um die jeweiligen Vorzüge der beiden wirkt in immer höherem Maße fade. Wenn wir Glück haben, wird der Streit zwischen *techies* und *fuzzies* in den nächsten ein bis zwei Jahrhunderten allmählich ebenso im Sande verlaufen. Denn der Versuch, einen philosophisch interessanten Unterschied zwischen *techies* und *fuzzies* ausfindig zu machen, war ein Symptom des Bestrebens, ein bestimmtes Bild der Beziehung zwischen Sprache und nichtmenschlichen Entitäten aufrechtzuerhalten. Bei dem Unterfangen, dieses Bild loszuwerden, helfen uns die wittgensteinianischen Nominalisten und die kuhnianischen Wissenschaftstheoretiker. Falls sie Erfolg haben, werden wir es nicht mehr paradox finden zu behaupten: »Sein, das verstanden werden kann, ist Sprache.« Diese Devise wird man dann nicht mehr als bemühten Versuch der Aufpolierung des Ansehens der Geisteswissenschaften auffassen, sondern als eine dem Common sense gemäße Erklärung des Verstehens.

Oft hat man Gadamer den Vorwurf gemacht, er habe eine sprachgebundene Spielart des Idealismus erfunden. Aber stattdessen sollte man, wie oben bereits angedeutet, begreifen, dass er das, was am Idealismus Gold ist, bewahrt, während er sich der metaphysischen Schlacke entledigt. Der Idealismus ist nur deshalb in Verruf geraten, weil er sich so schwer getan hat, die Unterscheidung zwischen Schein und Wirklichkeit preiszugeben. Sobald diese Unterscheidung weggefallen ist, werden Idealismus und Nominalismus zu zwei Namen für denselben philosophischen Standpunkt. Die nachteiligen Auswirkungen jener Unterscheidung lassen sich an Berkeley beobachten. Nachdem er gesagt hat: »Nichts außer einer Idee kann einer Idee gleichen«, fuhr Berkeley fort und folgerte, nur Ideen und Geist seien wirklich. Was er hätte sagen sollen, ist, dass nur ein Satz für die Wahrheit eines anderen Satzes relevant sein kann – und damit hätte er eine nominalistische These aufgestellt, die keine metaphysischen Implikationen enthält.

Berkeleys Metaphysik ist ein typisches Resultat der Vorstellung, Gedanken oder Sätze befänden sich auf der einen Seite eines Abgrunds und seien nur dann wahr, wenn sie mit etwas in Verbindung stehen, das sich auf der anderen Seite des Abgrunds befindet. Dieses Bild hielt Berkeley gefangen und führte ihn zu der Schlussfolgerung, das, was sich auf der anderen Seite befinde, sei von der gleichen Art wie das, was es auf unserer Seite gebe: Die Realität sei in ihrem Wesen irgendwie von mentaler oder geistiger Beschaffenheit. Spätere Idealisten wie Hegel und Royce haben Berkeleys Fehler wiederholt, denn von ihnen wurde die Realität im Sinne der vollkommenen Erkenntnis oder des vollkommenen Selbstbewusstseins bestimmt. Auch dies war ein Versuch, die Überbrückung eines Abgrunds zu ermöglichen, indem man zwischen unserer derzeitigen Erkenntnissituation und der idealen Erkenntnissituation einen kontinuierlichen Übergang herstellte, also einen kontinuierlichen Übergang zwischen unserem eigenen Netz geistiger Zustände und dem entsprechenden Netz Gottes. Doch aufgrund dieser Art von pantheistischer Spekulation blieb der Idealismus verwundbar: Der Szientismus konnte ihm etwas anhaben, und der Idealismus war der berechtigten Verachtung derer ausgesetzt, die hörten, dass die These von der ausschließlichen Wirklichkeit des Geistigen eine Reductio ad absurdum der Metaphysik darstelle. Das stimmt zwar, aber was für diese These gilt, gilt in nicht geringerem Maße für die Behauptung, nur das Materielle sei wirklich. Wer über die Metaphysik hinausgelangen will, müsste aufhören zu fragen, was wirklich ist und was nicht.

»The linguistic turn« – die von Gustav Bergmann so bezeichnete und von Frege und Peirce ungefähr gleichzeitig vollzogene Hinwendung zur Sprache – hat unsere Fähigkeit zur Unterlassung dieser Frage gesteigert. Dadurch erhielten nämlich logische Positivisten wie Ayer die Möglichkeit, eine von Metaphysik befreite Fassung der Kohärenztheorie der Wahrheit vorzulegen. Sie betonten nachdrücklich, wir sollten aufhören, darüber zu reden, wie man den Abgrund überbrücken könne, der Subjekt und Objekt voneinander trennt, und stattdessen sollten wir darüber reden, wie behauptende Äußerungen von Sätzen gerechtfertigt werden. Die Positivisten erkannten, dass wir, sobald wir die Begriffe »Erfahrung«, »Ideen« oder »Bewusstsein« durch den Begriff der Sprache ersetzen, nicht mehr imstande sind, Lockes These zu rekonstruieren, wonach die Vorstellungen von primären Qualitäten in engerer Beziehung zur Wirklichkeit stehen als die Vorstellungen von sekundären Qualitäten. Aber genau diese These wurde von der kripkeanischen Revolte gegen Wittgenstein wieder zum Leben erweckt. Damit haben die Kripke-Anhänger verkündet, die Hinwendung zur Sprache sei ein schlechter, ein idealistischer Gedanke gewesen.

Der derzeit ausgetragene Streit zwischen den Kripkeanern und ihren Gegnern im Bereich der analytischen Philosophie ist eine Möglichkeit der Fortsetzung der alten Auseinandersetzung um den Wahrheitsgehalt des Idealismus, sofern es einen solchen Wahrheitsgehalt überhaupt gibt. Es gibt aber vielleicht eine ersprießlichere Weise, an diesen Streit heranzugehen, und die besteht darin, einen Vorschlag Heideggers aufzugreifen.

Heidegger sah in der Reihe der großen Metaphysiker von Platon bis Nietzsche eine Reihe von herrschsüchtigen Gestalten, die glaubten, durch das Denken könnten wir uns zu Gebietern aufschwingen. Im Sinne Heideggers könnte man die phallogozentrischen Metaphern der Tiefe und des Eindringens als Äußerungen des Willens zur Eroberung der inneren Zitadelle des Universums auffassen. Der Gedanke, man müsse mit dem Gegenstand der Erkenntnis identisch werden, ist – ebenso wie der Gedanke, man müsse den Gegenstand so vorstellen, wie er an sich ist – ein Ausdruck des Verlangens nach Einverleibung der in diesem Gegenstand liegenden Macht.

Vom Szientismus des neunzehnten Jahrhunderts wurde die Religion ebenso verhöhnt wie die idealistische Philosophie, denn nur die Naturwissenschaft ermögliche eine Art von Kontrolle und Herrschaft, der ihre Rivalinnen nichts entgegenzustellen hätten. Nach Ansicht dieser Bewegung war die Religion ein gescheiterter Versuch, Kontrolle auszuüben. Im deutschen Idealismus erblickte man einen eskapistischen, unter Selbsttäuschung leidenden Versuch, das Bedürfnis nach Kontrolle zu leugnen. Die Fähigkeit der Naturwissenschaft zur Prognose von Phänomenen und zur Bereitstellung technischer Verfahren zur Erzeugung erwünschter Phänomene zeigte, dass nur dieser Bereich der Kultur wahres Verstehen zu bieten hatte, denn nur dieser Bereich bot die Möglichkeit zu wirksamer Kontrolle.

Die Stärke dieses szientistischen Gedankengangs liegt darin, dass sich das Verstehen zwar immer auf in bestimmter Weise beschriebene Gegenstände bezieht, die uns zu Schaden oder Nutzen gereichenden Kausalkräfte der Gegenstände aber unberührt bleiben von der Art ihrer Beschreibung. Wir werden erkranken und sterben, ganz egal, wie Krankheit und Tod beschrieben werden. Die Christlichen Wissenschaftler sind hier leider im Irrtum. Die Schwäche des Szientismus liegt darin, dass er aus der durch ein bestimmtes Beschreibungsvokabular ermöglichten Prognose und Benutzung der Kausalkräfte von Gegenständen die These folgert, dieses Vokabular sei im Hinblick auf besseres Verständnis jedem anderen überlegen. Auf diesen Trugschluss berufen sich die Kripkeaner immer noch. Ob man darin einen Trugschluss erblickt oder nicht, hängt von der Bereitschaft ab, das Verstehen im Sinne des von Gadamer gemachten Vorschlags neu zu beschreiben.

Um im Sinne der Neubeschreibung Gadamers vorzugehen, sollten wir die Vorstellung fallen lassen, es gebe einen natürlichen Endpunkt des Prozesses, durch den man zum Verständnis der Materie, der Messe, der Ilias oder irgendeines anderen Gegenstands gelangt – eine Ebene, auf der wir bereits so tief gegraben haben, dass sich unser Spaten zurückbiegt. Es gibt keine Grenze der menschlichen Vorstellungskraft, keine Grenze unserer Fähigkeit, einen Gegenstand neu zu beschreiben und ihn dadurch in einen neuen Kontext zu stellen. Ein Beschreibungsvokabular bietet die Möglichkeit, einen Gegenstand zu anderen Gegenständen in Beziehung zu setzen, ihn in einen neuen Zusammenhang zu stellen. Die Zahl der Beziehungen, die die Sprache in den Griff bekommen kann, ist ebenso unbegrenzt wie die Zahl der Kontexte, die durch Beschreibungsvokabulare hergestellt werden können. Während der Metaphysiker die Frage stellen wird, ob es die in einem neuen Vokabular zum Ausdruck gebrachten Beziehungen wirklich gibt, wird der Gadamerianer nur fragen, ob sie in hilfreicher Weise mit den von früheren Vokabularen erfassten Beziehungen verknüpft werden können.

Sobald man jedoch einen Ausdruck wie »hilfreich« verwendet, werden die Anhänger des Glaubens an reale Wesenheiten und des Glaubens an Wahrheit im Sinne von Übereinstimmung die Frage stellen: »Nach welchem Kriterium hilfreich?« Wer eine solche Forderung nach Kriterien immer für angebracht hält, stellt sich vor, die Sprache der Zukunft sollte ein Werkzeug in den Händen der Gegenwartssprache sein. Damit wird er kontrollsüchtig, also jemand, der glaubt, er könne die Geschichte kurzschließen, indem er etwas hinter ihr Liegendes ausfindig macht. Er glaubt, wir seien jetzt, in der Gegenwart, dazu imstande, ein Ordnungssystem aufzubauen, in dem es für alles, was in der Zukunft zum Vorschein kommen könnte, schon jetzt ein angemessenes Ablagefach gibt. Wer immer noch auf ein solches Ordnungssystem hofft, wird im Regelfall ein einziges Gebiet der Kultur herausgreifen – Philosophie, Naturwissenschaft, Religion oder Kunst – und es »an die erste Stelle im Reiche des denkenden Geistes« setzen. Doch wer sich Gadamer anschließt, wird ebenso wie diejenigen, die Habermas folgen, dieses Vorhaben einer Rangordnung fallen lassen. An die Stelle eines derartigen Vorhabens wird man den Gedanken eines nie zu Ende gehenden herrschaftsfreien Gesprächs setzen, bei dem die Schranken zwischen den akademischen Fächern ebenso durchlässig sind wie die Grenzen zwischen den Epochen der Geschichte.

Diese Leute hoffen auf eine Kultur, in der die Machtkämpfe zwischen Bischöfen und Biologen, zwischen Dichtern und Philosophen oder zwischen *fuzzies* und *techies* eben bloß als Machtkämpfe behandelt werden. Derartige Rivalitäten wird es zweifellos immer geben, einfach aus dem von Hegel richtig erkannten Grund, dass geistige Neuheiten nur durch einen dialektischen Agon hervorgebracht werden. Aber in einer Kultur, die sich die Devise Gadamers zu Herzen nähme, würden solche Rivalitäten nicht als Auseinandersetzungen um die Frage gelten, wer mit der Wirklichkeit in Verbindung steht und wer sich noch hinter dem Schleier der Erscheinungen befindet. In einer solchen Kultur gäbe es Kämpfe, bei denen es darum ginge, die Phantasie zu reizen und zu fesseln und andere zur Übernahme des eigenen Vokabulars zu bewegen.

Eine derartige Kultur wird den materialistischen Metaphysikern wie eine Kultur vorkommen, in der die *fuzzies* gewonnen haben – eine Kultur, in der Dichtung und Phantasie schließlich den Sieg über Philosophie und Vernunft davongetragen haben. Diese Metaphysiker werden wahrscheinlich den Eindruck gewinnen, dass die kleine Predigt, die ich hier über einen Text von Gadamer gehalten habe, nichts weiter ist als noch mehr Reklame für die Geisteswissenschaften. Zum Abschluss möchte ich darlegen, warum ich diese Betrachtungsweise nicht für richtig halte.

Erstens, eine Kultur im Sinne Gadamers könnte mit sogenannten Vermögen der »Vernunft« oder der »Vorstellungskraft« nichts anfangen, also mit Vermögen, die so aufgefasst werden, als stünden sie in einem besonderen Verhältnis zur Wahrheit oder zur Wirklichkeit. Wenn ich sage, man müsse die Phantasie reizen und fesseln, meine ich nichts weiter, als dass die betreffenden Gegenstände aufgegriffen und gebraucht werden sollten. Zweitens, eine Kultur im Sinne Gadamers würde einsehen, dass jedermanns Ordnungssystem Ablagefächer benötigt, in denen Platz ist für die Ordnungssysteme aller anderen. Von jedem Bereich der Kultur würde erwartet, dass er jeden anderen Bereich dieser Kultur auf jeweils eigene, nur beschränkt gültige Weise beschreibt, doch niemand wird von diesen Beschreibungen erwarten, dass sie das betreffende Gebiet richtig erfassen. Das Wichtige ist, dass es dabei herrschaftsfrei zugeht; es wird kein überwölbendes Ordnungssystem geben, in das jeder hineinpassen soll.

Meine Predigt über den Text »Sein, das verstanden werden kann, ist Sprache« ist offensichtlich nicht als Darstellung des realen Wesens von Gadamers Denken gemeint. Sie soll vielmehr als Vorschlag dienen, wie man ein paar weitere Horizonte zur Verschmelzung bringen könnte. Ich habe anzudeuten versucht, wie es möglich wäre, Gadamers eigene Beschreibung des Entwicklungsgangs des neueren philosophischen Denkens mit einigen Alternativbeschreibungen zu verknüpfen, die bei den analytischen Philosophen derzeit in Gebrauch kommen.

Sobald das nächste Jahrhundert verstrichen ist, wird die eben gebrauchte Unterscheidung – nämlich die Unterscheidung zwischen analytischer und nicht analytischer Philosophie – nach meiner Vermutung und Hoffnung den Erforschern der Geistesgeschichte belanglos vorkommen. Gadamer und Putnam, Kuhn und Heidegger, Davidson und Derrida, Habermas und Vattimo werden von den Philosophen des Jahres 2100 vermutlich einfach nebeneinander gelesen werden. Sofern das wirklich geschieht, wird es daran liegen, dass diese Philosophen endlich das szientistische, auf Problemlösung ausgerichtete Modell der philosophischen Tätigkeit aufgegeben haben, mit dem Kant unser Fach belastet hat. Sie werden es durch ein Gesprächsmodell ersetzt haben, bei dem der philosophische Erfolg nicht an den gelösten oder auch aufgelösten Problemen, sondern an den Horizontverschmelzungen gemessen wird. In diesem philosophischen Utopia wird der Philosophiehistoriker sein Beschreibungsvokabular nicht im Hinblick auf die Unterscheidung der eigentlichen und bleibenden philosophischen Probleme von den flüchtigen Scheinproblemen wählen. Vielmehr wird er dasjenige Vokabular wählen, das ihm die Möglichkeit gibt, möglichst viele Gestalten der Vergangenheit als Teilnehmer an einem einzigen, zusammenhängenden Gespräch zu beschreiben.

Den Prozess der Horizontverschmelzung hat Gadamer einmal als das gekennzeichnet, was geschieht, wenn »der eigene Horizont des Interpreten bestimmend [ist], aber auch er nicht wie ein eigener Standpunkt, den man festhält oder durchsetzt, sondern mehr wie eine Meinung und Möglichkeit, die man ins Spiel bringt und aufs Spiel setzt und die mit dazu hilft, sich wahrhaft anzueignen, was in dem Texte gesagt ist«.[6] Im folgenden beschreibt Gadamer diesen Prozess als *»die Vollzugsform des Gesprächs*, in welchem eine Sache zum Ausdruck kommt, die nicht nur meine oder die meines Autors, sondern eine gemeinsame Sache ist«.

Käme es zu einer Ersetzung der Unterscheidung zwischen Schein und Wirklichkeit durch die Unterscheidung zwischen einem beschränkten und einem weiteren Beschreibungsbereich, so würde das die Preisgabe der Vorstellung beinhalten, wonach die Sache von uns durch den gleichen Abgrund getrennt ist, der Sprachliches und Nichtsprachliches voneinander scheidet. An die Stelle dieser Auffassung träte ein Gadamerscher Begriff von der Sache als einem Etwas, das stets von neuem errungen werden und im Laufe eines Gesprächs immer neu vorgestellt und beschrieben werden muss. Diese Verdrängung der alten Auffassung würde das Ende jenes Strebens nach Macht bedeuten, das Heidegger als »onto-theologische Tradition« bezeichnet hat.

Diese Tradition war von dem Gedanken beherrscht, dass es etwas Nichtmenschliches gibt, woran sich die Menschen in ihrem Leben zu messen versuchen sollten; sie war von einem Gedanken beherrscht, der seinen einleuchtendsten Ausdruck heute in der szientistischen Kulturvorstellung findet. In einer künftigen, an Gadamer orientierten Kultur würden sich die Menschen nur aneinander messen wollen, und zwar in dem Sinne, in dem sich Galileo an Aristoteles, Blake an Milton, Dalton an Lukrez und Nietzsche an Sokrates gemessen haben. Das Verhältnis zwischen Vorgängern und Nachfolgern würde, wie Gianni Vattimo betont hat, nicht mehr im Sinne der vom Machtgedanken befrachteten Überwindungsbeziehung, sondern im Sinne der sanfteren Verwindungsbeziehung begriffen werden. In einer solchen Kultur würde man in Gadamer eine jener Gestalten sehen, die dazu beigetragen haben, der Zeile Hölderlins »Seit wir ein Gespräch sind ...« einen neuen, einen in höherem Maße buchstabengetreuen Sinn zu verleihen.

[Aus dem Amerikanischen übersetzt von Joachim Schulte]

1 Gadamer, *Vernunft im Zeitalter der Wissenschaft*, Frankfurt am Main: Suhrkamp, 1976, S. 125.
2 Putnam, *Vernunft, Wahrheit und Geschichte*, übers. von Joachim Schulte, Frankfurt am Main: Suhrkamp, 1982, S. 126.
3 Fine, »The Viewpoint of No-One in Particular«, in: *Proceedings and Addresses of the APA* (1998), S. 19.
4 Gadamer, *Vernunft im Zeitalter der Wissenschaft*, S. 111.
5 Heidegger, *Sein und Zeit*, 7. Aufl., S. 220.
6 Gadamer, *Wahrheit und Methode*, 4. Aufl., S. 366.

AVISHAI MARGALIT

Ethik der Erinnerung

Erinnerung, Anteilnahme, Moral

Erinnerung hinter Gittern

Uralt ist der Gedanke, wir seien Gefangene inmitten der Welt, abgeschnitten von der wahren äußeren Wirklichkeit. Die Welt als Gefängnis und der Körper als Gefängniszelle, das sind Metaphern, die in der Literatur der Gnosis geradezu verrückt spielen. Gnostische Autoren überboten sich gegenseitig in Versuchen, jene Gefängniswelt mit immer neuen Mauern zu umfassen und ständig neue, bösartigere Aufseher auf den Plan zu rufen, die den Geist daran hindern, zu entkommen und sich draußen mit den Mächten des Lichts zu vereinigen. Doch trotz des Hochsicherheitstrakts, den sich die Gnostiker in ihren fieberhaften Phantasien ausdachten, hielten sie an der Möglichkeit fest, den Ausweg aus dem Labyrinth dieser Scheinwelt zu finden und zur wahren äußeren Wirklichkeit zu gelangen.

Die grundlegende Gestalt der Gefängnismetapher in der Philosophie ist Platons Höhlengleichnis. Auch hier geht es um ein erlösendes Wissen von dem, was draußen ist, ein metaphysisches Wissen um die höchste, die wahre Wirklichkeit. Selbst in der modernen Version von Platons Höhle, in jenem gigantischen Würfel Hans Reichenbachs, der die Menschheit umschließt und dessen lichtundurchlässige Wände wie Kinoleinwände sind, wird die Fiktion aufrecht erhalten, durch Rückschlüsse gelange man zu einem Wissen über das, was jenseits dieser Wände ist.

Max Horkheimer, dem diese Vorlesungen gewidmet sind, vertrat dagegen einen wirklichen Agnostizismus. In *seiner* Gefängnisparabel ist kein Platz für ein Wissen von der Außenwelt, ja, hier gibt es nicht einmal ein Interesse an diesem Wissen. Das Wissen, dem sich Horkheimer verschreibt, ist ein interessegeleitetes Wissen davon, wie man in der grausamen Realität des Gefängnisses überleben kann. Tatsächlich zeigt seine Parabel einen Gefängnissaal mit Hunderten von Häftlingen, furchtbarem Lärm, zu wenigen Matratzen, zuwenig Essen. Jeder muss selbst herausfinden, wann Gelegenheit zum Schlafen ist und wie man an Nahrung gelangt. Die Wirklichkeit, der diese Insassen begegnen, ist *soziale* Wirklichkeit. Das Wissen, das sie sich aneignen müssen, um zu überleben, ist durch und durch praktisches Wissen, und sofern sie sich überhaupt mit ontologischen Spekulationen befassen, bleiben sie auf Fragen einer sozialen Ontologie beschränkt: etwa, welchen Gruppen von Insassen man vertrauen kann und welchen man besser aus dem Weg geht. Es ist dies eine Wirklichkeit, in der einerseits moralische Fragen im Vordergrund stehen, etwa die Verteilungsgerechtigkeit in Bezug auf Nahrung und Matratzen, andererseits politische Fragen wie die nach der Machtverteilung innerhalb des Gefängnisses.

Die moralischen Probleme, die Horkheimers Gefängnis aufwirft, sind sehr verschieden vom moralischen Dilemma des in der Nachfolge Platons stehenden Philosophen, der seine Freiheit durch die Kraft der Kontemplation erlangt und der, nachdem er das Licht erblickt hat, vor der Frage steht, ob er in die finstere Höhle zurückkehren soll, um dort ein philosophierender König zu werden, oder ob er nicht einfach Philosoph bleiben soll. Ich werde mich an Horkheimers Gefängnis halten, nicht an Platons Höhle. Das heißt, in meiner Erörterung einer Ethik der Erinnerung soll es um die konkrete soziale Wirklichkeit und Moral gehen.

Die grundlegende Gefängnismetapher, die auch die Möglichkeit einer Flucht kraft erlösenden Wissens umfasst, ist heutzutage nicht mehr Platons Höhle oder Reichenbachs Würfel, sondern das Gefängnis Freuds. Sein Unbewusstes ist ein Verlies für beunruhigende Erinnerungen, die von einem Zensor-Wärter unter Verschluss gehalten werden. Diesem Bild Freuds zufolge werden störende Erinnerungen verdrängt – das heißt beseitigt, jedoch nicht zerstört. Es ist von daher eine Gefängnismetapher, und es geht nicht um das Fallbeil der Vergesslichkeit. Tatsächlich aber ist Freuds Gefängnis noch komplexer, denn es gibt hier *zwei* Trakte: das Unbewusste, das unter strikter Kontrolle des Zensors steht, und das Vorbewusste, das etwas nachlässiger bewacht wird. Damit besteht die psychische Welt bei Freud aus drei Bereichen, nicht anders als Dantes Kosmos: die Hölle, das Fegefeuer und das Paradies des Bewusstseins. Später glaubte Freud, das Unbewusste verwahre nicht nur tatsächliche, störende Erinnerungen, sondern auch schädliche Phantasien, was eine bedeutsame Erweiterung ist. Ich werde mich jedoch an die frühere Version dieser Metapher halten, weil sie diejenige ist, die Einfluss auf unsere Kultur gewann.

Freuds Metapher unterliegt demselben Trugschluss wie die Homunculus-These. Denn sie erklärt das Individuum, indem sie eine Entität oder eine Funktion postuliert, die dasselbe leistet und ebenso komplex ist wie das zu erklärende Individuum selbst. Der Zensor-Wärter ist ja keine Membran, die auf mechanische Weise unerwünschte Substanzen von bestimmten Körperzonen fernhält. Nach Freud ist dieser Zensor vielmehr ausgestattet mit der umfassenden hermeneutischen Fähigkeit, den Inhalt der Erinnerungen zu verstehen und insbesondere zu beurteilen, was in diesen Erinnerungen bedrohlich sein könnte für das Individuum, das er zu schützen versucht. Kurz, dieser Zensor ist nichts als ein kleiner Mensch im Innern des großen, den er verteidigen will. Doch dieser kleine Mensch bedarf ebenso der Erklärung wie der große.

Dieser Sartoriussche Zweifel an der explikativen Kraft der Zensor-These ist jedoch nicht unser einziger. Ernstere Sorge bereitet mir der Glaube an die Heilkraft des Wissens, mittels dessen verdrängte Erinnerungen ans Licht gebracht und bewusst gemacht werden. Wobei es mir weniger darum geht, ob die Kenntnis der Wahrheit heilsam für den Einzelnen ist, als vielmehr darum, ob sie heilsam auch im Fall *kollektiver* Erinnerungen ist.

In Freuds Modell verhalten sich die verdrängten Erinnerungen wie subversive Agenten, die Verhaltensstörungen und sogar krankhafte körperliche Symptome hervorrufen können. Individuen, die unter verdrängten traumatischen Erinnerungen leiden, reagieren bisweilen völlig unverhältnismäßig auf aktuelle Ereignisse. Selbst in der Massenpresse stößt man auf Überlegungen, die etwa Madeleine Albrights Überreaktion auf Slobodan Milosevic auf ihre traumatischen und uneingestandenen Erinnerungen als jüdisches Mädchen während des Krieges zurückführen. Freud selbst vergleicht die unangemessene Reaktion des Neurotikers auf einen aktuellen Reiz mit dem Verhalten eines Londoner Bürgers, der vor dem Gedenkstein für die Feuersbrunst von 1666 um die vor drei Jahrhunderten niedergebrannte Stadt zu weinen beginnt, anstatt sich zu freuen über die pulsierende Metropole, in der er sich gerade befindet.

Der Gedanke, dass uns störende unbewusste Erinnerungen Streiche spielen und dass wir diese Erinnerungen durch die anstrengende Arbeit der Analyse aufdecken können, ist keineswegs neu. Um die Aufmerksamkeit darauf zu lenken, wie bemerkenswert das Bild eines Gefängnisses der Erinnerung eigentlich ist, bedurfte es freilich einiger besonders krasser Fälle, so etwa des in Kalifornien bekannten Verdrängungssyndroms von Kindern, die nach vielen Jahren und aufgrund angeblich aufgedeckter Erinnerungen ihre Eltern beschuldigen, sie in der Kindheit sexuell missbraucht zu haben. Schon Freud warnte vor einem solchen Gebrauch – oder besser Missbrauch – der Gefängnismetapher, und man kann ihm dies gar nicht hoch genug anrechnen. Doch in unserer Kultur kursiert noch immer eine reichlich schlichte und instrumentalisierte Version dieses Bildes.

In Bezug auf kollektive Erinnerungen allerdings ist das Bild vom Gefängnis der Erinnerung relativ neu, so schlicht es auch sein mag. So ist zum Beispiel bekannt, dass die französische Bevölkerung in ihrem Bestreben, den Ruhm Frankreichs vor den peinlichen Erinnerungen an Vichy zu schützen, mit Hilfe ihres großen Zensors de Gaulle jene Erinnerungen verdrängte und aus dem öffentlichen Raum verschwinden ließ. Diese verdrängten Erinnerungen an Vichy beeinflussten die Franzosen auf hintergründige und unerkannte Weise, was zum neurotischen Verhalten Frankreichs nach dem Krieg erheblich beitrug. Solche traumatischen, verdrängten Erinnerungen klar und bewusst zu machen, habe eine heilsame Wirkung, heißt es. Dies sei der einzige Weg, die von den Traumata der Vergangenheit herrührende Irrationalität zu überwinden und den Seelenfrieden wieder herzustellen. Diese Überzeugung, die auf der Gefängnismetapher beruht, bildet auch den Hintergrund der südafrikanischen »Wahrheits-Kommission«, die in der Hoffnung gegründet wurde, eine soziale Katharsis herbeizuführen: in der Hoffnung, dass die Wahrheit über die Vergangenheit, einmal enthüllt, die Versöhnung bringen würde.

Doch aus Erinnerung erwächst Rache, nicht weniger als Versöhnung, und die Hoffnung, mittels entfesselter Erinnerungen zu einer Katharsis zu gelangen, könnte sich als Illusion erweisen. Es gibt starke moralische Gründe dafür, zuerst nach der Wahrheit und dann erst nach Versöhnung zu fragen. Doch die Überzeugung, Wahrheit an sich werde die Versöhnung schon herbeiführen, fußt auf der Gefängnismetapher und ist empirisch höchst zweifelhaft.

Bisher habe ich eher auf der Ebene von Metaphern und Bildern gesprochen als dass ich Argumente überprüft und Prämissen betrachtet hätte. Doch nur so geht es. Denn unsere Vorstellung vom Gedächtnis steht im Bann mächtiger Bilder und primitiver Modelle: Gedächtnis als Gefängnis, als Warenlager. Mit Wittgenstein bin ich der Auffassung, dass die erste philosophische Tat darin bestehen muss, die Macht des Bildes zu erschüttern, indem man sich klar macht, dass es ein Bild ist. Dieser Gedanke ist ein Leitfaden meiner Vorlesungen, und ich werde noch darauf zurückkommen. Doch zunächst zu einer eher diskursiven Erörterung.

Das Thema meiner Vorlesungen ist die Ethik der Erinnerung – versehen mit einem Fragezeichen: Gibt es überhaupt so etwas wie eine Ethik der Erinnerung? Ich betrachte diesen Gegenstand als durchaus verschieden von nahe verwandten Themen wie der Psychologie, der Politik und selbst der Theologie der Erinnerung. Ich glaube auch, dass es von großer Bedeutung ist, diese Frage zu stellen, und dass es sich keineswegs nur um eine zweckfreie intellektuelle Übung handelt, mit der man Probleme von hier nach dort verlagert. Meine Frage bezieht sich sowohl auf die Mikro-Ethik – die Ethik des Individuums – als auch auf die Makro-Ethik von Kollektiven. Und man kann das, worauf ich hinaus will, mit einer Reihe von Fragen umreißen, etwa: Sind wir dazu verpflichtet, uns an vergangene Personen und Ereignisse zu erinnern? Wenn ja, welcher Art ist diese Verpflichtung? Kann Erinnern und Vergessen überhaupt Gegenstand moralischen Lobs und Tadels sein? Wer ist jenes »Wir«, das (vielleicht) die Pflicht hat, sich zu erinnern: Ist es ein kollektives Wir, oder ist »Wir« in einem eher distributiven Sinne zu verstehen, sodass die Verpflichtung auf jedes einzelne Mitglied des Kollektivs überginge?

Gedenke des Namens

Das tägliche Gebet des modernen Menschen, sagt Hegel, ist seine Zeitungslektüre. Bei einem meiner eigenen täglichen Gebete stieß ich auf einen Bericht unseres Lokalblattes, in dem es um die rasche, jedoch zweifelhafte Karriere eines bestimmten Obersten ging. Dieser Oberst war nach einem berühmten Vorfall befragt worden, der sich zugetragen hatte, als er noch Kommandeur einer kleinen Einheit war. Damals war einer seiner Soldaten durch sogenanntes »Freund-Feuer« ums Leben gekommen. Bei dem Interview stellte sich heraus, dass sich der Oberst an den Namen dieses Soldaten nicht mehr erinnern konnte. Es kam zu einem Ausbruch wütender Reaktionen gegen den Offizier: Wie war es möglich, schrieb man, dass der Name des getöteten Soldaten in das Herz dieses Mannes nicht »mit eisernen Lettern eingraviert« war? (*Kol Hair*, 20. 9. 1996)

Ich war verblüfft über die moralische Entrüstung, die sich gegen jemanden allein deswegen richtete, weil er sich an etwas Bestimmtes nicht mehr zu erinnern vermochte. Und ich fühlte mich veranlasst, über die Pflicht dieses Offiziers nachzudenken, sich zu erinnern – wenn es denn eine Pflicht war. Halten wir einen Augenblick bei dieser kleinen Geschichte inne, die als erster Einstieg in das umfassende Problem einer *allgemeinen* Pflicht zur Erinnerung dienen kann. Hat es denn wirklich etwas zu bedeuten, dass sich der Offizier an den Namen des Soldaten nicht mehr erinnern konnte? Und gibt es, allgemein gesprochen, eine besondere Pflicht, sich an die Namen von Leuten zu erinnern, oder zumindest an einige Namen?

Oberflächlich betrachtet ist die Erinnerung an den Namen des Soldaten in diesem Fall nichts anderes als ein Metonym für die Erinnerung an den Soldaten selbst. Es scheint, das Mindeste, an das sich der Offizier erinnern müsste und sollte, ist der *Name* des Soldaten. Doch ebenso gut hätte er sich an irgendwelche charakteristischen Besonderheiten des Soldaten erinnern können – auch damit hätte er gezeigt, dass er sich an den jungen Mann tatsächlich erinnert. Auf den ersten Blick ist die Erinnerung an den Namen gleichbedeutend mit der Erinnerung an die Person; doch die Verpflichtung – sofern es eine Verpflichtung ist – richtet sich auf die Erinnerung an den Soldaten selbst und nicht unbedingt auf die Erinnerung an dessen Namen. Das muss man jedoch sogleich einschränken, denn nicht jede charakteristische Besonderheit wird dasselbe leisten. Das Charakteristikum, das verlangt wird, sollte den Soldaten in gutem oder doch zumindest in neutralem Licht zeigen. Ist es etwas Herabwürdigendes, dann funktioniert es nicht, und man hat lediglich der Kränkung noch die Beleidigung hinzugefügt. »Ich habe seinen Namen vergessen, aber ich erinnere mich gut an ihn: Er hatte eine riesige rote Nase, die ständig tropfte.« Das wäre keine gute Antwort.

Doch auch dann, wenn wir solche negativen Beschreibungen ausschließen, bleibt noch immer der Eindruck, bei den Angriffen gegen den Offizier gehe es eher darum, dass er den Soldaten selbst und nicht nur dessen Namen vergessen hat – in diesem Einzelfall wohl auch zu Recht. Dennoch glaube ich, dass es im Hinblick auf die Erinnerung an Namen eine mächtige bildhafte Vorstellung gibt, die das Gedächtnis in unseren Augen zu einem ethischen und, wie ich gleich hinzufügen will, auch zu einem religiösen Gegenstand macht.

Das Theaterstück *Pentecost* von David Edgare erzählt die Geschichte von Kindern auf dem Weg in ein Konzentrationslager. Sie sind in einem Viehtransporter zusammengepfercht, und derart ausgehungert, dass sie die Namensschilder aus Pappe verschlingen, die ihnen am Hals hängen. Damit ist klar, dass nach der Vernichtung dieser Kinder weder von ihnen selbst noch von ihren Namen irgendeine Spur bleiben wird. Was dieses Stück so entsetzlich macht, ist nicht nur unser Wissen darum, dass diese Kinder ermordet werden sollen, sondern dass ihnen gleichsam eine zweifache Ermordung bevorsteht: »körperlich« und »namentlich«. Dieses Bild des zweifachen Mordes ist meiner Auffassung nach etwas ganz Zentrales im Hinblick darauf, wie wir Erinnerung bewerten – insbesondere die Erinnerung an persönliche Namen, die sich in ganz einzigartiger Weise auf das Wesen von Menschen beziehen.

Die Bibel liefert für dieses Bild des zweifachen Mordes reiches Anschauungsmaterial. Der biblische Ausdruck »den Namen auslöschen« meint tatsächlich beides, das Töten und das Ausradieren der Erinnerung: »und der Herr wird seinen Namen unter dem Himmel auslöschen« (Deuteronomium 29:19). Zwar gibt es im Alten Testament noch keine Lehre von der Unsterblichkeit der Seele. Doch es gibt, so scheint mir, die deutlich ausgeprägte Idee, dass die Erinnerung an die Toten vor allem darauf beruht, dass ihre Namen überdauern. Der geeignetste Träger des Namens eines Verstorbenen, und der beste Garant für das Überdauern dieses Namens, ist der Sohn des Toten, allgemeiner: sein »Same«, das heißt seine Söhne und Töchter und wiederum deren Nachkommen. »Darum schwöre mir nun beim Herrn, dass du meine Nachkommen nicht ausrotten und meinen Namen nicht aus dem Haus meines Vaters austilgen wirst.« (1 Samuel 24:22)

Abschalom, der rebellische Sohn König Davids, errichtet ein Denkmal mit seinem eigenen Namen darauf, denn: »Ich habe keinen Sohn, der meinen Namen im Gedächtnis halten würde.« (2 Samuel 18:18) Es ist nicht ganz klar, ob im alten Hebräisch eine etymologische Beziehung besteht zwischen »zekher« (Erinnerung) und »zakhar« (männlich), und noch weniger eindeutig ist die Beziehung zwischen »isha« (Frau, Ehefrau) und »neshia« (Vergessen, Vergessenheit); immerhin besteht beim ersten Wortpaar ein sehr suggestiver Bezug, und keineswegs nur ein phonetischer.

Bekanntlich trägt die Gedenkstätte für die Opfer des Holocaust, die in Jerusalem errichtet wurde, den Namen »Yad Vashem«. Im September 1942 war es Mordechai Shenhabi, Mitglied eines nichtreligiösen Kibbuz, der den Vorschlag machte, für die in Europa ermordeten Juden ein Denkmal zu errichten, das »Yad Vashem« heißen sollte. Die meisten derer, die schließlich zu Opfern werden sollten, waren zum Zeitpunkt dieses Vorschlags noch am Leben. Der Name »Yad Vashem« bezieht sich auf die biblischen Verse in Jesaja 56:5, wo selbst dem frommen »Verschnittenen« ein Denkmal versprochen wird, dem Eunuchen, der ein »dürrer Baum« ist, weil nach seinem Tod niemand mehr seinen Namen tragen wird: »ihnen allen errichte ich in meinem Haus und in meinen Mauern ein Denkmal [= yad vashem], ich gebe ihnen einen Namen, der mehr wert ist als Söhne und Töchter: Einen ewigen Namen gebe ich ihnen, der niemals ausgetilgt wird.« Gott, der letzte Garant für die Fortdauer eines Namens, wird in seiner Stadt, in Jerusalem, eine Gedenkstätte errichten, damit die Namen der Verschnittenen überdauern. Wobei der Eunuch hier für all jene steht, deren Leben keine Spur hinterlässt. Indem man die Gedenkstätte für die Opfer des Holocaust »Yad Vashem« nannte, brachte man den Gedanken zum Ausdruck, dass die jüdischen Opfer in Europa wie jene »Verschnittenen« sind, von denen keine Spur bleibt, und dass darum ihre Namen in eine nationale Aufbewahrungsstätte eingehen sollten, nach dem in Jesaja zitierten Vorbild.

Ich meine, dass in der Bibel der Name nicht einfach ein bequemes Mittel ist, jemanden in Erinnerung zu behalten; vielmehr wird er als etwas begriffen, das in engster Beziehung zum Wesen eines Menschen steht. Überdauert der Name, so überdauert in irgendeiner Weise auch jenes Wesen. Ein Personenname hat die semantische Eigenschaft, in jeder möglichen Situation die jeweils selbe Person zu bezeichnen. Er ist das, was Kripke einen *rigid designator* nennt, der sich gleichsam unmittelbar auf das Wesen der Person bezieht. Auch im magischen Denken werden Personennamen aufgefasst, als könnten sie jemandes Wesen ebenso zum Ausdruck bringen wie beeinflussen. Ich denke, dass die eigentümliche Semantik des Namens verantwortlich ist für dessen Magie; zumindest hängen diese beiden Momente miteinander zusammen.

Die Annahme, das Wesen eines Menschen werde bezeichnet und ausgedrückt durch einen persönlichen Namen, verleiht diesem eine besondere Rolle für die Erinnerung. Dieser quasimagische Gedanke, mit dem Namen überdauere auch das Wesen, steckt wohl auch hinter der Vorstellung vom doppelten Mord, vom Mord am Körper wie am Namen. Und so sprechen auch all jene biblischen Metaphern, die damit drohen, dass Namen »vermodern« (Sprichwörter 10:7), »vergehen« (Psalmen 41:7), dass sie »ausgetilgt« (Deuteronomium 7:24) oder »ausgerottet« werden (Josua 7:7), von einem zweifachen Töten: dem des Körpers und dem des Namens.

Lassen Sie uns ein Gedankenexperiment durchführen. Was wäre Ihnen lieber: dass ein bedeutsames Werk von Ihrer Hand Sie überdauert, jedoch nur anonym (sagen wir, unter einer Bezeichnung wie »ein Werk des Meisters von Flémalle« oder »ein Werk des Master of St. Giles«), oder, dass zwar Ihr Name überdauert, dass jedoch keines Ihrer Werke erhalten bleibt und bekannt wird – wie es beim legendären Dädalus der Fall war. Miguel de Unamuno kannte seine Entscheidung und glaubte, auch die Ihrige zu kennen. Ich teile seine Wahl nicht, und ich kenne auch die Ihre nicht, doch allein schon die Tatsache, dass ich die Antwort nicht weiß, unterstreicht hinlänglich den Punkt, auf den Unamuno hinauswill: wie stark nämlich selbst das Verlangen nach einer so schattenhaften Unsterblichkeit ist, wie sie das bloße Überdauern des Namens bietet.

Dieses unerhörte Begehren nach Unsterblichkeit ist es, das die Religionen so machtvoll zum Ausdruck bringen. Dabei geht dieser Wunsch nach

Unsterblichkeit des Namens keineswegs auf bloße Eitelkeit zurück, ebenso wenig auf den Drang, »sich einen Namen zu machen«, also Ruhm zu erwerben. Eher ist es das Grauen vor der Auslöschung, vor endgültigem Vergessensein, welches das Verlangen nach einem Überdauern des Namens durchdringt. Die Erinnerung an eine so inhaltsleere Botschaft, wie ein Personenname sie darstellt, mag ein scheinbar triviales Beispiel sein; doch lege ich besonderen Nachdruck darauf, weil ich glaube, dass das menschliche Projekt der Erinnerung, des *Eingedenkens*, im Grunde ein religiöses Projekt ist, das auf Unsterblichkeit abzielt.

Benedict Anderson hat eine verblüffende Frage formuliert: Warum eigentlich gibt es kein Denkmal für den unbekannten Sozialdemokraten, den unbekannten Marxisten oder Liberalen? Sicherlich hat die Antwort mit der Tatsache zu tun, dass wir unter diesen Bezeichnungen keine »natürlichen« Erinnerungsgemeinschaften finden, da ja derartige Ideologien nicht auf Unsterblichkeit hinauswollen, im Gegensatz zu Nationen und religiösen Gemeinschaften. Säkulare Gruppierungen sind – wohl noch mehr als religiöse – mit der Frage konfrontiert, wer sich denn an die »unheroischen Toten« (Siegfried Sassoon) erinnern wird, und es ist kein Zufall, dass Anna Achmatowa den Unterschied zwischen Weltlichem und Religiösem verwischt, indem sie ihr großes Gedicht zum Gedenken an den roten Terror *Requiem* nennt. Doch auch hier wird die Sorge laut um die Erinnerung der Namen: »Ich wollte sie alle mit Namen nennen, / Doch man nahm mir die Liste, wer kennt sie noch.«

Erinnerung und Anteilnahme

Im letzten Theaterstück von Edward Albee erzählt einer der Protagonisten dem Publikum in munterem Tonfall eine bedrückende Geschichte: Er befand sich auf einer Party in seinem eigenen Haus, und zwei junge Frauen mit Allerweltsnamen standen bei ihm. Da näherte sich ihnen eine ältere Dame, die dem Erzähler quälend bekannt vorkam. Er stellte die beiden jungen Frauen vor, doch als er auch die Ältere vorstellen wollte, stockte er: Beim besten Willen konnte er sich nicht mehr an ihren Namen erinnern. Kaum hatten sich die beiden Jüngeren entfernt, fuhr die Dame ihn an: »So, mein lieber Junge, du weißt also nicht mehr, wie deine Mutti heißt!«

Albees Theaterstück ist Fiktion. Doch wenn mir jemand begegnen würde, der, im Vollbesitz seiner geistigen Fähigkeiten und auf vertrautem Fuß mit seiner Mutter, plötzlich deren Namen vergisst, so kämen mir nicht

Zweifel an seiner Moral, sondern an seiner Gesundheit. Ich würde mich, wie Wittgenstein es ausdrückt, sehr »fern« von ihm fühlen. Doch anders als bei Albee hat ein Offizier, der den Namen eines Soldaten vergisst, überhaupt nichts Unheimliches oder Verrücktes an sich, selbst dann nicht, wenn es der einzige seiner Soldaten war, der im Einsatz umkam. Um was es hier geht, ist nicht die geistige Gesundheit des Offiziers, sondern seine Anteilnahme. Das Entscheidende an der Vergesslichkeit jenes Offiziers ist, dass wir sie als starkes Indiz für sein mangelndes Interesse an dem jungen Soldaten werten.

Diese kleine Geschichte bringt Licht in ein Beziehungsdreieck, das den Kern jenes Verhältnisses von Ethik und Erinnerung ausmacht. Die eine Seite dieses Dreiecks verbindet Erinnerung mit Anteilnahme, die zweite Seite Anteilnahme mit Ethik; danach erst kann man auch die Beziehung von Erinnerung und Ethik lokalisieren, und dies soll auch der Weg sein, auf dem ich die Diskussion fortsetzen möchte.

Worin besteht nun also die Beziehung zwischen Erinnerung und Anteilnahme? Ich behaupte, es ist eine innere Beziehung, eine Beziehung, die sich zwischen jenen beiden Vorstellungen zwangsläufig einstellt, und zwar deswegen, weil sie für den Begriff der Anteilnahme konstitutiv ist. Wenn ich mich um jemanden oder um etwas sorge, und ich vergesse dann die Person oder die Sache, dann bedeutet das eben, dass ich aufgehört habe, mich darum zu sorgen. Es wäre unlogisch zu behaupten, der Offizier habe den jungen Soldaten zwar vergessen, habe aber nach wie vor Interesse an ihm. Es ist eine Frage der zeitlichen Zuordnung: Die Tatsache, dass der Offizier sich *jetzt* nicht erinnert (beispielsweise zur Zeit des Interviews), ist ja nicht gleichbedeutend damit, dass er sich um den Soldaten auch *damals* nicht gesorgt hat (etwa zum Zeitpunkt von dessen Tod).

Ist aber die Tatsache, dass sich der Offizier heute nicht mehr erinnert, wenigstens ein *Indiz* dafür, dass es ihm schon damals an Anteilnahme fehlte? Um diese Frage zu beantworten, sollten wir den Obersten verlassen und uns dem rätselhaften Charakter des Don Juan zuwenden. Tirso de Molina, der als erster den Don Juan-Stoff literarisch gestaltete, sah ihn als religiösen Häretiker, der sich um die Frauen, die er verführte und dann fallen ließ, nicht im mindesten sorgte, sondern sie nur zu einem Akt der Herausforderung benutzte. Hoffmanns Don Juan hingegen ist ein Idealist mit brennendem Interesse weniger an der Frau aus Fleisch und Blut, die ihm begegnet, als vielmehr an deren Idealbild. Peter Brooks Neuinterpretation des *Don Giovanni* von Mozart/da Ponte hingegen zeigt einen Mann, der die größte Anteilnahme zeigt für jedes einzelne seiner »eintausendunddrei«

Objekte der Verführung. Diese Anteilnahme besteht jedoch nur *zum Zeitpunkt* der Verführung, denn später vergisst er sie vollständig.

Don Giovanni ist ein fiktiver Charakter, der psychologisch dennoch zu überzeugen vermag. Im Gegensatz zur Liebe bedarf die verliebte Schwärmerei keiner biografischen Kontinuität und demzufolge auch keiner Erinnerung. Liebe hingegen, als eine Form der Zuwendung, ist verbunden mit Erinnerungen. Wenn also Don Giovanni sich nicht zu erinnern vermag, so liefert er ein starkes Indiz dafür, dass seine Beziehungen zu Frauen auf Verliebtheiten und nicht auf Liebe gründeten. So aufregend Brooks Interpretation ist – ich glaube nicht, dass sie psychologisch stimmig ist. Schließlich ist die gegenwärtige Erinnerung ein deutliches Anzeichen dafür, dass man *damals* wirkliches Interesse hegte. Und dass der Offizier den Namen des Soldaten heute nicht mehr weiß, lässt stark vermuten, dass er sich für ihn auch damals schon nicht besonders interessierte.

Wenn zwischen Erinnerung und Anteilnahme tatsächlich eine interne Relation besteht, dann haben wir es hier mit einer recht komplizierten Form von innerer Beziehung zu tun. Zunächst einmal ist ja für eine interne Relation charakteristisch, dass die Beziehung selbst konstitutiv ist für beide Seiten; das heißt, sie definiert sie. Die Relation »ist heller als«, die zwischen Weiß und Schwarz besteht, ist konstitutiv sowohl für Weiß als auch für Schwarz: Bestünde diese Beziehung nicht, so wäre Weiß nicht Weiß und Schwarz nicht Schwarz. Anders jedoch steht es mit Erinnerung und Anteilnahme, denn Anteilnahme ist *nicht* konstitutiv für Erinnerung.

Man erinnert sich auch an Menschen und Ereignisse, an denen man keinen Anteil nimmt. Insbesondere erinnern wir uns sehr gut an Leute, die wir hassen, an Menschen also, an denen wir keinerlei »Anteil« nehmen, sofern wir dieses Wort positiv verstehen. Dazu kommt, dass wir auch Anteil nehmen an Menschen, an die wir uns überhaupt nicht erinnern. Selbst dann, wenn man von der eigenen Mutter schon als Baby getrennt wurde und nichts von ihr im Gedächtnis behalten hat, kann man sehr wohl das größte Interesse an ihr haben, man sucht sie, man versucht mit allen Mitteln, Zugang zu ihr zu finden usw. Demnach ist Erinnerung keine notwendige Voraussetzung von Anteilnahme, und Anteilnahme ist keine notwendige Voraussetzung von Erinnerung. Was ich hingegen behaupte, ist, dass Erinnerung in einem *bedingten* Sinne konstitutiv ist für Anteilnahme: Wenn ich mich an jemanden erinnere *und* Anteil an ihm nehme, dann ist meine Erinnerung an ihn integraler Bestandteil meiner Anteilnahme.

Harry Frankfurt, der »Sorge« bzw. »Anteilnahme« als ein spezifisches Problem in die Philosophie einführte, sieht eine begriffliche Beziehung zwischen Anteilnahme und Bedeutsamkeit. Ich sehe das nicht so. Meiner Auffassung nach gibt es keinerlei Widerspruch zwischen der Aussage »Ich nehme Anteil an X« und der Aussage »X ist unbedeutend«. Nicht einmal zwischen den Aussagen »Ich nehme Anteil an X« und »X ist nicht wichtig *für mich*«. Ein Beispiel: Ich nehme Anteil an dem Fußballteam, dessen Fan ich bin, und jeden Morgen schaue ich als erstes nach, wie es ihnen in der Liga ergangen ist. Dennoch werde ich in nüchternen Augenblicken bereit sein, zuzugeben, dass dies alles – nimmt man den Ausdruck »Wichtigkeit« wirklich ernst – nicht so furchtbar wichtig ist, nicht einmal für mich.

Ich möchte unterscheiden zwischen Anteilnahme und Interesse, wobei Interesse diejenige Haltung ist, die ich bestimmten Dingen objektiv glaube entgegenbringen zu sollen. Paul Tillich sagte einmal, sein tiefstes Interesse gelte Gott. Einige boshafte Leute haben dennoch den Verdacht geäußert, dass Gott ihm nicht besonders am Herzen liege – ein Verdacht, der vielleicht in diesem Fall fehl am Platz war, der jedoch im logischen Sinne keineswegs falsch ist. Für mich ist Anteilnahme ein starkes Indiz dafür, dass das, woran jemand Anteil nimmt, auch bedeutsam für ihn ist, doch eine zwangsläufige Folge ist das nicht.

Ethik und Anteilnahme

Szientismus ist diejenige Weltanschauung, die in den Naturwissenschaften die einzige Quelle des Verstehens und Erklärens erblickt. Szientismus ist Ideologie, nicht Wissenschaft. Er ist eine expansionistische Ideologie, die sämtliche Aspekte des Lebens zu erfassen sucht.

Eine weitere expansionistische Ideologie ist der Moralismus: die Auffassung, sämtliche menschlichen Verhaltensweisen und Bewußtseinszustände sollten zuallererst moralisch bewertet werden. Diese Haltung greift auch auf Verhaltensweisen über, die normalerweise nicht aus dieser Perspektive beurteilt werden. Ich denke, eine kritische Philosophie, der es darum geht, die Grenze zwischen Sinn und Unsinn zu ziehen, sollte den imperialistischen Tendenzen von Szientismus und Moralismus Einhalt gebieten; sie sollte Wissenschaft und Moral dort verorten, wo sie hingehören. Ist nicht schon die Vorstellung einer Moral, deren Urteil sich der Erinnerung bemächtigt, eine krasse Manifestation von Moralismus?

Nun, die Erinnerung hat eine innere Beziehung zur Anteilnahme, und dadurch geht sie auch mit der Moral eine Verbindung ein. Und Anteilnahme wiederum – es geht um Anteilnahme am anderen, und speziell um

Nicht-Anteilnahme – scheint auf ganz natürliche Weise ins Gebiet der Moral zu gehören. Ja, einige werden sofort hinzufügen, dass man Anteilnahme bzw. Sorge eigentlich als die moralische Grundhaltung schlechthin betrachten sollte.

Dieser Behauptung, Anteilnahme gehöre zur Moral und sei sogar deren Herzstück, möchte ich widersprechen. Meine Gegenthese lautet: Moral brauchen wir genau dort, wo wir *keinen* Anteil nehmen. Denn hinsichtlich der meisten Mitglieder der Spezies Mensch fehlt es uns ja gerade an Aufmerksamkeit und Interesse. Gewöhnlich sorgen wir uns um unsere Eltern, Kinder, Ehegatten, Geliebten, Freunde, und im weiteren Sinne auch noch um einige wichtige Gruppen, zu denen wir gehören – aber doch bei weitem nicht um alle Menschen. Gegenüber dem größten Teil der Menschheit sind die meisten Leute meistens ziemlich indifferent.

Anteilnahme an anderen verlangt uns einiges ab. Manche von uns sind von Natur gutmütig und haben eine diffus freundliche Haltung gegenüber ihren Mitmenschen im allgemeinen. Doch dieser diffuse gute Wille steigert sich nicht zu jener selbstlosen Achtsamkeit hinsichtlich der spezifischen Bedürfnisse und Interessen anderer, die Anteilnahme nun einmal verlangt. Dass es schwierig ist, viele Leute zu mögen, die man gar nicht kennt, ist dabei gar nicht das Problem; denn Anteilnahme setzt nicht unbedingt Sympathie voraus. Doch was uns wirklich schwer fällt, ist die Aufmerksamkeit, die zur Anteilnahme unbedingt gehört. Frauen sind vielleicht eher als Männer dazu in der Lage, ihre Aufmerksamkeit zu teilen und für andere zu sorgen. Doch selbst Mutter Teresa hatte nicht die Kraft, sich um *jeden* zu kümmern. Misstrauen allerdings (wie bei Dostojewski) kann man gegenüber Leuten hegen, die sich um die ganze Menschheit sorgen, aber für keinen Einzelnen wirklich da sind.

Wir achten nicht nur auf unsere Freunde, sondern ebenso auf unsere Widersacher. Doch nur unsere Freunde bestimmen unser konkretes Interesse an ihrem Wohlergehen. Moral brauchen wir, um unsere natürliche Gleichgültigkeit gegenüber allen anderen zu überwinden. Das heißt, wir brauchen sie nicht so sehr, um dem Bösen entgegenzuwirken, als vielmehr der Indifferenz. Das Böse gehört, wie auch die Anteilnahme, zu den eher seltenen Dingen. Es gibt weniger eine Banalität des Bösen als vielmehr eine Banalität der Gleichgültigkeit. Freilich muss man zugeben, dass die Verbindung des Bösen mit der Gleichgültigkeit tödlich ist, wie die Verbindung von Gift und Wasser. Und die These von der Banalität des Bösen bezieht sich in gewissem Sinne auf eben diese Verbindung.

Mein Vorschlag, Moral als Gegenmittel gegen die Gleichgültigkeit zu betrachten, bringt eine offenkundige Schwierigkeit mit sich. Moral, für sich genommen, liefert nicht genügend Motivation, um unsere geistlose, träge Indifferenz gegenüber den gesichtslosen Anderen zu überwinden. Unser allgemeiner Gerechtigkeitssinn und unsere Achtung vor dem Menschen als solchem scheint einfach nicht auszureichen, um uns in Bewegung zu setzen. Hume glaubte, dass es der richtigen Dosis von Sympathie gegenüber unseren Mitmenschen bedarf, um uns zu motivieren, und ich stimme dem zu. Doch Sympathie ist eine wesentlich schwächere Haltung als Anteilnahme, sie verlangt weniger Aufmerksamkeit und Intensität und bedarf nur eines frei schwebenden guten Willens.

Worauf richtet sich eigentlich die Anteilnahme? Auf das Wohlbefinden derjenigen, die für uns Bedeutung haben, auf ihre Wünsche und Bedürfnisse. Gewöhnlich geht es dabei um vernünftige Wünsche und Bedürfnisse; in der Liebe jedoch (als einer besonderen Form von Anteilnahme) stellen wir uns auch auf die Launen des Geliebten ein. Im besten Fall steigert die Anteilnahme die Empfindung von Zugehörigkeit. Sie vermittelt dem anderen das Gefühl, unserer Aufmerksamkeit und unseres Interesses sicher zu sein, ganz unabhängig von irgendwelchen Leistungen. Anteilnahme ist nicht nur ein Gefühl, sie ist eine Einstellung, etwa in dem Sinne, in dem auch Optimismus eine »Einstellung« ist. Sie ist eher eine Sichtweise und Wahrnehmungsform denn eine spezifische Art zu handeln. Es ist eine selbstlose Einstellung. Man nimmt Anteil am anderen, und man hat es nicht nötig, diese Haltung zu romantisieren, indem man verliebt ist ins eigene Verliebtsein.

Doch obwohl Anteilnahme eine selbstlose Haltung ist, jedenfalls soweit es unser eigenes Ego betrifft, ist sie doch nicht immun gegen kollektiven Egoismus, etwa in der Form von Tribalismus oder Ethnozentrismus. Das kann die Anteilnahme aus einer edlen in eine niederträchtige Einstellung verwandeln. Wir kennen jene Menschen, die sich voll einsetzen für »ihre« Leute, die auch bereit sind, wirkliche Opfer für sie zu bringen, die aber nicht den geringsten Respekt haben vor denjenigen, die »nicht dazu gehören«. Bisweilen führt selbstloser Idealismus sogar zu Grausamkeiten gegenüber Außenstehenden. Auch für den pluralistisch eingestellten Liberalen kann Anteilnahme zum Problem werden, weil sie zur persönlichen Autonomie in einem Spannungsverhältnis steht.

Das entscheidende Kriterium für Liberalität ist meines Erachtens die Fähigkeit, dem anderen das Recht zuzugestehen, seine oder ihre eigenen Riesenfehler zu begehen. Es ist freilich leicht, sich eine tolerante Haltung zuzulegen gegenüber den Fehlern von Leuten, die einem im Grunde gleichgültig sind. Schwierig ist es jedoch gegenüber Menschen, an denen wir Anteil nehmen, und vielleicht am allerschwierigsten gegenüber unseren Kindern. Es tut weh, und manchmal ist es unerträglich, zu beobachten, wie sie ein bestimmtes Talent vergeuden, auf unverantwortliche Weise mit der eigenen Gesundheit umgehen oder den offensichtlich falschen Ehepartner wählen. Anteilnahme geht leicht auf Kosten des Respekts vor der Autonomie des anderen. Sie kann sich in emotionale Erpressung verwandeln oder sogar zu aktivem Eingreifen führen, wenn man die Person, an der man so tiefen Anteil nimmt, vor etwas bewahren will, was einem selbst als gewaltiger Fehler erscheint. Will man den Predigerton vermeiden, der sich bisweilen einstellt, wenn über Anteilnahme gesprochen wird, dann muss man auch den *Preis* der Anteilnahme erwähnen. Reden ohne Preisschilder: das ist »billiges« Reden.

Aufmerksamkeit ist ein entscheidender Faktor der Anteilnahme, der in den Schriften von Simone Weil und Iris Murdoch besonders hervorgehoben wurde. Ein weiterer bedeutender Faktor ist Fürsorglichkeit: Anteilnahme ist eine Haltung, die mit beständiger Sorge einhergeht, der Vorwegnahme von Gefahren und Fehlschlägen (auch hierbei muss man nur an die eigenen Kinder denken). Dass Menschen, die einander nahe sind, auch Anteil aneinander nehmen, lässt sich dennoch so allgemein nicht behaupten. Man kennt jenen Typus, der furchtbar nett zu Fremden ist und sich grauenhaft gegenüber Frau und Kind verhält. Unsere moralische Verpflichtung sollte sich auf alle beziehen: auf die Nächsten und Liebsten, auf die Fernen und Fremden. Doch Anteilnahme ist diejenige Haltung, die im Zentrum unserer »engen« Beziehungen stehen sollte. Solche Beziehungen verlangen mehr als bloß moralisches »Richtig« und »Falsch«.

Anteilnahme bringt ihre eigenen Verpflichtungen und Wertmaßstäbe mit sich. Ich glaube zum Beispiel, dass man sich gegen die Anteilnahme versündigt, wenn man eine Freundin oder einen Geliebten betrügt. Wie schon andere zuvor (etwa Bernard Williams) werde ich Gebrauch davon machen, dass unsere Sprache hier zwei verschiedene Begriffe kennt, »Ethik« und »Moral«, wobei der erste aus dem Griechischen, der zweite aus dem Lateinischen stammt. Und ich möchte zwischen diesen beiden eine Unterscheidung einführen.

Moral, nach meiner Definition, steuert unser Verhalten gegenüber denjenigen, zu denen wir eine Beziehung haben *allein* aufgrund der Tatsache, dass sie Mitmenschen sind. Man kann das als »lose« Beziehungen bezeichnen. Im Gegensatz dazu lenkt die Ethik unsere »engen«, Anteil nehmenden

Beziehungen. Die Erinnerung als ein konstitutives Moment der Anteilnahme gehört überwiegend zur Ethik.

Wendet man diese Unterscheidung auf unser einführendes Beispiel an, so verletzte der Offizier, wenn überhaupt, ein ethisches Gebot, nicht aber ein moralisches. Hinter den Anschuldigungen gegen ihn steht der Gedanke, dass in einer kleinen Kampfeinheit, die auf sehr engen Beziehungen beruht, ein Kommandant an seinen Soldaten nicht nur ein instrumentelles Interesse haben, sondern auch brüderlich Anteil nehmen sollte. Es ist jedoch zu bezweifeln, ob ausgerechnet ein Offizier an seinen Soldaten tatsächlich in dieser nichtinstrumentellen Weise Anteil nehmen muss. Natürlich erwarten wir von einem guten Kommandanten, dass er sich um die Bedürfnisse seiner Kämpfer *als Kämpfer* kümmert, also darum, dass sie in guter körperlicher und geistiger Verfassung sind. Ihre Vornamen zu kennen, kann dabei hilfreich sein. Aber das alles ist instrumentelle Anteilnahme, um auf dem Schlachtfeld die bestmöglichen Resultate zu erzielen.

Wenn Sie jetzt einen Widerwillen gegen Offiziere und das Leben beim Militär empfinden, dann denken Sie an den etwas sublimeren Beruf der Chirurgin. Verlangen Sie wirklich, dass sie sich an die Namen aller Patienten erinnert, die auf ihrem Operationstisch gestorben sind, vorausgesetzt natürlich, dass sie ihr Bestes tat, um sie zu retten? Ich erwähne dieses Beispiel, weil ich klarstellen möchte, dass ich gar nicht an der *Stichhaltigkeit* der Anschuldigungen interessiert bin, die sich gegen den Offizier (oder möglicherweise gegen die Chirurgin) richten, sondern allein an deren *Natur*. Und sie sind ethischer Natur, behaupte ich, nicht moralischer.

Wer ist mein Nächster?

Wenn die Moral sich auf die ganze menschliche Gemeinschaft bezieht, auf jeden einzelnen Menschen also, auf wen bezieht sich dann die Ethik?

Es scheint, dass in religiösen Ethiken eine gewisse Spannung herrscht zwischen dem größtmöglichen Geltungsbereich (dem der Moral) und einer engeren Auslegung. Man findet diese Spannung in den verschiedenen Interpretationen des berühmten Gebots »Du sollst deinen Nächsten lieben wie dich selbst« (Levitikus 19:18). Jonathan liebte David »wie seine eigene Seele«, und diese Liebe wird von David verglichen mit der Liebe von Frauen. Doch dies ist nicht die Einstellung, die uns gegenüber unserem Nächsten abverlangt wird, ganz gleich, um wen es sich handelt. Die »Liebe«, von der in diesem Vers gesprochen wird, ist, glaube ich, eng verwandt mit dem, was ich unter Anteilnahme verstehe. Doch wer ist dann jener »Nächste«, den wir lieben, an dem wir Anteil nehmen sollen?

Es wimmelt von Deutungen, und sie gehen weit auseinander. Ein Extrem etwa verkörpert die Qumran-Sekte, der die Schriftrollen vom Toten Meer zugeschrieben werden. »Dein Nächster«, das bedeutete für sie: die anderen Mitglieder der Sekte. Ihrer bornierten Auslegung der Schrift zufolge sollte man die Verruchten, die nicht dazugehörten, sogar tatkräftig hassen. Am anderen Ende der Skala findet man den talmudistischen Gelehrten Ben Azzai, für den sich die Aufforderung zur Liebe (oder Anteilnahme) auf sämtliche Mitmenschen erstreckt (von denen in Genesis 5:1 gesprochen wird). Es überrascht nicht, dass dies auch die Deutung ist, die Moses Mendelssohn in seine Kommentare zur Thora übernahm; auch Herman Cohen folgte diesem Beispiel. Doch unter jüdischen Kommentatoren ist dies bei weitem nicht die verbreitetste Interpretation. So bezieht sich etwa für Maimonides »dein Nächster« ausschließlich auf »deinen Mitjuden«.

Denken wir an die berühmte Geschichte vom guten Samariter (Lukas 10:29–37), die auf unsere Frage, wer eigentlich unser Nächster ist, eine unmittelbare Antwort erteilt. Ein Mann – ein Jude – reist von Jerusalem nach Jericho. Unterwegs wird er überfallen, ausgeraubt und verwundet; halbtot lässt man ihn liegen. Zufällig kommt ein Priester des Wegs, dann ein Levit, beides Juden von religiösem Rang, doch beide »gingen weiter«. Dann erscheint ein Samariter, also jemand, der einer den Juden feindlichen Nation zugehört, und dieser – so heißt es – »sorgte für ihn«. Jesus stellt die rhetorische Frage, wer denn nun von den dreien der wahre Nächste des Verwundeten war.

Es geht hier um die Vorstellung, dass der Begriff des *Nächsten* mächtig genug ist, um ethnische, religiöse und Stammesgrenzen zu überwinden. Der gute Samariter begegnet seinem Mitmenschen von Angesicht zu Angesicht. Weil er Zeuge von dessen Leiden wurde, »hatte er Mitleid« mit ihm. Diese physische Nähe ist es, deretwegen das Neue Testament das Wort »re'a« aus dem biblischen Hebräisch mit »Nächster« übersetzt, nicht mit »Freund«, »Kamerad« oder »Gefährte«, was die eigentliche Bedeutung von »re'a« ist.

Man kann, wie Kant dies vorgeschlagen hat, jene Nähe überhaupt durch die Möglichkeit der Hilfe interpretieren. Ihm zufolge sind »die Nächsten« zu verstehen als »bedürftige, auf einem Wohnplatz durch die Natur zur wechselseitigen Beihülfe vereinigte vernünftige Wesen« (*Metaphysik der Sitten*, Zweiter Teil, § 30). Sollte hier mit »Wohnplatz« tatsächlich ein *fester* Ort gemeint sein und nicht etwa ein Ort bloßer Zufallsbegegnungen wie der

Weg nach Jericho, dann würde ich allerdings behaupten, dass die Beziehungen zwischen den Beteiligten in eine »enge«, ethische Beziehung übergehen, sodass für sie gar nicht mehr zur Diskussion steht, dem anderen aus *moralischen* Gründen zu helfen. Hätte der Priester oder der Levit dem Opfer geholfen, so wäre dies das Beispiel einer ethischen Beziehung gewesen; die Hilfe des Samariters hingegen kennzeichnet eine moralische Beziehung.

Nach Kants Interpretation bringt also das Gebot »Liebe deinen Nächsten wie dich selbst« eine wechselseitige Verpflichtung aller Menschen zum Ausdruck, ganz gleich, ob sie den anderen ihrer Liebe für wert erachten. In meiner Terminologie bedeutet dies, dass Kant die biblische Maxime als moralische Maxime liest. Ich meine hingegen, dass Liebe – und insbesondere Anteilnahme – eine »enge« Beziehung ist, die man mit anderen eingeht, insofern diese es wert sind. Wobei ich mit dem Ausdruck »unserer Liebe wert« nicht etwa meine, dass sie ein paar nette Eigenschaften haben sollten, wie Schönheit oder Attraktivität, sondern dass wir in einer in die Vergangenheit zurückreichenden Beziehung zu ihnen stehen, dass es sich also nicht nur um eine zufällige, flüchtige Begegnung handelt.

Die Beantwortung der Frage »Wer ist mein Nächster?« hängt vom Begriff des »Nächsten« ab, und dieser ist methodisch ambivalent, wie auch andere Grundbegriffe, die ich in meiner Vorlesung verwendet habe: »Anteilnahme«, »Person« oder »Individuum«. Diese Ambivalenz entsteht daraus, dass man die Begriffe einmal in ihrer ethischen und dann in ihrer moralischen Bedeutung erfassen kann. Das heißt, die Ambivalenz besteht zwischen zwei Interpretationen dieser Begriffe: einmal vor dem Hintergrund »enger« Beziehungen, dann vor dem Hintergrund »loser« Beziehungen. Der »Nächste« im Kontext von Moral ist nur ein Mitmensch; im Kontext von Ethik hingegen ist er jemand, mit dem wir eine gemeinsame, persönliche Geschichte haben, oder eine Geschichte, die vermittelt ist über eine ideelle Gemeinschaft wie etwa die der Juden.

Auch Anteilnahme kann im Kontext von Moral ein »loser«, situativer Impuls sein, der nichtsdestoweniger manchmal ziemlich hohe Anforderungen stellt, wie die Geschichte vom guten Samariter belegt. Immerhin steht es dem Samariter frei, den Gasthof zu verlassen, nachdem er dem Wirt Geld zur Versorgung des Verwundeten gegeben hat, und damit diese zufällige Beziehung zu beenden.

Ebenso steht es um den Begriff der »Person«, der im Kontext von Moral nichts als einen Mitmenschen bedeutet, den »Gegenstand« der Moral also. In der Ethik hingegen ist »Person« (oder »Individuum«) keine bloße Setzung, sondern ein Begriff, der bestimmte Eigenschaften impliziert. Eine

Person im Kontext von Ethik, das ist jemand, der »Persönlichkeit« hat, und diese wiederum konstituiert sich durch Erinnerung. Meiner Ansicht nach ist Erinnerung kein Kriterium für die Identität der *Person*, insofern »Person« lediglich eine umrisshafte Vorstellung meint. Wohl aber ist Erinnerung entscheidend für die Identität der *Persönlichkeit*. Ethik bedarf einer anthropologisch aufgefassten Identität der Persönlichkeit, Moral bedarf einer metaphysisch aufgefassten Identität der Person.

Leiden nicht die Begriffe der Erinnerung und des Eingedenkens, wie ich sie in dieser Vorlesung gebraucht habe, unter der gleichen methodischen Ambivalenz wie die Begriffe der Ethik und der Moral? Gibt es nicht auch im Kontext der Moral, und nicht etwa nur im Ethischen, eine minimale Verpflichtung zur Erinnerung? Schließlich besteht doch wohl auch für den Verwundeten die moralische Pflicht zur Dankbarkeit gegenüber dem guten Samariter, dem völlig Fremden, der sein Leben rettete. Und wie kann er dem Samariter seinen Dank bezeugen, wenn nicht zuallermindest dadurch, dass er die Mildtätigkeit und die Anteilnahme im Gedächtnis behält, die jener ihm erwiesen hat? Mehr noch: Ist nicht das Opfer moralisch berechtigt – sofern es die Möglichkeit dazu hat –, die Erinnerung daran, was ihm geschah, seinen Peinigern (in diesem Fall den Räubern) ebenso vorzuhalten wie dem Priester und dem Levit, jenen passiven Zeugen, die nichts unternahmen, um ihm zu helfen? Und weiter: Sind nicht die zur Prostitution gezwungenen Koreanerinnen moralisch dazu berechtigt, das japanische Volk mit der Erinnerung an die entsetzlichen Vergewaltigungen zu konfrontieren, die ihnen von japanischen Soldaten angetan wurden? Sind nicht die Juden moralisch dazu berechtigt, die Erinnerung an ihre Vernichtung nicht nur über ihre deutschen Peiniger zu verhängen, sondern auch über all jene, die davon wussten und nicht zu Hilfe kamen? Das sind Fragen, um die es in meiner nächsten Vorlesung gehen soll, im Kontext kollektiver Erinnerung.

[Aus dem Englischen von Reiner Stach]

MONIKA MARON

Rollenwechsel

Über einen Text und seine Kritiker

Es gilt als unklug und unschicklich oder sogar als unsouverän, wenn Schriftsteller sich kritisch mit der Arbeit ihrer Kritiker befassen, vor allem, wenn sie das öffentlich tun. Wie die meisten Schriftsteller habe ich mich der Vereinbarung des stolzen Stillschweigens bisher unterworfen und werde es ab morgen auch wieder tun. Heute will ich aber die Verpflichtung, über meine eigene Arbeit zu sprechen, nutzen, um über den Umgang mit meiner Arbeit zu sprechen, auch über den Umgang mit mir.

Wenn mittlerweile auch trainiert in der Lektüre von Rezensionen, hat mich die Reaktion des Feuilletons auf mein letztes Buch »Pawels Briefe« doch verwundert. Nicht, weil die Rezensionen gut oder schlecht waren, sondern weil sie an dem Buch einander absolut ausschließende Eigenschaften wahrgenommen und sie gleichermaßen leidenschaftlich gerühmt oder verdammt haben. Ganz offensichtlich können nicht beide Parteien recht haben, eine muß sich mehr geirrt haben als die andere; trotzdem findet sich in keiner Rezension auch nur der leiseste Zweifel an der Richtigkeit der eigenen Lesart. Natürlich färbt der Lesende den Text, natürlich verbinden sich die Erfahrungs- und Phantasiewelt des Lesers mit dem Buch zu einem individuellen Konglomerat. Aber bei den Rezensenten haben wir es mit professionellen Lesern zu tun, die, weil sie über geprüfte Kriterien zur Beurteilung von Literatur verfügen oder verfügen sollten oder zu verfügen glauben, stellvertretend für eine potenzielle Leserschaft lesen und das Ergebnis ihrer Prüfung in hunderttausendfacher Auflage verbreiten. Für einen Schriftsteller wäre allein das Missverhältnis zwischen der Verbreitung seiner Bücher und der Verbreitung von Meinungen über seine Bücher Grund für schwere Depressionen.

Und damit Sie nicht denken, hier klage nur eine empfindliche und gekränkte Autorenseele, gebe ich Ihnen einige Proben. Um erneute Mißverständnisse zu vermeiden: ich klage überhaupt nicht, ich mache mir Gedanken.

Robin Detje in der *»Berliner Zeitung«*:

»Getto Gas und Schuld, Stasi Mauer Wende: Man wird das Buch ernsthaft rezipieren wollen, mit ihm im Kreis stehen, die Augen schließen, sich bei den Händen fassen und tiefernst summen. Dennoch, bevor man ›Pawels Briefe‹ in die Regale einer Mahnmalsbibliothek einordnet, sollte man dieses seltsame Rache- und Beschwerdewerk noch einmal drehen und wenden und seinen Auftritt in seiner ganzen strassgeschmückten Räudigkeit genießen: Seht, die Eisprinzessin tanzt das Deutschlandlied im mitgebrachten Luftschutzkeller!«

Der Schriftsteller Rolf Schneider in der *»Berliner Morgenpost«:*

»›Pawels Briefe‹ ist ein scheinbar einfach erzählter, in Wahrheit höchst kunstvoll gearbeiteter Bericht, das beste Buch der Autorin, die vielleicht wichtigste Neuerscheinung des Frühjahrs 1999 ... Monika Maron stellt eigene zu fremden Erinnerungen. Sie verzichtet auf alle moralische Entrüstung. Sie möchte nicht klüger sein als ihre Figuren. Die Größe ihres Buches liegt in dessen Unauffälligkeit, und ›Pawels Briefe‹ ist ein großes Buch.«

Corina Caduff in der *»Weltwoche«*, Zürich:

»Die Autorin macht aus diesen Leidenssätzen etwas Schönes: einen endlosen wehen Gesang. Sie bezieht aus diesen Sätzen ihre Herkunft und (miss)braucht sie als Spur, auf der sie eine zusätzliche (Opfer)Identität zu gewinnen trachtet. Eine Art von zeitgemässer Selbsterweiterung, in der die Geschichte der tatsächlichen Opfer, der verfolgten und ermordeten Juden ein weiteres Mal verschwindet.«

In der *»Welt am Sonntag«* Tilman Krause:

»Dabei ist gerade so großartig an diesem Buch, daß es auf der einen Seite Leben, durch Geschichte beschädigtes Leben aufarbeitet, aufbewahrt für alle Zeit, und es auf der anderen Seite mit den Mitteln einer schier unglaublichen intellektuellen und ästhetischen Behutsamkeit birgt, geborgen hält.«

Der *»Focus«* erkennt in dem Buch »eine bedenkliche Oberflächlichkeit. Wehe Gefühle, Sammeltassen-Prosa« und konstatiert: »Susanna Tamaro hätte das besser gekonnt.«

Hermann Kurzke in der *»Frankfurter Allgemeinen Zeitung«*:

»Vor diesem Buch zergeht alle Selbstgerechtigkeit. Es sät einen so tiefen Zweifel in den Glauben an unsere Fähigkeit, die Wirklichkeit wahrhaftig wahrzunehmen, dass künftig die Hand zittern muss, die auf einen anderen mit Fingern zeigt. Wenn eine Lehre zu ziehen ist, dann die uralte: Wer ohne Sünde ist, der werfe den ersten Stein.«

Und Beatrice von Matt meint in der »*Neuen Zürcher Zeitung*«, ich hätte es bei der Geschichte der Großeltern bewenden lassen sollen und schreibt: »Überhaupt wird die Ahnensuche durch einen ungenügend gebändigten Subtext gestört: Unkontrolliert brechen allenthalben die Auseinandersetzungen mit der Mutter auf, die das eigentliche Thema an den Rand drängen.«

Nun ist es ja möglich, daß Pia Reinacher vom »*Tagesanzeiger*« als »unterkühlte Sprache« und »merkwürdige Unbeseeltheit« erscheint, was für Iris Radisch in der »*ZEIT*« »der Verzicht auf jede erzählerische Gefälligkeit« und gerade darum das »Vertrauen in die erlösende Kraft der Sprache« ist. Und wahrscheinlich muss man auch hinnehmen, wenn Corina Caduff das Buch einfach mal so als einen »Materialband« bezeichnet, »der locker durch politische Systeme und Familiengeschichten flaniert, plaudernd und langatmig, selten intensiv, intellektuell wenig aufregend«, auch wenn Urs Schreiner in *Cash* zu einem gegensätzlichen Ergebnis kommt: »Monika Maron webt aus Tatsachen und deren Interpretation einen dichten und dennoch leichtfüssigen Text. Für Geschwätzigkeit ist auf zweihundert Seiten kein Platz, wenn man das Schicksal dreier Generationen beschreiben will. Für eine solche Komprimierung braucht es schon den sachlichen Minimalismus, die Fähigkeit zur Verknappung, die Marons Sprache seit jeher auszeichnen.«

Vielleicht muss man diese Spannbreite des Urteils für normal halten, wenn sich auch die Frage aufdrängt, wo die Beliebigkeit der literarischen Bewertung eigentlich endet. Spätestens, wenn der Rezensent sich vom Text, den er zu bewerten hat, löst, wenn er unterstellt, statt zu belegen, wenn er die offensichtlichen Intentionen des Autors missachtet, um ihm andere zu erfinden, wenn der Rezensent sich selbst wichtiger wird als das Buch, das er im Auftrag seiner Leser liest, hat er seine Kompetenz überschritten.

Wie findet ein Rezensent zu seinem Urteil? Spürt er dem Autor nach und misst das Misslingen oder Gelingen an dessen erkennbarem Vorhaben, und das Vorhaben an seiner Neuheit und Besonderheit? Oder spricht er dem Wollen des Autors jede Bedeutung ab und fahndet stattdessen nach dem

Unbewussten im Text, was er dann Dekonstruktivismus nennt? Aber wer fragt dann nach dem Unbewussten des Kritikers, oder nach dessen schlechter Laune, Hormonspiegel, gar Trunkenheit oder auch nur nach seinem Charakter? Oder gesteht sich der Literaturkritiker selbst die Autonomie des Künstlers zu, allein durch seine Subjektvität legitimiert? Erhebt er seine Lektüre in den Rang eines Kunstwerks?

Ich will versuchen, den Weg der Urteilsfindung an der Kritik von Corina Caduff, die in ihrem Urteil besonders forsch und sicher daherkommt, nachzuvollziehen. Ich wähle Caduffs Rezension als Beispiel, weil sie neben Robin Detje das Buch am entschiedensten ablehnt, im Unterschied zu Detje, dessen verbale Attacken sich ins Pathologische versteigen, aber rationaler Argumentation zugänglich bleibt.

Nachdem Corina Caduff sehr kurz die Geschichte von Pawel und Josefa skizziert, schreibt sie: »Sie (Monika Maron) reist nach Polen und erkundigt sich nach ihm (dem Großvater). Diese Spurensuche zeitigt vor allem eines: das Begehren nach dem Ort der Juden, dem Ort der Opfer, vor denen die Autorin mit ›Verehrung‹ steht – ein phantasmatisches Begehren, das bei Monika Maron bis zur Vision eines gemeinsamen (Über-)Lebens führt: ›Am Nachmittag geht mein Großvater mit mir spazieren. Ich führe ihn an der Hand durch die Schillerpromenade und höre, wie die Nachbarn ihn grüßen: Guten Tag, Herr Iglarz, schön, daß Sie wieder da sind.‹ Solche Phantasien macht sie publik, obschon ihr selbst immer wieder Zweifel kommen: ›Das einfache Leben meiner Großeltern … gerät mir zur Idylle.‹ Gleichzeitig steht sie ›ratlos‹ vor dem Vergessen ihrer Mutter, kann aber deren Erinnern von ihrem eigenen nicht unterscheiden: ›Weiß ich das wirklich noch? Oder hat Hella es erzählt?‹«

Ich muss gestehen, daß ich angesichts dieser angehäuften Ungeheuerlichkeiten geneigt bin, abzuwinken und zu sagen, lass den Quatsch, es lohnt sich nicht. Gleichzeitig denke ich: Wenn das Schule macht – und es hat den Anschein, als machte das Schule –, sollte man, müsste man wenigstens einmal seinen Einspruch erhoben haben. Und bei Lessing lese ich: »Wenn ein Dichter an seinem poetischen Charakter angegriffen wird: so kann er schweigen und der Welt das Urteil überlassen, ob seine Verse gut oder schlecht sind. Wenn hingegen sein moralischer Charakter angegriffen wird, so muß er sich verteidigen.«

Also: Corina Caduff erkennt in meiner Reise nach Polen, die nicht nur meine Reise war, sondern auch die meiner Mutter und meines Sohnes, das Begehren nach dem Ort der Juden und Opfer.

Beginnen wir mit dem Einfachsten: Jeder Journalist, jeder Historiker, überhaupt jeder Mensch, der sich aus irgendeinem Grund mit der Geschichte befasst, bereist, sofern es möglich ist, den Ort des Geschehens, für das er sich interessiert. Wenn nicht, arbeitet er schlampig.

Nun das Kompliziertere: Abgesehen davon, dass meine Mutter ein Opfer war, wenn sie als Halbjüdin mit christlicher Erziehung auch nicht zu den Sternträgern und Deportierten gehörte, sondern nur Heiratsverbot, zeitweiliges Arbeitsverbot, nicht endende Angst und den Verlust der Eltern ertragen musste, was in den Augen einer jungen Schweizerin von heute eher Lappalien sein mögen; abgesehen auch davon, dass ich 1941 geboren bin und für mich, falls meine Familie doch noch deportiert würde, von meiner Geburt bis zum Kriegsende immer ein gepackter Koffer bereitstand für die Freundin meiner Mutter, bei der ich dann hätte bleiben sollen, wovon ich im Buch gar nichts geschrieben habe, eben weil ich mich nicht als Opfer fühle; abgesehen von all dem frage ich mich: Was treibt Corina Caduff dazu, mir meinen eigenen Großvater streitig zu machen und ihn im Sinne einer höheren Verwaltung des jüdischen Leids zu beschlagnahmen? Ebenso übrigens Robin Detje, der schreibt: »Dass es unanständig sein könnte, ihr Leiden an der DDR, das nicht tödlich war und immer wieder mit Grandezza öffentlich gefeiert worden ist, in so direkte Beziehung zum Verrecken des Großvaters im Ghetto zu setzen, kommt Monika Maron nicht in den Sinn.«

Ein Großvater ist ein naher Verwandter, mit dem man, wenn nicht ein Unglück es verhindert, eine lange gemeinsame Zeit leben kann. Mein Sohn ist dreißig und hat noch immer zwei Großmütter. Warum suggeriert Corina Caduff, ich würde mir einen jüdischen Großvater erfinden, wenn er schon auf der ersten Seite meiner literarischen Arbeit zu finden ist, wenn ich 1989 einen Text veröffentlicht habe, der sich wie ein Exposé zu »Pawels Briefe« liest? Vielleicht ist es ja ganz anders und Corina Caduff will meinen ermordeten Großvater gar nicht vor mir in Schutz nehmen, sondern sie will einfach nichts von ihm wissen. Denn wer anders als ich könnte denn über ihn schreiben.

»Die Autorin sucht den Ort der Juden, vor denen sie mit *Verehrung* steht«, schreibt Caduff. Ein paar Zeilen später zitiert sie meine Zweifel, die ich selbst im Bezug auf die familiäre Idylle äußere, während Caduff sie dem imaginierten Spaziergang mit dem Großvater anlastet, der gar nicht in Zweifel gezogen werden kann, weil er mit Sicherheit nicht stattgefunden hat. Ich zitiere aus meinem Buch:

»*Zwischen der Geschichte, die ich schreiben will, und mir stimmt etwas nicht. Welches Thema ich auch anrühre, nach fünf oder vier, manchmal sogar nach zwei Seiten schmeißt mich die Geschichte oder schmeiße ich mich aus dem Buch wieder raus. Als hätte ich darin nichts zu suchen; als wäre meine Absicht, aus den Fotos, Briefen und Hellas Erinnerungen die Ahnung vom Ganzen zu gewinnen, vermessen für einen Eindringling wie mich. Das einfache Leben meiner Großeltern und ihrer Kinder, von welcher Seite ich mich ihm auch nähere, gerinnt mir zur Idylle und schon verbietet sich der nächste Satz. Es ist nicht nur der unabwendbare Ausgang der Geschichte, der mir diese sprachlose Verehrung aufnötigt; auch nicht, daß mein Großvater Jude war. Er wurde als Jude geboren, er ist als Jude gestorben, aber er hat nicht als Jude gelebt. Außerdem sind mir Leute, die sich das Wort Jude wie die Oblate beim Heiligen Abendmahl auf der Zunge zergehen lassen, herzlich unsympathisch. Aber wenn nicht der Tod und wenn nicht das Jüdische, was dann; was bestreitet mir immer wieder meine Zuständigkeit, von der ich so überzeugt war?*

Vielleicht ist es meine eigene Rührung, die mir verdächtig erscheint, denn nichts von dem, was mich am Leben meiner Großeltern bis zu Tränen rührt, schien mir brauchbar für das, was ich im Leben vorhatte. Nicht die einzige Ehe, die nur der Tod hätte scheiden dürfen, nicht vier Kinder, denen ich mein Leben gewidmet hätte, nicht die Gläubigkeit in die Worte des Herrn.«

Es ging mir eben nicht um das Judentum, sondern um einen kulturellen Bruch, den gedanklich zu überwinden Schwierigkeiten bereitet, der ebenso die nicht jüdische Josefa einbezieht wie den nicht mehr jüdischen Pawel. Die Passage mündet in den Satz: »Was verstehe ich von einem Glück, das sich im Überleben erfüllt?« Und damit ist ganz eindeutig im Text nicht das Überleben der Juden gemeint, sondern das tägliche Brot.

Ich zitiere jetzt das Kapitel, dem Corina Caduff das Wort *ratlos* entnimmt. »Gleichzeitig steht sie ratlos vor dem Vergessen ihrer Mutter Hella«, schreibt Caduff, was in diesem Zusammenhang wohl bedeutet, ich stehe grundsätzlich ratlos vor diesem Vergessen.

»Ich war sechsundfünfzig Jahre alt, als ich Pawels Briefe endlich las. Seit wann hatten Hella und Marta vergessen, daß es sie gibt? Seit vierzig Jahren schon? Oder Josefas Brief an ihren Mann, einen Tag vor ihrem Tod datiert, von dem Hella nicht wußte, warum er auf deutsch und mit der Maschine geschrieben ist. Am 20. Juni 1942 schrieb Pawel an seine Kinder: ›Mein lieber Paul, ich schicke dir hier einen Brief mit, den Mama einen Tag vor ihrem Tode an mich diktiert hat. Der Brief zerriß mir das Herz, ich wollte ihn

noch mal lesen, aber ich bekomme es nicht fertig. Ich schicke dir also den letzten Brief von Mama an mich mit folgender Bitte: fahrt mal an einem Sonntag alle raus zu Lades und laßt euch den Brief wortgetreu übersetzen und Hella soll denselben mit der Maschine abschreiben und Original und Abschrift gut aufbewahren. Schließt ihn irgend in ein Fach ein, *daß er nicht verloren geht, und wenn Monika groß ist zeigt ihr den Brief und erzählt ihr, wie tief unglücklich ihre Großeltern gerade in den alten Tagen geworden sind, vielleicht weint sie dann auch eine Träne.‹*

Pawels Kinder haben es offenbar gemacht, wie er es gewünscht hat: Sie sind zu Lades gefahren und haben den Brief wortgetreu übersetzen lassen, Hella hat die Übersetzung mit der Maschine abgeschrieben und sie haben die Abschrift und das Original, auch das fand sich an, gut aufbewahrt. Und dann müssen sie den Brief vergessen haben, denn sie haben ihn mir nicht gezeigt.

Vor diesem Vergessen stehe ich ratlos, so ratlos wie Hella selbst.«

Bei Caduff geht der Satz weiter: »Gleichzeitig steht sie ratlos vor dem Vergessen ihrer Mutter Hella, kann aber deren Erinnern von ihrem eigenen nicht unterscheiden: ›Weiß ich das wirklich noch? Oder hat Hella es erzählt?‹«

In meinem Buch liest sich das so:

»Ich wage es fast nicht zu schreiben, aber der Satz: ›Ich bin ein Kriegskind‹ hatte für mich seit jeher einen poetischen Reiz. Dahinter steckt ein vergessenes Geheimnis. Vier Jahre Bomben, Sirenen, die tote Tochter vom Kaufmann Kupicki, ein dunkles Bild von gedrängt sitzenden Menschen im Luftschutzkeller, ich stehe in der Mitte und singe: ›In der Nacht ist der Mensch nicht gern alleine…‹ Weiß ich das wirklich noch? Oder hat Hella es erzählt? Hella kann sich daran nicht erinnern, also weiß ich es noch.«

Nicht nur, dass es sich um eine Situation handelt, in der ich höchstens drei oder vier Jahre alt bin und der Zweifel an der Erinnerung völlig normal ist, sondern ich selbst löse die Unsicherheit meines Erinnerns im Text auf, was aber Caduff nicht zu irritieren vermag, weil sie sonst ihre Behauptung, ich könne Hellas und mein Erinnern nicht unterscheiden, gar nicht aufstellen könnte. Fast jedes Zitat, das Corina Caduff gegen mich anführt, ist auf diese Art verfälscht. Sie deklariert als Wiederholung, was keine ist, denunziert als Allgemeinplatz, was im Text als Allgemeinplatz ausgewiesen wird, sie interpretiert etwas als Wertung, das im Buch nur als einfache Tatsache vorkommt. »Sie kritisiert ihre Mutter wiederholt als naive Erinnernde«, schreibt Caduff. Ich kritisiere überhaupt nicht, ich bezeichne sie so, und auch nicht wiederholt, sondern ein einziges Mal.

»Vielleicht habe ich ja, wenn solch ein Wandel bewältigt werden mußte – als wir vom Westen in den Osten zogen, als wir plötzlich mit Hellas neuem Mann in einem Haus lebten, als ich Chruschtschows Geheimrede las, als ich anfing, Bücher zu schreiben, als ich vom Osten in den Westen ging – vielleicht habe ich ja, ohne es zu wollen, das bis dahin gelebte Leben jeweils auf eine transportable Größe zurechtgestutzt und, wie bei einem Umzug, ins nächste nur mitgenommen, was mir wichtig und kostbar erschien oder was sich, auch wenn ich gewollt hätte, nicht vergessen ließ. Jedenfalls bin ich keine naive Erinnernde wie Hella, die, befragt nach bestimmten Ereignissen aus ihrem Leben, in einem Regal mit der Jahreszahl 1932 oder 1945 oder 1976 nach diesem bestimmten Päckchen sucht, es findet oder nicht, das aber, wenn sie es findet, ein naturbelassenes Stück Erinnerung voller Düfte, Temperaturen, Geräusche enthält, als wäre es gerade erst verpackt und verstaut worden.«

Das heißt dann bei Caduff »kritisiert wiederholt«, weil sie es so braucht, denn sie muss zur nächsten, wie sie es nennt: »entscheidenden Stelle dieser Familiengeschichte« kommen, zur Mutter, die in ihrer Lesart »einerseits den Weg zur jüdischen Herkunft ermöglicht«, andererseits eine DDR-Haltung verkörpert, die die Tochter ablehnt – »als Halbjüdin wird die Mutter umarmt, als Repräsentantin der DDR zurückgestoßen«, behauptet Corina Caduff. Angesichts solcher Willkür überkommt mich eine große Unlust, überhaupt noch zu argumentieren, aber ich habe mir vorgenommen, einmal nachzuweisen, was Literaturkritiker der jahrelangen Arbeit von Schriftstellern ungestraft antun dürfen, und darum nehme ich die Zumutung auf mich.

Meine Mutter war ein christlich erzogenes Proletariermädchen aus Neukölln, das mit vierzehn Jahren einem kommunistischen Schülerbund beitrat. Zur Halbjüdin haben sie die Nationalsozialisten gemacht, weil sie die Tochter eines jüdisch geborenen Vaters war, der allerdings als junger Mann zu den Baptisten konvertiert war. Ich bin die Tochter meiner Mutter, also komme ich aus einer Familie mit einem jüdischen Hintergrund, das kann nicht ermöglicht und auch nicht verhindert werden. Aber weder bin ich jüdisch erzogen, noch legt das Buch irgendwann den Gedanken nahe, ich fühlte mich als Opfer des Völkermordes an den Juden. Was geht also im

Kopf einer Rezensentin vor, wenn sie in diesem Zusammenhang von *ermöglichen* schreibt, *»ermöglicht eine jüdische Herkunft«*?

Hier spätestens stellt sich die Frage nach dem Unbewussten der Kritikerin. Da ich aber keine Anhängerin der Dekonstruktion bin, bleibe ich bei dem, was die Sätze mir ausdrücklich und absichtsvoll sagen und erkenne, so sehr ich mich auch mühe, nur das blanke Ressentiment und den zur Behauptung erhobenen Verdacht.

Dass man einen Menschen, dessen politische Überzeugungen man entschieden nicht teilt, verstehen und lieben kann, habe ich schreiben wollen und, wie ich fest glaube, auch geschrieben. Ich habe verstehen und erzählen wollen, wie meine Mutter, die allein aufgrund ihrer Herkunft als Kind armer polnischer Einwanderer, später als rassisch Verfolgte, unfähig zur Macht und zur Schuld war, nach dem Bruch der Verhältnisse auf der Seite der Machthaber ankommt und wie sich die zweite Hälfte ihres Lebens aus den Erfahrungen der ersten vor ihr selbst legitimiert, auch wenn ich diese Legitimation nicht akzeptieren kann. Den unlösbaren Zwiespalt unserer politischen Ansichten habe ich nicht verschwiegen, sie sind Teil unserer Geschichte und Gegenstand unseres Gesprächs und sogar ein Vehikel des gemeinsamen Erinnerns.

Ich muss noch einmal auf die Einschätzung von Beatrice von Matt zurückkommen, die in dieser zweiten Geschichte des Buches einen störenden Subtext sieht. Das Buch heißt »Pawels Briefe«. Briefe haben Absender und Empfänger, Pawels Briefe hatten zwei Empfangsdaten, ein vergangenes und ein gegenwärtiges. Und von allem ist in dem Buch von Anfang an die Rede. Von Anfang bis Ende wird das Ganze bewegt, nur die Gewichte verlagern sich. Dass trotzdem der Eindruck von zwei Teilen entsteht, liegt an dem Leben, von dem das Buch erzählt: dies Leben zerfiel in zwei Teile, vor 1945 und nach 1945. Ich hätte den ersten ohne den zweiten Teil nie geschrieben, weil mich vor allem dieser Wandel interessierte, der biographische, der kulturelle, die fortgesetzten Brüche in den Lebensläufen aller beteiligten Generationen. Und mich interessierte, wie die Erinnerung auf uns kommt, durch welche Temperamente und Überlebenstechniken sie gefiltert wird und wie viel für immer dem Vergessen anheim gefallen ist.

»Für alle Fährnisse in ihrem Leben hätte sie ihren Protagonisten Pawel Iglarz nicht in Anspruch nehmen sollen«, schreibt Beatrice von Matt.

Was soll das bedeuten? Erzählt wird von Pawels Kindern, an die seine Briefe gerichtet waren, die den Zusammenhalt, den er beschworen hat, nicht gewahrt haben, erzählt wird von der Verletzung christlicher Nächstenliebe, die Pawels Vermächtnis war. Obwohl die Rezensionen Beatrice von Matts und Corina Caduffs sonst absolut nichts Gemeinsames haben, versuchen doch beide auf sehr verschiedenen Wegen die Geschichte des Juden zu separieren, ihn vor dem profanen Weiterleben seiner eigenen Kinder zu beschützen, als gehörte er nicht rein in diese Geschichte, als sei er nicht *diesen* Menschen weggemordet worden, sondern allen anderen, und als entheilige die Geschichte seiner Kinder seinen Tod.

Dass mir nicht alles geglückt ist, was ich mir vorgenommen hatte, dass die Nachkriegsgeschichte ohne die, wie Iris Radisch es nennt, »anrührende Vorkriegs-Übersichtlichkeit« bestehen muss, mag den Eindruck der Zweiteiligkeit des Textes hervorgerufen haben, aber dass in ihm »unkontrolliert die Auseinandersetzungen mit der Mutter« aufbrechen, muss ich dann doch für eine unkontrollierte Wortwahl der Rezensentin von Matt halten, zumal ich bezweifle, dass das Wort unkontrolliert für die Bewertung eines ernsthaft gearbeiteten Buches überhaupt vernünftig sein kann.

Das Buch ist eine ganz und gar kontrollierte Montage, die es mir ermöglicht hat, Vergangenes und Gegenwärtiges ständig in Bezug zu setzen, die mir Raum für die Reflexionen über Erinnern und Vergessen geboten hat und die mindestens so viel Überlegung verlangt hat wie das Schreiben der Sätze. Und die Auseinandersetzung mit der Mutter kann nicht das *Eigentliche* an den Rand drängen, weil sie selbst ein *Eigentliches* ist. In Hella lebt der Widerspruch zwischen den beiden Welten, der Welt der Ohnmacht und der Welt der Macht, der Welt der Tradition und der öden Traditionslosigkeit des Arbeiter-und-Bauern-Staates, dem Leben ohne die Vergangenheit, ohne Pawel und Josefa.

Damit es nicht den Anschein hat, als sei das nur meine eigene, nachträgliche Auslegung, zitiere ich aus anderen Rezensionen und bitte gleich um Verzeihung, wenn manches dabei für mich zu schmeichelhaft klingt. Mir geht es nur um offenbar mögliche Lesarten:

Sybille Cramer in der »*Süddeutschen Zeitung*«:

»In der willentlich kunstlosen Ausdrucksform einer lebendigen Selbstaussprache nimmt das Buch das bewegliche Denken und Fühlen der Nachgeborenen auf… So richtet sie dem Großvater ihre Gedächtnissäule, zu deren Fundamenten der Takt wird, mit dem sie ihrer historischen Einbildungskraft Zügel anlegt und Schweigezonen einbaut: Die angeschaute und mit Blick auf die DDR-Zeit kritisch befragte Geschichtswirklichkeit der

Familie in der Zeit zwischen 1905 und 1998, ganz ohne Seitenblick aufs große Ganze, sichert dem Buch seine dokumentarische Stringenz und Repräsentanz für die in den Totalitarismus umschlagende Geschichte der deutschen Arbeiterbewegung.«

Tilman Krause in der »*Welt am Sonntag*«:
»Wer am Ende dieses Jahrhunderts als bewusster Zeitgenosse lebt, ist Tochter, ist Enkelin, mehr, als das wohl in jeder anderen Zeit der Fall war. Dieses – auch politische – Verwobensein der Generationen ist uns noch nie so bohrend, aber auch so bewegend gezeigt worden.«

Ralph Gambihler in »*Dresdner Neueste Nachrichten*«, also aus dem Osten:
»Eine herzzerreißende Geschichte ist das, die stumm macht, auch wenn sie schon tausendfach erzählt wurde. Aber das ist nicht der eigentliche Grund, weshalb Monika Maron sie aufschrieb ... Sie will die nebligen Bezirke des Erinnerns und Vergessens betreten und besichtigen. Die exemplarische Bewohnerin dieser Bezirke ist die eigene Mutter: Hella, die Tochter des ermordeten Schneiders, die vitale Kommunistin, das Energiebündel der Stunde Null, die spätere ›Bonzenfrau‹ an der Seite eines Ministers, die von sich sagt, sie hätte ›immer nach vorn gelebt‹. Mit ihr wird ›Pawels Briefe‹ auch ein Buch über die DDR. ... Dieses Buch gehört zum Gescheitesten, was über die DDR, ihre psychologischen Wurzeln und ihr Scheitern geschrieben wurde ...«

Aber zurück zu Corina Caduff, deren zweispaltige Rezension mit nahezu allen Sünden ausgestattet ist, die Literaturkritiker begehen können und darum weitere Aufmerksamkeit verdient. Nachdem Caduff mit der Mutter fertig ist, wendet sie sich dem Vater zu:

»Überdies klafft in der Familiengeschichte eine empfindliche Leerstelle: die Geschichte ihrer Herkunft väterlicherseits. Ihr Vater Walter, ein deutscher Soldat, kommt 1949 aus russischer Kriegsgefangenschaft zurück. Über ihn erfahren wir nur, dass er an der Front immer nur in die Luft geschossen hat, nach seiner Rückkehr im Westen geblieben ist und die Autorin mit ihm kaum Kontakt hatte. Zitiert werden die Briefe des Großvaters aus dem Getto, nicht aber die des Vaters von der Front.«

Wer das Buch nicht nur im Hinblick auf eine bestimmte Beweisführung gelesen hat, konnte über Walter mehr erfahren: er hat, als es anderen zu gefährlich war, um die Heirat mit einer Halbjüdin, die auch noch Kommunistin war, gekämpft, um sie zu beschützen; er hat dieser Halbjüdin und ihrer Familie seinen Sold geschickt, er hat seinen jüdischen Schwiegervater und dessen Frau in ihrer Verbannung besucht, sechzig Kilometer zu Fuß, und hat sich dabei die Füße blutig gelaufen. Das alles steht in dem Buch. Aber Caduff geht es scheinbar nur um das Wort Täter, um die Tätergeschichte. Wo ist hier die Tätergeschichte? »Ihr Vater Walter, ein deutscher Soldat…«, schreibt Caduff. Wird jemand als Soldat geboren? Ist jemand nichts anderes als Soldat? Jeder deutsche Mann im wehrfähigen Alter wurde Soldat, auch Kommunisten, fromme Christen, Antifaschisten. Ist jeder von ihnen ein Täter, und wie hätte er dann vermeiden können, ein Täter zu sein? Vielleicht, indem er nur in die Luft schießt? Vielleicht auch, indem er hofft, nur in die Luft geschossen zu haben?

In dem Buch erzähle ich das so:

Ich erinnere mich, daß wir zusammen auf einem Rummel im Neuköllner Volkspark waren. Er hatte mir einen kandierten Apfel gekauft. Der Stiel brach und der Apfel fiel in den Sand. Mein Vater war wütend. Ein Flugzeug flog dröhnend über unsere Köpfe und mein Vater sagte, er könne das Geräusch nicht mehr ertragen. Er hätte immer nur in die Luft geschossen, das solle ich ihm glauben. Ich kann mich erinnern, an diesem oder einem späteren Tag darüber nachgedacht zu haben, ob jemand, der nichts treffen will, sein Ziel nicht ebenso verfehlen kann wie einer, der es auf eines anderen Herz anlegt.

Die Sucht nach Eindeutigkeit der Verhältnisse, nach sauberer Trennung von Tätern und Opfern, dient nicht dem Verständnis der Geschichte, auch nicht der Gerechtigkeit, sie dient überhaupt nur der Selbstgerechtigkeit derer, die danach verlangen. Unsere Verhältnisse und wir selbst sind gemischt. Auch davon habe ich in diesem Buch erzählen wollen.

Daß sie den Brief vom 7. Juli 1940 wirklich selbst geschrieben hat, will sie nicht glauben. Aber er liegt zwischen uns auf dem Tisch, eng mit der Maschine beschrieben wie die anderen Briefe auch und von Hella unterschrieben. Auf der zweiten Seite oben steht, was Hella nicht glauben kann: »Überhaupt eine sehr wichtige Mitteilung, der Walter hat das Eiserne Kreuz bekommen. Seid Ihr nicht stolz auf Euren Schwiegersohn. Er hat es bekommen, weil er immer in der größten Gefahr im Kanonenfeuer fahren mußte.« Hella nimmt den Brief in die Hand, prüft ihn, sie hat keine Brille auf, was immer sie sucht, sie könnte es nicht finden. Ich weiß überhaupt nicht, daß er das Eiserne Kreuz hatte, sagt sie.

Aber hätten sich deine Eltern denn darüber freuen können?

Ich weiß nicht, warum ich das geschrieben habe. Hella dreht und wendet den Brief. Ich weiß überhaupt nichts von einem Eisernen Kreuz.

Aber warum hätten deine Eltern sich freuen sollen?

In einer sommerlichen Abendstunde vor achtundfünfzig Jahren hat die vierundzwanzigjährige Hella ihren Eltern einen Brief geschrieben, in dem ein Satz steht, den wir uns heute beide nicht erklären können.

Weißt du, wenn ich es jetzt mal gut mit mir meine, sagt Hella, dann denke ich, es war wegen der Zensur, Sklavensprache, das war Sklavensprache.

Aber warum hast du es dann überhaupt geschrieben?

Vielleicht dachte ich, daß die das ruhig wissen sollen, wenn sie den Brief lesen, daß mein Verlobter das Eiserne Kreuz hat. Ich weiß ja gar nicht, daß er es hatte. Es war mir bestimmt auch nicht wichtig, sonst hätte ich es nicht vergessen.

An einer anderen Stelle schreibst du, daß Walter sehr beliebt ist bei seinen Kameraden.

Das ist doch etwas anderes, sagt Hella.

Ja, vielleicht. Vielleicht ist es aber auch nichts anderes.

Natürlich haßte Hella die Nazis, sie haßte sie aus politischer Überzeugung und weil sie ihr Leben bedrohten. Natürlich hat sie gewünscht, wünschen müssen, daß Deutschland den Krieg verliert. Ebenso natürlich wünschte sie keinem Soldaten den Tod, am wenigsten den Männern, die sie kannte: Hänschen, dem Sohn ihrer Freundin Charlotte, Lucies Mann, Martas Freund Hans und ihrem eigenen Freund Walter. Wer überleben wollte, mußte kämpfen. Feige Männer werden nicht bewundert, auch nicht in friedlichen Zeiten. Walter war nicht feige.

Auch das ist in dem Buch über meinen Vater Walter zu lesen. Aber das interessiert Corina Caduff nicht, denn sie hat eine These, die sie beweisen will, und nachdem sie endlich alles überlesen hat, was sie in ihrer Beweisführung stören könnte, kann sie ihre These formulieren: »Die Reflexion über die Verwicklung in die Tätergeschichte wird ausgespart und stattdessen eine biologisch-familiäre Opfertradition konstruiert: der Großvater ein Opfer der Nazis, die Enkelin ein Opfer der DDR.«

Selbst wenn ich hinnehme, dass Caduff meinen Vater Walter, den Pawel Iglarz in einem seiner Briefe aus dem Getto als »den wertvollsten Menschen, den es gibt« bezeichnet, unbedingt zum Repräsentanten der deutschen Tätergeschichte machen will, ergibt ihre ganze Konstruktion wenig Sinn.

Biologisch stamme ich natürlich von Vater und Mutter ab, aber sozial und emotional bin ich ausschließlich an die mütterliche Familie gebunden, weil ich meinen Vater kaum und seine Familie gar nicht kannte. Nicht *ich* will mir also eine biologisch-familiäre Tradition konstruieren, sondern Corina Caduff – und zwar eine Tätertradition. Nun zur Opfertradition: Meine Mutter Hella war ein Opfer der Nazis, das es nach 1945 auf die Täterseite geweht hat. Damit hätte die Tradition, so ich sie denn gesucht hätte, ihr Ende gehabt. Ein Opfer konkreter Verhältnisse gewesen zu sein, bewahrt niemanden davor, sich unter anderen Verhältnissen in Schuld zu verstricken. Darüber habe ich ein ganzes Buch geschrieben, es heißt »Stille Zeile sechs«, und darin steht ein Satz, den die Protagonistin Rosalind Polkowski in Bezug auf sich selbst sagt: »Alles, nur nicht Opfer sein.«

Ich zitiere im Zusammenhang:

»Warum fügte ich mich nicht der Antwort, die ich hinter der Tollerschen Frage längst vermutete: Ja, der Handelnde muß schuldig werden, immer und immer, oder, wenn er nicht schuldig werden will, untergehn. Als hätte ich nur das gesucht: meine Schuld. Alles, nur nicht Opfer sein. Das wußte auch Herbert Beerenbaum, der Arbeiter aus dem Ruhrgebiet: Alles, nur nicht noch einmal Opfer sein.«

Aber diese Unschärfe im Opfer-Täter-Gefüge hätte die zielstrebige Corina Caduff nur verwirren können, das hätte ihr vor allem die Pointe vermasselt: die Stasi-Mitarbeit. Caduff versteigt sich zu dem Verdacht: »›Pawels Briefe‹ können auch als Antwort darauf gelesen werden… Soll im neuen Buch diese Biographie noch einmal lanciert, die eigene (DDR-)Geschichte zurechtgeschrieben werden?«

Alles über meinen Stasi-Kontakt ist bekannt und nachzulesen. Ich habe die einzigen beiden Berichte, die Iris Radisch übrigens »furchtlose Berichte« nennt, sofort veröffentlicht, die Akte ist zugänglich. Wer sich informiert hat, muss wissen, dass er mir, was allgemein unter »Stasi-Mitarbeit« verstanden wird, nicht vorwerfen kann. Wer sich nicht informiert hat, sollte besser schweigen.

Aber warum glaubt Corina Caduff überhaupt, dass ich auf die Idee kommen könnte oder müsste, mir eine Biographie zurechtzuschreiben? Meine gelebte Biographie, samt ihren Irrwegen, gefällt mir gut. Und eine Denunziation wie die Rezension, von der ich gerade spreche, habe ich mir in meinem Leben, glaube ich, nicht vorzuwerfen. Ob jemand fähig ist zur Denunziation oder nicht, entscheidet weniger seine politische Gesinnung als sein Charakter.

Nun hat nicht nur Corina Caduff den Bezug zu der Stasi-Geschichte hergestellt. Das Kapitel ist in dem Buch enthalten und verführt offenbar zu Deutungen. Beatrice von Matt liest in ihm auf geheimnisvolle Weise eine Protestaktion gegen die Mutter, Barbara Schmitz-Burckhardt von der *Frankfurter Rundschau* benutzt es, um meine Verteidigung von Martin Walsers Frankfurter Rede moralisch zu disqualifizieren.

Aber wenigstens Hermann Kurzke in der *FAZ* schreibt, was eigentlich jedem klar sein musste: »Daß Monika Maron darauf zu sprechen kam, war unvermeidlich, sonst hätte man ihr absichtliches Verschweigen vorgeworfen.«

Darum und nur darum steht diese Geschichte in dem Buch und es stimmt, dass sie, wie Kurzke schreibt, sein »schwächster und überflüssigster Teil« ist, und ich habe »diesem Rattenschwänzchen«, wie Lothar Schröder in der *Rheinischen Post* erkennt, »die Erzählstruktur des Buches (ge)opfert«.

Was aber hätte wohl Corina Caduff, und nicht nur sie, geschrieben, wenn ich mich anders entschieden hätte?

Hermann Kurzke bedauert, dass dieser Teil am Ende des Buches steht, weil so der Eindruck erwächst, die ganze Geschichte liefe darauf zu. Und wenn sie am Anfang gestanden hätte, wäre dann nicht der Eindruck entstanden, der ganze Rest stehe in ihrem Zeichen; und wenn sie in der Mitte gestanden hätte, sie sei das Zentrum des ganzen Buches? Von der ersten Seite an wusste ich, dass ich diese Geschichte wohl würde schreiben müssen, obwohl sie für mich nicht in dieses Buch gehörte. Ich habe sie durch das ganze Buch geschoben, dorthin, wo sie jetzt steht und so wenig zu suchen hat wie auf den Seiten davor. Sie ist mein Tribut an die öffentliche Meinung und wenn ich Kritik für diese fünf Seiten verdient habe, dann darum: ich habe mich der öffentlichen Meinung gebeugt, weil ich dem Vorwurf des Verschweigens entgehen wollte. Es hat mir nichts genutzt.

Ich kenne viele Schriftsteller, die sich in Beteuerungen überbieten, sie läsen niemals Kritiken über sich selbst und wenn zufällig doch einmal, straften sie diese Elaborate der Missgunst und Inkompetenz mit Verachtung. Das ist ganz sicher nicht wahr, weil, wer nicht im Wald und ohne Telefon lebt, auf jeden Fall erzählt bekommt, was er nicht lesen will, und dann liest er doch lieber selbst, um nicht auch noch die Schadenfreude ertragen zu müssen, wenn es ihm vom Falschen erzählt wird. Ich habe heute vor allem über eine jener Rezensionen gesprochen, die für meine Freundin, die Schriftstellerin Katja Lange-Müller eigentlich ein Fall für die Menschenrechtskommission der UNO sind. Aber selbst wohlmeinende, sogar lobende Kritiken enthalten immer auch Kränkendes, allein deshalb, weil der Kritiker sich im Ton fast immer über das Werk, das er bespricht, erhebt, weil er für sich die Rolle des Lehrers beansprucht und dem Autor die Rolle des Schülers zuweist, der die Zensuren bekommt, die der andere vergibt, ohne befürchten zu müssen, selbst öffentlich zensiert zu werden.

Das habe ich für diese Stunde einmal ändern wollen. Und ich wünschte mir, es machten sich die Kritiker mit meinen Büchern die Mühe und hielten sich so genau an das Geschriebene, wie ich es mit dieser wahrlich nicht erbaulichen Lektüre getan habe.

MICHAEL KRÜGER

Brief des Dichters Wolfgang Bächler an die deutschen Akademien

Hohe Herren von der Akademie –

bitte erlauben Sie, dass ich mich vorstelle, bevor ich Ihnen mein Anliegen, das Sie gewiss sorgfältig bedenken werden, vortrage. Und bitte üben Sie Nachsicht. Ich verfüge über keinen Computer, sondern benutze immer noch meine alte Schreibmaschine, deren Tasten sich nur mühsam dazu überreden lassen, ordentliche Sätze zu bilden. Auch das Farbband ist rissig geworden, und der Zeilenabstand schwankt. Da ich jedoch mein ganzes Leben keinen treueren Begleiter gehabt habe als diese inzwischen in Museen als seltenes Exponat bestaunte Reiseschreibmaschine, will ich für den Rest meiner Tage nicht auf andere Mittel sinnen, um mich deutlich zu machen. Meine Handschrift will ich Ihnen nicht mehr zumuten. Als junger Mann wurde ich gezwungen, die Sütterlinschrift zu erlernen, die heute kaum einer entziffern kann; manchmal ist es mir selbst nicht mehr möglich, meine Handschrift zu lesen. Sie zerfällt. Sie kann das Leben, das ich ihr zugemutet habe, nicht halten.

Hohe Herren! Mein Name ist Wolfgang Bächler, ich bin Verfasser von zwei kurzen Romanen, eines halben Dutzend Bände mit Gedichten, zweier Sammlungen meiner Träume und einer Sammlung ausgewählter Prosastücke, die teils im Auftrag von Zeitungen und Rundfunkstationen, teils ohne Auftrag entstanden. Mein erster Gedichtband erschien 1950 im Bechtle-Verlag in Esslingen. Er trug eine Einbandzeichnung von Martin Andersch und kostete DM 2,50. Gottfried Benn mochte ihn, Oda Schaefer lobte in der FAZ seine »kühnen Vergleiche und mutigen Aussagen«, Ernst Penzoldt forderte in der Süddeutschen Zeitung dazu auf, ihn zu kaufen. Die Widmungsgedichte in der »Zisterne« verraten meine frühen Freundschaften: Günter Eich, Hans Georg Brenner, Stephan Hermlin, Hans Werner Richter. Ich gehöre zu den sog. Gründungsmitgliedern der Gruppe 47.

Als kürzlich deren 50. Geburtstag gefeiert wurde, hieß es von ihren Gegnern, die Mitglieder hätten das geistige Klima der Nachkriegszeit bestimmt und sich gegenseitig alle bedeutenden Literaturpreise zugeschanzt. Das gilt nicht für mich. Tatsächlich habe ich nie einen der mehr als dreihundert verschiedenen Literatur- oder Kulturpreise erhalten, die jährlich vergeben werden. Seit 1950, also seit 50 Jahren, wurde ich mit schöner Regelmäßigkeit nicht berücksichtigt. Natürlich fragt man sich, wenn man nun bald 75 Jahre alt wird, wie es kommt, dass andere Dichter, Mitglieder oder Nichtmitglieder der Gruppe 47 oder anderer Gruppen, bis zu fünfzehn Preise im Leben einheimsen konnten, während man selbst immer leer ausging. Gab es künstlerische oder politische Gründe? Auf jeden Fall wurde noch nie eine Rede auf mich gehalten. Noch nie hat mir ein Kulturdezernent einen Scheck übergeben. Nie durfte ich als Preisträger neben der Frau des Bürgermeisters sitzen. Noch nie ist einer meiner Verlage in die Verlegenheit gekommen, eines meiner Bücher mit einer Bauchbinde versehen zu müssen: Benn-Preis, Büchner-Preis, Kaschnitz-Preis, Nossack-Preis. Ich musste, mit anderen Worten, meinen dunklen Anzug nur zu Beerdigungen aus dem Schrank holen.

Mein zweiter Gedichtband – »Lichtwechsel« – erschien fünf Jahre später, wieder bei Bechtle. Er war, wie es damals modern war, aus der halbfetten Futura gesetzt und enthielt einige Tuschen von hap Grieshaber. Auf der hinteren Klappe ermunterten mich Thomas Mann, Gottfried Benn, Karl Krolow und Wieland Schmied, aber offenbar waren die Mitglieder der Preisjurys nicht so weit gekommen. Ich war inzwischen dreißig Jahre alt. Geboren wurde ich in Augsburg (übrigens an Goethes Todestag, deshalb mein Vorname), die Schule habe ich in Memmingen besucht, Hitler hat mir einen kleinen Teil der Welt gezeigt und mir bis heute den Schlaf geraubt, studiert habe ich in München, aber nicht lange. Ich bin 1956 nach Paris gegangen, später habe ich im Elsass gelebt (und geheiratet: meine beiden Töchter leben in Frankreich), als geschiedener Mann bin ich 1967 zurückgekommen nach München, wo ich seither mich aufhalte.

Mein dritter Gedichtband hieß »Türklingel« (1962) und enthielt ein langes Poem über Budapest, in dem der Philosoph Georg Lukács eine Hauptrolle spielt. Ich war der tollkühnen Ansicht, dass wir den kalten Krieg so schnell wie möglich beenden sollten. Vielleicht war das der Grund für meine Zurücksetzung?

1963 erschien bei der Insel in Frankfurt mein Gedichtband »Türen aus Rauch«; später hat sich der S. Fischer Verlag meines Werks angenommen und die alten und neuen Gedichte und den Roman »Einer, der auszog, sich köpfen zu lassen« in gebundenen und broschierten Ausgaben zugänglich gemacht, zum Teil mit ehrgeizigen und schönen Nachworten von Peter von Becker und Michael Krüger. Sogar mein kleiner Roman »Der nächtliche Gast« hat es seit seiner ersten Auflage 1950 in der Eremitenpresse zu einigen Nachdrucken gebracht, obwohl sein Held ›Ritschi‹ Katzeck so gar nicht in das Milieu der älter werdenden Bundesrepublik passte.

Und schließlich muss ich noch meine Traumprotokolle erwähnen, die in zwei Bänden vorliegen. Der erste erschien, mit einem Nachwort meines Freundes Martin Walser, 1972 in der Reihe Hanser, der zweite unter dem Titel »Im Schlaf« 1988 bei S. Fischer. Herr Walser schrieb in seinem bis heute lesenwerten Nachwort: »Es gibt über den sogenannten Literaturbetrieb der letzten 20 Jahre kein realistischeres Buch als diese Sammlung aufgeschriebener Träume.«

Das, hohe Herren von der Akademie, war der kurze Überblick über mein in Büchern veröffentlichtes Werk. Die unzähligen Arbeiten für die Presse und den Rundfunk ergeben sicherlich noch einmal denselben Umfang, nicht zu reden von den Korrespondenzen, die ich seit Kriegsende mit unzähligen Schriftstellern und anderen Geistesschaffenden geführt habe, die aber leider nie in eine lesbare Ordnung überführt worden sind. Sie dürften, in einer strengen Auswahl, die sich nach der Interessenlage der gegenwärtigen Generation zu richten hätte, gut und gerne drei–vier Bände ergeben. Es wäre lobenswert, wenn die den deutschen Akademien zur Verfügung stehenden Publikationsabteilungen eine solche Edition mit Briefen von Persönlichkeiten wie Paul Celan, Johannes Bobrowski oder Jean-Paul Sartre (Frankreich) der Öffentlichkeit zugänglich machen würden.

Und damit, hohe Herren der deutschen Akademien, komme ich zu meinem Anliegen. Ein Blick in Ihre Mitgliederlisten wird Sie rasch darüber belehren, dass Sie es bislang versäumt haben, mich in Ihre geschätzten Institute aufzunehmen. Weder in Berlin, wo ich auch einmal gelebt habe, noch in München, wo ich lebe, genieße ich Gastrecht; weder in Mainz, wo sich viele meiner Freunde und Gefährten halbjährlich zusammenfinden, noch in Darmstadt, wo der Büchner-Preis verliehen wird, legen Sie auf meine Anwesenheit Wert. In meinen schwärzesten Stunden denke ich gelegentlich, dass Sie mich nicht nur zufällig vergessen haben, sondern dass Sie mich vergessen wollen. Nun mögen Sie einwenden, das Seelenheil eines deutschen Dichters könne nicht darin zur Ruhe kommen, Mitglied einer Akademie zu sein. Ein Hans Magnus Enzensberger, werden Sie sagen, ist auch kein Mitglied, ein Thomas Bernhard ist sogar freiwillig ausgetreten. Das ist alles richtig. Um so mehr, als ich – wie viele meiner Kollegen, wenn ich recht informiert bin – nicht einmal zusagen kann, regelmäßig an Ihren Sitzungen teilzunehmen. Ich bin nämlich krank. Ich bin nicht nur verwundet aus dem Krieg, in den man mich gezwungen hat, nach Hause gekommen, ich bin überdies manisch-depressiv veranlagt. Aber Sie müssen keine Angst vor peinlichen Auftritten haben, die Ärzte haben mich stabilisiert. Nur lebe ich häufiger im Zeichen der Melancholie als die meisten meiner Kollegen, die sich leichter in dieser Welt zurechtfinden als ich. »Ich führte«, schrieb ich einmal in einer Selbstanzeige, »ein schweifendes Leben, schlug meine Zelte häufig auf und ab, ein unsteter Einzimmerbewohner, ein Wanderer zwischen zwei Welten, ein Publizist zwischen zwei Stühlen, bald vom Osten und bald vom Westen beschimpft oder belobt, ein Sozialist ohne Parteibuch, ein Deutscher ohne Deutschland, ein Lyriker ohne viel Publikum, ein Erzähler ohne Sitzfleisch, ein schlecht honorierter Buchkritiker, ohne die Konzentrationsfähigkeit, schnell, und die Lust, viel zu lesen, ein Funkautor ohne den ›funkischen‹ Funken, ein Sonntagsmaler ohne Zeichentalent, ein Linkshänder, dem auch das Schreiben mit der Rechten schon von der ersten Volksschulklasse an schwer fiel, kurzum ein unbrauchbarer, unsolider, unordentlicher Mensch, der keine Termine einhalten und keine Examina durchhalten kann und Redakteure, Verleger und Frauen durch seine Unpünktlichkeit zur Verzweiflung bringt.«

Vielleicht hatten Sie Angst, dass ich Sie zur Verzweiflung bringe. Vielleicht ist das der banale Grund, warum ich nie mit einem Preis ausgezeichnet wurde. Wenn ich richtig informiert bin, gehört es zur Grundausstattung heutiger Dichter, sich in allen Lebenslagen ordentlich benehmen zu können. Heute eine Meinungsäußerung über die aktuellen Kriege, morgen eine Podiumsdiskussion über das ungeborene Leben, übermorgen eine Stellungnahme zur Situation der Goethe-Institute in Afrika. Damit, das muss ich gestehen, kann ich nicht dienen. Über die Probleme der Welt habe auch ich geschrieben, nur habe ich die Form von Gedichten gewählt. Oder die Gedichte haben sich mich ausgesucht, weil sie in mir den geeigneten Resonanzboden vermuteten. Moderne Dichter können geschliffene Reden halten, wenn sie ihre Preise entgegennehmen, sie wissen genau, wie man Gedichte macht, wann sich ein Reim schickt und wann man eine alte Form modernisieren muss, um sein Talent ins rechte Licht zu rücken. Ich bin oft tief beeindruckt von dieser unerhörten Begabung, über die Poesie zu reden; die Gedichte selber lassen mich oft kalt. Was für eine Intelligenz!, denke ich oft. Was für ein Handwerk! Welches Wissen!

Ich selbst war noch nie in einem Goethe-Institut in Afrika, obwohl ich davon überzeugt bin, dass die Afrikaner meine Gedichte mögen würden.

Auch Afrikaner leiden an Schlaflosigkeit. Nur fehlt mir das Talent zur Unterhaltung, das viele meiner jüngeren Kollegen befähigt, in allen Erdteilen Erstaunen auszulösen. Wie ich höre, sind die Afrikaner und Japaner begeistert, wenn sie von deutschen Dichtern unterhalten werden. Ich müsste ihnen mein Gedicht über die Angst, im falschen Zug zu sitzen, vorlesen. Aber wer sagt, dass sie genau das nicht verstehen?

Kurzum, mit mir können Sie keinen Staat machen. (Mein Vater war Staatsanwalt, wir hatten den Staat ständig am Tisch.) Mit mir ist auch sonst nicht mehr viel los. In wenigen Wochen werde ich fünfundsiebzig. Ob ich noch je einen neuen Band veröffentlichen werde, ist mehr als fraglich. Das einzige, was ich außer meinem schmalen Werk bieten kann, sind ein paar Erinnerungen daran, was es hieß, ein deutscher Dichter in der zweiten Hälfte des 20. Jahrhunderts zu sein. Vielleicht sind diese Erinnerungen für eine deutsche Akademie wertvoll. Vielleicht haben Sie aber auch andere Sorgen: Etatkürzungen, Rechtschreibreform, neue Medien, Deutsch als Fremdsprache, mangelnde Lesefähigkeit bei Kindern. Vielleicht gehört das Dichten, wie ich es verstehe, der Vergangenheit an und kann eine moderne Akademie nicht mehr reizen. Warum dann aber die vielen Preise, Kongresse, Symposien?

Und dennoch.

Ich danke Ihnen für Ihre Aufmerksamkeit und bin mit freundlichen Grüßen

Ihr Wolfgang Bächler (Dichter).

WOLFGANG BÄCHLER

Zwischen den Stühlen

Da ich an Zerstreuung, Gedankenflucht, Disharmonien leide, zu Formlosigkeiten, melancholischen und manischen Aus- und Abschweifungen neige, zwingt mich das Gedicht zur Sammlung und Konzentration, mich kurz zu fassen, mich und ein Stück Welt zu fassen. Es entsteht aus dem Spannungsverhältnis zwischen Subjekt und Objekt, Umwelt und Innenwelt, Bewusstsein und Unterbewusstsein, Ich und Du, ist Dialog, Kommunikation, Widerspruch und dessen Auflösung, Widerspiel und Wiederkehr. Es versucht, Ordnung und Form ins Chaos zu bringen, Stützpunkte und Schleusen in den Sog der Verzweiflung und Depressionen zu bauen, Widerstand gegen Leid und Existenzangst, Apathie und Vergänglichkeit zu leisten, die Wirklichkeit in den Wortgriff zu bekommen, durch An- und Aussprechen zu »besprechen« wie zauberkundige Frauen eine kranke Kuh »besprechen«, festen Boden zu gewinnen, zu halten und zu verteidigen. Es ist in dem Maße notwendig, in dem es Not wendet, Widerfahrung in Erfahrung wandelt, Unruhe in Ruhe des Geformten, Selbstzerrissenheit und Entfremdung aufhebt, sinnliche Anschauung ins Gleichnis transzendieren lässt. Für mich ist es der einzige Weg zu Augenblicken des Glücks und der Befreiung, zu einer Ordnung und Lösung, die Freiheit schafft. Wenn es ihn auch anderen zu öffnen vermag, hat es seinen Zweck erfüllt.

Im Uhrwerk

Der Tod sitzt in den Uhren.
Ich trag ihn am Armband
mit mir herum,
einen vertrauten Begleiter,
auf den ich schaue,
wenn ich verabredet bin,
bevor ich den Rundfunk
oder das Fernsehen einschalte,
wenn ich Termine, wenn ich es eilig habe
und wenn es mir langweilig ist.

Nachts hör ich ihn leise ticken.
Bevor ich einschlafe,
gilt ihm mein letzter Blick,
mein erster,
wenn ich erwache.

Die Nacht im Palazzo

Hier hat noch kein Hahn
nach mir dreimal gekräht,
da hast du mich schon verraten.

Hier sind keine Hähne,
kein Huhn, kein Hund.
Die Bauern
wohnen drunten im Tal.

Hier schleicht nur
eine Katze herum in der Nacht,
gelbäugig, schwarz,
dein schlechtes Gewissen
während du schläfst
und ich wache.

Einsprüche und Nachreden

Hans-Martin Gauger
Ein Genie der Freundschaft

Jakob Stephan
Lyrische Visite
(16)

Wolfgang Ullrich
Historische Zeitschriftenschau
(2)

HANS-MARTIN GAUGER

Ein Genie der Freundschaft

Zum Tod von Herbert Heckmann

Herbert Heckmann hatte viele Freunde. Wer denn auch hätte ihn unsympathisch finden können? Alle, die ihn auch nur etwas kannten, mochten ihn, und die, die ihn gut kannten, noch mehr. Ihnen war er dann mehr als ein freundlicher und lebendiger Zeitgenosse, was er auf jeden Fall war – für jedermann. Herbert Heckmann war für die Freundschaft begabt, ein Genie der Freundschaft geradezu. Freilich – und das ist kein Widerspruch – war er dann auch wieder ein unabhängiger Mann, an niemanden, es sei denn an die Familie, wirklich gebunden; stets ein wenig »aloof« – dieses Wort kommt mir immer, wenn ich an ihn denke, ein deutsches Wort dafür fällt mir nicht ein. Eine gewisse Distanz war da stets – zu den Menschen und den Dingen und den Problemen. Und etwas vom Spieler hatte er auch. Dass seine beharrliche Fröhlichkeit oft etwas »aufgesetzt« war, spürte man auch. Aber selbst als solche war sie erfreulich und ansteckend. Er war für viele einfach »Herbert«, oder, so sagte er selbst, »Höbött«.

Es gibt einen wunderschönen Text von Golo Mann über Herbert Heckmann, so wie übrigens umgekehrt Herbert schön über gemeinsames Wandern mit Golo (so sagte er, nicht ich) berichtet hat. Golo Mann schrieb seinen Text »Einen Freund loben« für die »Freundesgabe zum Sechzigsten« (das war 1990); der sehr schön aufgemachte Band erschien unter dem Titel »Bücher, Bücher – meine Lust« (Galerie Böhler, Bensheim). Golo Mann berichtet da auch von dem Dichter, Gustav Wesen mit Namen, den Heckmann einst erfunden hat. Und dann erwähnt er das Buch von Fritz Schönborn »Deutsche Dichterflora. Anweisungen zum Bestimmen von Stilblüten, poetischem Kraut und Unkraut« (1980). Nun, Fritz Schönborn ist kein anderer als Heckmann. Golo Mann: »Dass der Autor dieses so profundwitzigen, manchmal freundlichen, öfters boshaften Buches jahrelang nicht entlarvt wurde, lag zum guten Teil daran, dass Herbert selber zur Pflanze wurde: ›Heckmännchen, das (Salatschmock, Fettauge, Putterich, Wartemaleinweilchen), zweijährig, jedoch sehr zögernd und oft ausbleibend. Küchenkraut‹. Hier ist daran zu erinnern, dass in der volkskundlichen Botanik dem wissenschaftlichen, meist lateinischen Namen eine Reihe volkstümlicher Namen beigegeben werden. So auch in diesem wissenschaftlichen Werk. ›Das Heckmännchen, das ebenso hoch wie breit werden kann, wächst mit Vorliebe in fettem nahrhaften Boden, zwischen Küchenabfällen aus Dreisternerestaurants; in Antiquariaten und alten Bibliotheken dagegen wuchert es ... Auch gute Würste und Pasteten erreichen ihre Vollkommenheit erst durch das Heckmännchen, eine Vollkommenheit, die der Verdauung das Letzte abverlangt. Fast keine Speise ohne dieses Küchenkraut!‹, schrieb die Zeitschrift ›Konkret‹ in einem Sonderheft (1972) ›Die Gastronomie, eine Alternative zur Literatur?‹.« Golo Mann merkt hierzu an: »Dergleichen geht nicht ohne Bosheit, von der recht wohl etwas in ihm ist, wenngleich überstimmt durch breitstämmige Gelassenheit, durch Humor, so wie seine melancholischen Neigungen durch Freude am Kochen, am Wandern und was noch.«

In der Tat war Herbert Heckmann ein überaus kompletter Mann: eine massive, kräftige Physis zunächst, in seiner Jugend hat er sogar geboxt und zwar erfolgreich, ein großer Wanderer, ein Kenner der Literaturen, also keineswegs nur der deutschen. Von Beruf war er Germanist; seine Dissertation, 1956, befasste sich mit dem Barockdrama, lange bevor diese Zeit geradezu Mode wurde. Er hatte auch ausgedehnte Kenntnisse in Philosophie und Theologie, aber auch in der bildenden Kunst kannte er sich gut aus, in der Musik ohnehin (er war ein vorzüglicher Geiger). Er war ein unglaublich gebildeter Mann mit immer wieder überraschendem Gedächtnis. Dann war er ein großer Sammler – von Büchern. Er hinterlässt eine schöne Bibliothek mit vielen alten Büchern. Aber sein Interesse war keinewegs primär das sogenannte »bibliophile« – ihn interessierten der Inhalt und die Abbildungen. Er war daneben (oder ineins damit) nicht nur ein beträchtlicher Kenner des Weins und des Essens, er war auch ein vorzüglicher Koch und konnte sogar ein Schwein vorschriftsmäßig verarbeiten. Ich kenne keinen Kollegen, der dies könnte.

Herbert Heckmann war Professor für Literatur an der Fachhochschule Offenbach, und vor allem war er, vierzehn Jahre lang, von 1982 bis 1996, Präsident der Deutschen Akademie für Sprache und Dichtung in Darmstadt. Da hat er, nach der ein wenig pompösen Art seines Vorgängers Peter de Mendelssohn, einen ganz neuen Stil geprägt. Auch hier trifft Golo Mann die Sache: »Seine Präsidentschaft der Deutschen Akademie für Sprache und Dichtung, die sein Vorgänger langwierig-feierlich-stolz ausübte, scheint er leicht zu nehmen, was er nicht tut; aber gelassen, aber entspannt ...« Vor allem die ausländischen Mitglieder waren begeistert, weil er dem, was sie sich unter einem deutschen Präsidenten vorstellen, nun wirklich gar nicht entsprach. Schon in seiner Redeweise nicht, die durch und durch hessisch war – er konnte hinreißend und durchaus selbstironisch »babbeln«.

Viele Jahre war er zusammen mit Golo Mann und Harry Pross einer der Herausgeber der »Neuen Rundschau«, die von Rudolf Hartung – selbstbewusst, ambitiös, oft etwas kauzig und auf irritierte Distanz zum Verlag gehend – redigiert wurde. In der genannten Freundesgabe für Heckmann berichtet Harry Pross über die Herausgeberbesprechungen, damals, in Zürich: »Herbert Heckmann, Redakteur Rudolf Hartung und ich – warum, weiß ich bis heute nicht – nächtigten im ›Urban‹ in der Stadelhofer Straße 41 ... Der vierte Herausgeber, Golo Mann, lebte in Kilchberg, und der fünfte, Gottfried Beermann-Fischer, residerte im ›Baur au Lac‹.« Rudolf Hartung, so Harry Pross, setzte sich bei den Besprechungen meistens durch. Dann sagt er: »Unser Jüngster, Dr. Herbert Heckmann, Einverständnis und Ausgleich suchend und bewahrend. Ihm fiel im Quintett nach Temperament und Witz die Rolle des Taktgebers zu. Friedlich thronte er zwischen den Gegensätzen von unten und oben, rechts und links, innen und außen. Er verstand von Politik mehr als Hartung, von der Literatur mehr als ich, von der Geschichte mehr als Fischer und vom publizistischen Geschäft mehr als Golo. Damit ließ sich leben, und so bewirkten denn auch seine immer fragenden Einwürfe in die Runde, dass diese innehielt. Das will etwas heißen bei Leuten, die durchaus gewöhnt sind, dass die anderen ihnen zuhören.« Die Treffen fanden in der letzten Thomas-Mann-Villa statt, in der Golo Mann wohnte – mit seiner Mutter. Gelegentlich, fährt Pross fort, näherte sich amüsiert Katja Mann, »zweifellos und zierlich die schweren Männer an Bedeutung überragend. Sie mochte Heckmann, weil er in seiner Heiterkeit und im hessischen Erscheinungsbild ganz unerwartet dem Standard ›no excitement‹ entspricht ... So kamen wir fidel über die Jahre.«

Frankfurter war Heckmann nicht nur von Geburt, sondern quasi auch von Beruf. Zumindest zwei seiner vielen Sachbücher beziehen sich auf diese Stadt: »Frankfurter Lesebuch. Literarische Streifzüge durch Frankfurt von der Gründung bis 1933« und vor allem »Frankfurt mit Goethes Augen«. In seinem schönsten literarischen Buch geht es auch um Frankfurt, genauer um den Stadtteil Rebstock, wo früher ein Flugplatz war und jetzt die riesige Parkfläche für die Messen ist: »Die Trauer meines Großvaters. Bilder einer Kindheit« (1994). Vom ehemaligen Flughafen Rebstock kam ihm übrigens eine abnorme Allergie für Geräusche, vor allem für solche von Motoren. Er fuhr selbst keinen Wagen, konnte einem aber, was bei Nicht-Autofahrern selten ist, auf das genaueste den Weg beschreiben. Von Heckmann gibt es auch ein Kultbuch für eine bestimmte Szene: »Der große Knock-out in sieben Runden« – ein deutscher Bukowski, aber vor diesem. Da hat Heckmann seine Amerika-Erfahrung drastisch und plastisch »verarbeitet«. Er war nämlich von 1965 bis 1967, nach den Studienjahren in Heidelberg und den Jahren als Assistent in Münster, an der Northwestern University in Evanston, Illinois. Kein anderer als Erich Heller hatte Heckmann dorthin gerufen. Seine Lehrtätigkeit in den Staaten war sehr erfolgreich; er kam überaus gut an, wie mir der Nachfolger Hans Egon Holthusen oft und ein wenig irritiert versicherte. Seinen ersten großen Erfolg hatte er schon vorher, 1962, mit seinem Roman »Benjamin und seine Väter«, für den er den Bremer Literaturpreis erhielt. Heckmann verstand auch viel von der Beat-Generation, er gehörte ihr in gewissem Sinn selbst an. Er war ein Freund des klassischen Jazz und, was die klassische Musik angeht, entschiedener Anti-Wagnerianer (eigentlich der einzige Dissens zwischen ihm und mir).

Zu nennen sind auf jeden Fall noch seine herrlichen Kinderbücher wie zum Beispiel »Kasperls Aufstand«. Es war ein Erlebnis, ihn vor Kindern lesend und regelrecht agierend zu sehen. Heckmann war stets fleißig. Er arbeitete für den Hessischen Rundfunk, für den er früher auch viele Fernsehfilme über Literatur und Kunst machte, dann in zahlreichen Ausschüssen, Kommissionen, Jurys; er war auch Mitglied des »Deutsch-Französischen Kulturrats« – einer bedeutenden, leider nicht sehr wirksamen Institution. Übrigens war Heckmann auch fromm: ein Katholik – so jedoch, dass man's nicht merkte; aber verbergen tat er's auch nicht. Nicht unbedeutend sind seine Aphorismen, an denen er zuletzt arbeitete. Einige von ihnen sind soeben in den »Akzenten« erschienen (Dezember 1999).

Herbert Heckmann starb plötzlich. Eine schwierige Operation hatte er gut überstanden. Der Tod kam dann von anderer Seite. Wie oft in solchen Fällen ist man überrascht und bestürzt und muss sich zugleich sagen, dass man es hätte ahnen können. Zehn Tage vor seinem Tod schrieb er mir: »Die Blätter vor meinem Fenster vergilben. Ich bin geneigt, diesen Vorgang philosophisch zu nehmen.«

JAKOB STEPHAN

Lyrische Visite (16)

Bei Ihren Magnifizenzen (II) und bei den Anthologisten (III). Abschied des Lyrikdoktors.

Willkommen zur krönenden Finalfolge dieser Reihe heiterer Polemiken! Sollten Sie sich schon einmal gefragt haben, wie es ist, verlegt zu werden, wird es Sie freuen, nachfolgend die Antwort zu finden – gegeben von einem, der es nicht nur wissen muss, sondern auch formulieren kann:

> Verlegt zu werden ist (…) eine ganz bemerkenswerte Erfahrung. Wenn ein Vorabexemplar bei einem auf dem Küchentisch landet, komplett mit Umschlag, ist das genauso aufregend, wie Sie vielleicht annehmen. »Jungejunge«, denken Sie sich. »Da ist es. Ich meine, es ist wirklich *da*. Ausgestattet mit ISBN-Nummer, Urheberschutzklausel, Katalognummer der Library of Congress und allem Drum und Dran.«
> Sie stellen es aufs Kaminsims und treten ein paar Schritte zurück, um es in der Totale wahrzunehmen. Sie legen es hin und gehen in die Knie, um es auf gleicher Höhe anzuspähen. Sie werfen es *en passant* aufs Sofa; Sie stellen es zwischen *Ulysses* und le Carrés *Krieg im Spiegel* ins Bücherregal; Sie blinzeln ihm durch halb zugekniffene Augen zu; Sie schnuppern und lecken daran, knuffen, streicheln und pieksen es; Sie reden es schüchtern an; Sie schlagen es auf und gewähren seiner Titelseite den ehrfürchtigen Kuß eines Rabbiners; Sie bieten ihm einen Keks und ein Glas Sherry an; Sie fahren mit ihm spazieren; Sie balancieren es auf dem Kopf, stecken es unter den Arm und stopfen es in die Tasche; kurz, Sie machen alles mögliche, hüten sich aber, auch nur eine einzige Zeile zu lesen.

Denken Sie sich die »Library of Congress« weg (und die »Deutsche Bibliothek« hinzu), und Sie haben eine ziemlich genaue Vorstellung dessen, was Ihr Lyrikdoktor heute nachmittag getrieben hat.

Ja, das lange Warten hat sich gelohnt. Es gibt die *Lyrische Visite* jetzt auch als Buch – versehen mit dem irrlichternden Untertitel *Das nächste Gedicht, bitte*, der irisierenden Gattungsbezeichnung *Ein poetologischer Fortsetzungsroman* und ohne das störende Drumherum einer Kulturzeitschrift, das meine Lesern so lange und mit so bewundernswerter Geduld in Kauf genommen haben.

Was den Inhalt angeht, muss ich ausgerechnet Ihnen ja nichts vormachen: der gleiche Quark wie immer, bloß zwischen stabile Buchdeckel gepresst, mit reißfestem Faden geheftet, mit praktischem Lesebändchen versehen und mit einer Umschlagillustration von euphorisierender Wirkung verziert. Für einen Schuber hat es leider nicht mehr gereicht, was mir eine Zeitlang ernstliche Verstimmungen bereitete, aber jetzt geht es schon wieder besser. Danke der Nachfrage.

Natürlich könnte ich die Gelegenheit nutzen, mein Buch anzupreisen, aber das ist nun wirklich nicht mein Stil. Auch darin weiß ich mich mit Stephen Fry einig, dessen Kolumnenband *Paperweiht* das obige Zitat ebenso wie das nachfolgende entnommen ist:

> Natürlich bin ich mir völlig im klaren darüber, daß es ganz grauenhaft ungehörig wäre, würde ich den mir hier anvertrauten Raum als eine Art Forum nutzen, um diesen fürchterlichen Erguß feilzubieten. Lassen Sie mich daher so klar und deutlich sagen, wie ich kann, daß mein Buch scheußlicher Unsinn ist, Mumpitz, wie man in alten Filmen zu sagen pflegte; Sie sollten nicht einmal im Traum die Idee in Erwägung ziehen, sich den Gedanken durch den Kopf gehen zu lassen, den Plan zu entwickeln, sich womöglich dem Ansinnen zu nähern, daß die vage Möglichkeit bestünde, die Spur eines Fünkchens eines Hauchs eines Anflugs eines Zählers eines Bruchteils Ihres

Vermögens für so unsägliche Schweineschlempe zu vergeuden.

Exakt. Und nur wenn Sie wirklich unbedingt wissen müssen, wie meine Wiepersdorfer Verwicklungen ausgegangen sind, wenn Sie schon gar nicht mehr an sich halten können vor lauter bibbernder Neugier über die Umtriebe des lustigen Kritikertrios Herr Cramer, Frau Seibt und Fräulein Braun, wenn Sie sich ferner ein Weiterleben ohne die Kenntnis dessen, was mein teurer Neffe Deco in Davos getrieben hat, schlichtweg nicht vorstellen können – nur und ausschließlich dann sollten Sie Kindern und Gatten das Taschengeld sperren, dem Ex-Mann die Bezüge streichen, in eine billigere Wohnung ziehen und in Buchkultur investieren.

In der nachfolgenden finalen Krönungsfolge meiner zärtlich gehegten Kolumne werden Sie all die erwähnten Glanzlichter nämlich so wenig funkeln sehen wie die sublimen Auslassungen Ihres Lyrikdoktors zu prickelnden Zeitthemen wie »Lyrik und Wahlkampf« oder »Welttag des Buches«. Im poetologischen Fortsetzungsroman aber schon. Habe ich übrigens schon erwähnt, dass es die *Lyrische Visite* jetzt auch als Buch gibt?

*

Nach der Anthologie zum Jahr (*Jahrbuch der Lyrik* in Folge zwölf; der dort gestellte Befund hat sich auch im Fall der jüngsten Ausgabe bestätigt) und der Anthologie zum Jahrzehnt (Braun/Thills *Das verlorene Alphabet* in Folge vierzehn; an meiner Einschätzung wird sich auch in den nächsten zehn Jahren nichts ändern) nun also, wie angekündigt, die Anthologie zum Jahrhundert, nämlich das *Jahrhundertgedächtnis* des auf diesen Seiten bereits als Lyriker, Essayist und Übersetzer vorstellig gewordenen und 1991 mit der unübertroffenen *Luftfracht. Internationale Poesie 1940–1990* auch als Anthologist zu Ruhm gekommenen Harald Hartung. *Deutsche Lyrik im 20. Jahrhundert* annonciert der Untertitel des bei Reclam, Stuttgart erschienenen Bandes, also eher eine gedehnte Momentaufnahme als ein deutsches Monument, gewissermaßen ein Blick in den Ausschnitt der nicht mehr ganz jungen Dame Lyrik, Deutsche: Wie ist es ihr ergangen, wie hat sie sich verhalten, wie gut hat sie sich gehalten?

Schieben wir die Antworten auf diese Frage ruhig noch ein bisschen auf. Sagen wir: für hundert Jahre? Das dürfte das Urteil erheblich erleichtern. Das Urteil über Hartungs *Jahrhundertgedächtnis* fällt hingegen hie und da schon jetzt recht deutlich aus: Das Gedächtnis funktioniert ganz gut, wenn man dem Rauschen im Blätterwald glauben darf. Ein buntes Magazin wie *Focus* schrieb mit annähernd gleicher Attitüde, wie sie sonst Claudia, Julia, Cindy und den Ihren vorbehalten ist: »Sie ist eine der schönsten Lyrik-Anthologien des 20. Jahrhunderts.« Das klingt, wenn nicht nach Zelluloid und Laufsteg, so doch nach Biedersinn und dem ewigen Brummen deutscher Lyrikbeseligung (siehe Folge zwölf), oder? Falsch! Tatsächlich ist »Schönheit« durchaus eine Kategorie, die man auf Hartungs Anthologie anwenden kann, darf und sollte. Denn gegen die Schönheitsverbote der Moderne (mit deren Spruch- und Regelwerk sich ein Projekt wie *Jahrhundertgedächtnis* zwangsläufig zu befassen hat) führt Hartung eine ästhetische Kategorie ein, die alle Dogmen und Ismen geschickt unterläuft: das subjektive Geschmacksurteil. Beiläufiger und effektiver als in nachfolgenden Sätzen aus dem Nachwort lassen sich Impressionismus, Naturalismus, Surrealismus, Dadaismus, Neue Sachlichkeit und Konkrete Poesie kaum in die Neue Subjektivität des Anthologisten überführen.

Jede Auswahl ist subjektiv. Dazu muß sich der Anthologist bekennen. Oder – nach einer Formulierung Adolf Muschgs – das Persönliche der Auswahl dient nicht der Entschuldigung, sondern zur Legitimation. Meine Auswahl ist die eines Kritikers, der sich auf seine Leseerfahrung, seine Liebe zum Gedicht beruft. An deren Anfang war übrigens eine Anthologie, ein Heftchen eigentlich nur, betitelt *Der Regenbogen*, herausgegeben, wenn ich nicht irre, von der britischen Militärbehörde zu Zwecken der Reeducation. Ich kaufte es mir als Schüler. Einige Gedichte, die ich damals las, stehen jetzt hier in *Jahrhundertgedächtnis*.

Das wiederum tönt ein bisschen wie alte Wochenschau: nach sepiabrauner Nostalgie und dem Flor der harten Tage, damals, als der Anthologist in spe zur später dann ja so folgenreichen lyrischen Selbstedukation schritt, an deren Ende die Heftchenlyrik von einst in Reclams großem Kanon aufgehen sollte. Regenbogen wird Großwetterlage. Aber recht hat Hartung schon: Nicht Vollständigkeit ist des Anthologisten Zier, sondern Wertung mittels Auswahl und Gewichtung.

Wie aber steht es um das lyrische Gedächtnis jenseits der autobiographischen Besatzungszonen? Besser gefragt: Was will der Autor uns mit dem hochtönenden Titel sagen? Doch wohl nicht: »Mehr als die fünfhundert Seiten hier fällt mir nicht ein.« Oder: »Das ist, was bleibt. Den Rest könnt ihr getrost vergessen.« Nein, solcher Hybris steht schon besagter Untertitel mit seinem beiläufigen Ausschnittsblick entgegen: Nicht »*Die* deutsche Lyrik unseres Jahrhunderts«, nicht »*Das* Jahrhundert im Gedicht«, sondern ein abwiegelnd-abwägendes »Deutsche Lyrik im 20. Jahrhundert«. Das könnte es sein: »Vieles war los, manches wurde gedichtet; hier ist einiges davon.« *Jahrhundertgedächtnis* unterscheidet sich damit wohltuend von programmatischen Projekten wie der Anthologie *Das bleibt* des wilden Jörg Drews.

Gegen hohen Anspruch spricht solches Understatement nicht. Eher schon für kluge Einsicht in den Lauf der Geschichte, nicht zuletzt der Geschichte des Anthologismus. Ein Beispiel: Im Jahr 1920 hatte Kurt Pinthus die Gedichtsammlung *Menschheitsdämmerung*, grandioses Generationszeugnis und Hauptbuch des lyrischen Expressionismus, mit dem wohlklingenden Untertitel *Symphonie jüngster Dichtung* publiziert. Spätere Auflagen des Werkes in den sechziger Jahren trugen stattdessen den weniger musikalischen Zusatz *Ein Dokument des Expressionismus*. Das ungestüme Zukunftsmomentum der Expressionisten war einen Weltkrieg danach zum Moment der Geschichte zusammengeschnurrt. Oder soll man sagen: gereift und gewachsen? Merke: Selbsthistorisierung ist nicht das schlechteste Mittel, historisch zu werden, wenn die Symphonien der Gegenwart ausgespielt oder von einer radauschlagenden Zeitgeschichte übertönt worden sind.

Letztlich spiegelt sich hier ein Grundproblem aller Anthologien: Sie wollen halten, und sind doch wie ihr Material der Vergänglichkeit unterworfen. Harald Hartung zeigt sich aber gewillt, aus dem Widerspruch von Zeitgenossenschaft und Historizität Vorteil zu schlagen. Nicht die schlechteste Voraussetzung für anhaltende Wirkung, findet der Lyrikdoktor. Ob das Werk zum Jahrhundert auch das Zeug zum Jahrhundertwerk hat (wie jenes so ganz anders geartete von Pinthus), bleibt abzuwarten. Fragt mich in hundert Jahren.

*

Von der literarischen Größe und dem schwierigen Umgang mit ihr ist in der fünfzehnten Folge die Rede gewesen, ferner von den verschiedenen Formen der literarischen Unfruchtbarkeit, die fast jedes Schreiben allmählich aus sich heraus zu gebären scheint. Fein unterschieden hatte Ihr Lyrikdoktor die Ausprägungen der offenen, der kaschierten und der ignorierten Unfruchtbarkeit. Hans Magnus Enzensbergers jüngster Gedichtband *Leichter als Luft* bot sodann Anschauungsmaterial für… ja, wofür? Sagen wir: für den Abschluss einer Trilogie, die zwar einen Zustand offener Unfruchtbarkeit beendete, ihrerseits aber letztlich in eine Form kaschierter Unfruchtbarkeit mündete.

Peter Rühmkorf, dem im großen Ruhmrennen ganz zu Unrecht das Adelsprädikat »Magnus« vorenthalten wurde, hat da einen eigenen Weg gewählt. Bloß welchen? Ist es das »Dröppeln« Fontanescher Prägung, also eine penible Produktivität, gedrosselt durch Skepsis und skrupulöse Selbstzensur? Kein breiter Fluss, kein versandendes Rinnsal, sondern ein stetiges Rieseln – gespeist aus der Erkenntnis, dass neben dem, was der Dichter dichtet (Bronze), mindestens ebenso wichtig das ist, was er verwirft (Silber), mit sattem Vorsprung aus dem Feld geschlagen durch das, was er wohlweislich gar nicht erst in Angriff nimmt (Gold)?
Oder ist es die kaschierte Unfruchtbarkeit dessen, der den eigenen Stil über dessen innere Grenzen hinauszutragen versucht? Das entspräche meiner Definition aus der vergangenen Folge:

> Der Dichter versucht unter unsäglichen Mühen und mit gewaltigem Zeitaufwand weiterzuentwickeln, was schlicht nicht mehr weiterzuentwickeln ist.

Beziehungsweise mit einer Formulierung, die vermutlich von Rühmkorf selbst stammen könnte:

> Nimm deinen Writer's Block und notiere…

Seinen Gedichten sieht man die Plackerei, von einem gewissen Hang zum Bastlerischen einmal abgesehen, nicht an. Vielleicht deshalb brachte er einst ein Buch unter die Menschen, das den zeitraubenden Vorgang der Gedichterstellung am Beispiel eines einzigen Stückes darlegen sollte: *Aus der Fassung*. Hunderte von Seiten, die nichts anderes als die Genese eines einzigen Gedichts dokumentieren und Ihren Lyrikdoktor seinerzeit in einem durchaus titelgemäßen Sinn staunen machten. Bis heute ist er sich nicht recht im Klaren darüber, wie dieses absonderliche Stück PR-Arbeit einzuschätzen sei. Als faszinierender Gipfelblick auf den mühsamen Aufstieg vom Funken der Eingebung über die Stationen der Fragwürdigkeit hin zur Fraglosigkeit des vollendeten Meisterwerkes? Oder als Dokument verzweifelten Pfriemelns an einer Vollkommenheit, die hier auf Erden doch nicht zu haben ist – mit dem Resultat eines Gedichts, das seinem Fertigungsaufwand spottet?

Der Lyrikdoktor ist geneigt, Rühmkorfs schmales Werk als Zeichen sorgfältigster Produktentwicklung anzusehen. Eine solche Haltung wäre angesichts der Zeitumstände schon aus Gesinnungsgründen anzuraten. Kleines Fallbeil-, pardon, Fallbeispiel: Im Tagebuchband *Tabu I* berichtet Rühmkorf von einer Buchhändlerin, die in ihrem Laden zwar gerade das Lyrikregal abgeschafft hat, den prominenten Kunden aber dennoch treuherzig fragt, wann endlich wieder Neugedichtetes von ihm zu erwarten sei – Zeichen einer Novitätenkultur, in der das Rare nicht das Wertvolle, sondern das Befremdliche ist. Dass im Literaturbetrieb die laut Betriebsamen eher gefragt sind als die leise Emsigen, versteht sich freilich von selbst und ist großer Klage nicht wert. Gezielter Abfuhr aber schon. »Das dauert noch«, sollte, unabhängig vom tatsächlichen Produktionsstand, die Antwort auf die Frage lauten, wann man denn mal wieder publik zu werden gedenke (Rühmkorf hat sie in etwa diesem Sinn gegeben). Als Antwort auf die Gegenfrage »Wann aber denn?« wähle man ein stolzes »Wenn – aber dann!« Womit wir bei dem Anlass dieser Zeilen wären: *Wenn – aber dann. Vorletzte Gedichte* lautet der Titel, unter dem der sensible Hamburger Linksausleger zehn Jahre nach *Einmalig wie wir alle* und kurz bevor die Gedichte der siebziger Jahre, *Haltbar bis 1999*, vollends ablaufen (schlecht sind sie übrigens nicht geworden, unhaltbar schon gar nicht) zum erklärtermaßen vorletzten Mal antritt – eine realistische Einschätzung, wenn man Dezenniumsfrist und statistische Lebenserwartung in Abgleich bringt.

Mögen andere den überaus wohlgeratenen Band einer genauen Textanalyse unterziehen – der Lyrikdoktor beschränkt sich im Angesicht der wenigen Tage, die ihm bleiben, auf den reinen Gedichtgenuss. Anmerken möchte er allerdings, dass Rühmkorf die alte, manchmal schon etwas angestrengte Frische von *Einmalig wie wir alle* eingetauscht hat gegen eine neue Entspanntheit, bei der Aufwand der Fertigung und Prägnanz des Resultats offenbar in einem ökonomischen Verhältnis stehen. Der Autor hat sich weniger Mühe als sonst gegeben, und das kommt seltsamerweise dem Leser zugute.

Das Gedicht *Megalomanischer Tag* erklärt, warum das so ist.

Fort den Müll versiebter Siege.
Frag dich, was sich Neues tut.
Was ich noch zusammenkriege:
a) wieviel und b) wie gut.

Nachts Erträumtes, tags Erschwitztes,
scheinbar nichts aus einem Stück.
Doch mit einem Mal da sitzt es:
Faß mich an und mach dein Glück!

Faß, solang Fortuna segnet,
und genieße dich als Gast.
Hat der Stoff sich abgeregnet,
ist auch der Kairos verpaßt.

Fehlt zur glücklichen Verbindung
irgendwie noch was an Speed?
Doch ich glaube
daß die Schraube
Windung
Windung
Windung
Windung
letztlich
von alleine
zieht –

Nicht mehr den Triumphen von einst nachzueifern (»Fort den Müll versiebter Siege«), sondern ästhetisch auf der Höhe des eigenen Erlebens zu bleiben (»Frag dich, was sich Neues tut«), ist das Credo der ersten Strophe. Die wichtige Funktion des Erinnerns wird dennoch nicht vergessen (»Was ich noch zusammenkriege: / a) wieviel und b) wie gut.«). Gerade das fröhlich-entrückte Bekenntnis zur Megalomanie befördert in diesem Fall die Größe. Denn der Größenwahnsinnige weiss Können und Gelingen ja längst auf seiner Seite. So kann er in entspannter Ruhelage goutieren, wie er sich selbst zufließt (»Faß, solang Fortuna segnet, / und genieße dich als Gast«), während das biographische Material fast von selbst die lyrische Substanz formt: »Doch mit einem Mal da sitzt es: / Faß mich an und mach dein Glück!« Ganz ohne den Midas-Touch des Dichters geht es also nicht. Ansonsten aber gilt: Zu sich selbst kommt, wer sich gehen lässt.

Doch ein Preis ist immer zu zahlen: »Hat der Stoff sich abgeregnet, / ist auch der Kairos verpaßt«, räsoniert die dritte Strophe. Der letzte Vers erscheint interpretationsbedürftig. Ich lese diese Zeile so, dass das Leben dem Dichter die Entscheidung über den rechten Augenblick (»Kairos«) glückreich abnimmt. Bleibt dem beschenkten Poeten nur die erstaunte Frage, ob denn das bisschen entspannter Kunstanstrengung schon reiche zur

»glücklichen Verbindung«. Die buchstäblich ins Bild gefasste Antwort lautet: Wird schon. Denn nicht die Sprache des Gedichtes muss sich winden, sondern dessen Erlebnisgehalt – und zwar schraubengleich in die Vorstellungskraft des Lesers. Der aber sollte die neubarocke Gestaltlust, mit der Rühmkorf seinem alten Motto *Laß leuchten* und dem thematischen Vorgänger *Auf was nur einmal ist* nachfolgt, zu schätzen wissen. Gilt doch für Dichter immer noch die Maxime: Besser eine Schraube locker, als dass sich's Material verzieht.

*

Auswahl und Gewichtung, sagte ich, seien die beiden Disziplinen, in denen sich eine Anthologie zu bewähren hat. Im Fall von *Jahrhundertgedächtnis* sind beidemal hohe Punktzahlen zu vergeben. Ein prüfender Blick auf die Teilnehmer zeigt, dass Hartung mit sicherer Hand auswählte, ohne mit Rarissima seine Kennerschaft unter Beweis stellen zu wollen. Im Fall Rilkes (elf Gedichte) heißt das: *Archaischer Torso Apollos* ja, abgelatschter *Panther* (»Gib mir mal die Stäbe rüber«) nein. Im Fall Brechts (zwölf Gedichte): Der frühe Augsburger Vagant (*Vom Schwimmen in Seen und Flüssen*) ja, der späte Buckower Chinese (*Radwechsel*) dito, der Klassenpädagoge *(Fragen eines lesenden Arbeiters)* nein. Sehr klug, sehr gut soweit. Und noch weiter. Tatsächlich enthält *Jahrhundertgedächtnis* zumindest bis in die fünfziger Jahre kaum ein schlechtes Gedicht; kein geringes Kunststück bei einer Sammlung, die fast alle halbwegs namhaften Autoren berücksichtigt (aber einige allzu Halbwegige, wie etwa Holthusen, wohlweislich außen vor lässt). Hier eine Ausnahme: Hugo von Hofmannsthals *Der Schiffskoch, ein Gefangener, singt* ist eine gewaltige Lachnummer, die trotz »ungeheuerer Gefühle«, »purpurflossiger Fische« und anderer »feuriger Gewürze« ihre Herkunft aus der Schnellküche nicht verleugnen kann. Hört nur, unser verrückter Smutje lallt schon wieder:

Weh, geschieden von den Meinigen,
Lieg ich hier seit vielen Wochen;
Ach und denen, die mich peinigen,
Muß ich Mahl- und Mahlzeit kochen.

Schöne purpurflossige Fische,
Die sie mir lebendig brachten,
Schauen aus gebrochenen Augen,
Sanfte Tiere muß ich schlachten.

Stille Tiere muß ich schlachten,
Schöne Früchte muß ich schälen
Und für sie, die mich verachten,
Feurige Gewürze wählen.

Und wie ich gebeugt beim Licht in
Süß- und scharfen Düften wühle,
Steigen auf ins Herz der Freiheit
Ungeheuere Gefühle!

Weh, geschieden von den Meinigen,
Lieg ich hier seit vielen Wochen!
Ach und denen, die mich peinigen,
Muß ich Mahl- um Mahlzeit kochen!

So nehme er doch seine Finger aus den Düften und brat' er mir einen Storch mit seinem Weh und Ach! Oder ist das Ganze womöglich als komisches Soufflé, pardon, Couplet gedacht? So wenig wie Rilkes »In unsern Händen hängt der Hammer schwer«, fürchte ich, welch letzteres hier zum Glück fehlt.

Über Auswahl und Gewichtung lässt sich trefflich streiten; *Jahrhundertgedächtnis* macht da keine Ausnahme. Wie fast jedes weitgespannte Unterfangen seiner Art zerfasert auch dieses umso mehr, je näher es der Gegenwart rückt: Immer mehr Dichter sind mit immer weniger Gedichten vertreten. Es hat einen gewissen sportiven Reiz, Zahlen und Namen in Vergleich zu setzen: Einmal Ringelnatz gegen sechsmal Heym – ob das fair ist? Einmal Tucholsky, siebenmal Trakl? Dann wieder nickt der Lyrikdoktor: Einmal Mayröcker, durchaus; keinmal hätte es allerdings auch getan. Keinmal Paul Wühr – na bitte, so geht es doch auch. Dann die Vermisstenanzeigen: Wo steckt Ror Wolf? Was ist mit Adolf Endler passiert? Durchweg anerkennenswert die Auswahl der Jüngsten: Einmal Kling, keinmal Ostermaier. Draesner, Gräf und Schrott: Zero. Dafür ein nettes Liebes- und Lebensgedicht der ansonsten wenig bekannten Zehra Çirak (ein Blick in den materialreichen Anhang gibt Auskunft: »geb. 1961 in Istanbul … kam 1963 mit ihrer Familie nach Deutschland und wuchs in Karlsruhe und Wörth am Rhein auf. Seit 1982 lebt sie als Schriftstellerin und Kosmetikerin in Berlin«). So kann man es machen.

Ich muss rasch noch auf das ungewöhnliche Ordnungsprinzip der Anthologie hinweisen. Deren Material hat Hartung nämlich einer doppelten Chronologie unterworfen: einerseits nach den Geburtsjahren der Autoren geordnet, andererseits nach den Entstehungsdaten der Gedichte. Wie das geht? Indem die Gedichte gemäß dem Datum ihrer Verfertigung in eine von acht Kapitelkisten verpackt wurden, innerhalb derer die Verfasser dann in der Reihenfolge ihrer Geburtstage figurieren. »Hitlerreich und Emigration«, »Nachkrieg und kalter Krieg« oder »Zwischen Mauer und Mauerfall« sind einige der Etiketten auf dem Frachtgut beschriftet. Der Clou der umständlichen Verpackungsprozedur liegt darin, dass die Gedichte von Generationsgenossen nun aller zeitgenössichen Polarität zum Trotz Seite an Seite lagern: die der Großen neben denen der Kleinen (mit diesen auf oft überraschende Weise kommunizierend, da Auswahl und Anordnung eine Vielzahl thematischer Bezüge herstellen), die Vertreter der einen Richtung friedlich neben denen der anderen (gelegentlich wird einer dabei erwischt, wie er rasch die Seite wechselt). Also keine monolithischen Werkblöcke, sondern Entwicklungslinien und -schübe, deren man sonst selten ansichtig wird. Das reizt zu Fragen, wie man sie nicht jeden Tag stellt: Wie nimmt sich Paul Zech neben dem zwei Jahre älteren Hans Carossa und dem zwei Jahre jüngeren Franz Kafka aus? Lässt sich der feurige Naturalist Arno Holz auf ein Gespräch mit Friedrich Nietzsche hie und Richard Dehmel da ein? Man lese und entscheide selbst.

Sich selbst betreffend, hat Hartung, der Herausgeber, strenge Objektivität walten lassen, indem er Hartung, dem Lyriker, die Teilnahme am Sängerwettbewerb versagte. Ein Übelstand, den der Lyrikdoktor gerne behebt. Hier also als Supplement zur Anthologie ein Gedicht Hartungs, einzufügen bitteschön in Kapitel VII, »Zwischen Mauer und Mauerfall«, passgenau zwischen Jürgen Beckers *In der Nähe von Andy Warhol* und Reiner Kunzes *zimmerlautstärke*:

Poet P.H.

Vor einer Mauer
und schon zu allem bereit
ist dieser Mann in
Hemd und Hose und seinem
weißen Haar

an einem Tag mit
pastellenem Licht zu schön
für Exekution
schießt ihn der Fotograf fürs
Magazin.

*

Heute erreichte mich Decos Konvolut. Gar nicht mal ungespannt öffnete ich den flachen Umschlag und entnahm ihm ein Dutzend dicht beschriebener Seiten. Ja, meine Leser haben recht gehört: Mein Neffe hatte seinen literarischen Erstling handschriftlich abgefasst. Noch dazu auf hellblauem Papier. Möglich, dass das zu seinem Verständnis von den Schönen Künsten gehört. Doch gehört es nicht zu meinem Verständnis von unbeschwertem Tagesschaffen, der wuchernden Federführung eines Mittzwanzigers zu folgen. Reflexhaft reichte ich das Manuskript an meine Sprechstundenhilfe weiter. »Felicitas, wenn Sie bitte diese Seiten in eine lesbare Fassung bringen wollen«, hörte ich mich bereits sagen, als mir einfiel, dass Frau Hoppe sich ja längst mit eigenem Unternehmen niedergelassen hat. Während ich noch überlegte, was nun zu tun sei, fiel mein Blick auf einen Satz, der mich innehalten ließ. Geradezu elektrisiert las ich:

> Am Nachmittag des dritten Tages sah ich Madame Chauchat.

Woraufhin ich nicht nur gebannt in der Lektüre fortfuhr, sondern den Text ein zweites, ja ein drittes Mal las.

Lächelnd ließ ich schließlich das letzte Blatt sinken. Nein, besser hätte auch ich es nicht gekonnt. Wie Deco hier auf engstem (auch topographischen) Raum einen Entwicklungsprozess skizzierte, wie er dabei den Entwicklungsgang des *Zauberberg* einerseits nachzeichnete, andererseits überflügelte, dabei zu einer kritischen Einschätzung des Romans wie dessen literaturwissenschaftlicher Rezeption kommend, ohne auch nur ein einziges Mal die straff geschürzte Abfolge seiner Narratio schleifen zu lassen – das, um ein altes Wort des Lyrikdoktors zu zitieren, hatte was und ließ auf mehr hoffen. Wer hätte gedacht, dass mein restringierter Neffe je zu solcher Eloquenz auflaufen würde.

Nennt es Nepotismus, aber ich habe mich entschlossen, meinen Posten als Despot des deutschen Verswesens mit sofortiger Wirkung an Deco abzutreten. Stets war es mein Streben, als ein Despot mit Herz zu gelten, und genau daran hapert es nun. Nur wenige Erzeugnisse deutscher Verskunst sind mir in den vergangenen Jahren zu Herzen gegangen; dass ausgerechnet die älteren Semester (Gernhardt, Rühmkorf, Enzensberger) mich zwischendurch erfrischt haben, macht die Sache nur bedingt besser. Ob alles eine Generationsfrage ist und Ihr Lyrikdoktor bloß unfähig, seinen Herzschlag auf den Heartbeat der Jüngeren (Grünbein, Schrott, Beyer, Ostermaier) einzupegeln? Deco wird es weisen.

Ehe der kardiologische Befund vollends gegen mich spricht, mache ich lieber Schluss. Vier Jahre reger Visitentätigkeit haben Spuren hinterlassen und Wirkungen gezeitigt. Karl Krolow ist darüber verstorben, und von »Kurt Drawert« hört man auch nicht mehr viel. Philip L. und Ralph Waldo E. hingegen warten schon (noch) auf einen getreuen Übersetzer in die Sprache des Lyrikdoktors. Sie sollen ihn (mich) haben, so wie ich die ruhigen Tage in meinem moosgrünen Schlummersessel wiederhaben will, welche letztens durch überbordende Schreibarbeit in Gefahr geraten sind.

Deco stimmt alldem zu. Eben haben wir telefoniert, und wenn ich mich nicht irre, fühlte er sich durch mein Ansinnen sogar ein wenig geschmeichelt. Er versteckte diese Regung natürlich hinter seiner üblichen Attitüde juveniler Herablassung, der Schlingel. »Keine Angst, Onkel Jakob, wir werden die Sache schon schaukeln«, waren, glaube ich, seine redundanten Worte. Mich täuscht er damit nicht mehr, der Frechdachs. Wie auch immer, Stafettenwechsel steht bevor, Tapetenwechsel soll geschehen. Wo und unter welchem Titel Decos Kolumne erscheinen wird, das weiß allerdings auch Ihr sonst so dienstbarer Lyrikdoktor nicht zu sagen.

Peter Rühmkorf: *Wenn – aber dann. Vorletzte Gedichte*. Rowohlt Verlag, Reinbek bei Hamburg 1999. 128 Seiten.

Harald Hartung (Hg.): *Jahrhundertgedächtnis. Deutsche Lyrik im 20. Jahrhundert.* Philipp Reclam jun., Stuttgart 1998. 469 Seiten.

WOLFGANG ULLRICH

Historische Zeitschriftenschau (2)

Stern 24/1959

»Er umschlang ganz fest meinen Hals. Er küßte mich. Er wußte nicht, was er tun sollte. Er sagte: ›Mimilein, aber ich hab dich einfach viel zu gern. Was ich für dich empfinde, ist einfach alles. Mimi! Küß mich‹, bat er. Ich wollte aufhören zu leben. So glücklich war ich. (...) ›Kind‹, sagte er. ›Ich könnte dich jetzt zerdrücken, jetzt in diesem Augenblick.‹ Ich wehrte mich nicht mehr. Sein Wesen war durchgebrochen.« – Es ist eine ungewöhnliche Romanze, die der *Stern* am 13. Juni 1959 seinen Lesern bereits auf dem Titelblatt ankündigte. Wer ist es wohl, dessen Wesen durchbricht, während er seine Geliebte zerdrücken möchte? Und wer ist Mimilein? »Hitlers unbekannte Geliebte« lautet die Schlagzeile auf dem Cover, und über der von Günter Peis recherchierten Sensationsgeschichte selbst steht: »Vierzehn Jahre nach Kriegsende kann eine Frau beweisen, daß sie Hitlers große Liebe war.«

Vergangenheitsbewältigung

Bevor die rührseligen Details dieser »großen Liebe« ausführlich geschildert werden, gibt es, als spannungssteigerndes retardierendes Moment, ein wenig Belehrung durch Eugen Kogon. Der Politikprofessor, selbst Nazi-Opfer und damals renommiertester Analytiker des SS-Staats, attestiert dem *Stern* beste – und keineswegs reißerische – Absichten, wenn der Liebhaber Hitler zum Thema einer Reportage wird. »Was weiß unsere Jugend heute von Adolf Hitler?« – so beginnt Kogon seine Vorbemerkung und berichtet dann von einer »katastrophalen Feststellung«, die ein für das Deutsche Fernsehen verfasster Dokumentarbericht wenige Monate zuvor erbracht habe: Die Jugend verbinde demnach den Namen ›Hitler‹ »mit dem Bau der Autobahnen, mit der ›Beseitigung der Arbeitslosigkeit‹, mit der Ausmerzung von Taxiräubern und mit der ›Wiederherstellung des deutschen Ansehens in der Welt‹«. Dieser Befund verlangt nach Gegenmaßnahmen, und Kogon stellt mit Genugtuung fest, dass immerhin manche Schüler und Studenten »sachlich Bescheid« erhalten wollten über den wahren Adolf Hitler. Vor allem beschäftige sie dessen »psychologische Ungeheuerlichkeit«, die der Bericht im *Stern* nun erhelle: »Die Geschichte, die der ›Stern‹ nachfolgend erzählt – eine in ihrer Wahrheit sorgfältig überprüfte Geschichte –, belegt in zahlreichen ihrer Einzelheiten diesen psychologischen Kern unseres Verhängnisses.«

Zusätzlich zu dieser Empfehlung durch einen Experten und anerkannten Wissenschaftler stellt der *Stern* seiner Reportage das Faksimile eines Briefs von Hitler an seine Geliebte Mimi voran. Das soll seriös und authentisch wirken; zudem wird ein graphologisches Gutachten des Briefs angekündigt, was noch glaubhafter machen soll, dass man mit dieser Titelgeschichte vor allem aufklärende Ambitionen verfolgt. Offenbar bestanden innerhalb der Redaktion Bedenken, den Bericht der Maria Reiter – so Mimis bürgerlicher Name – ohne solche Ausweise einer Bemühung um Ernst und Sachlichkeit abzudrucken. Immerhin hatte man erst drei Wochen zuvor im Editorial großmütig Verzicht gelobt und sich dagegen ausgesprochen, mit Hitler und seinem Privatleben Publizität zu suchen: »Eine unmenschliche Epoche wird nicht dadurch menschlicher, daß man ihren Führer in Unterhosen sieht.« Deshalb habe man die Veröffentlichung der Memoiren von Hitlers Kammerdiener abgelehnt, hieß es damals, und sei erst recht nicht auf die »eindeutige Fälschung« des Tagebuchs von Eva Braun hereingefallen.

Voyeuristische Erwartungen der Leser dürften durch den aufklärerischen Gestus freilich eher bestärkt worden sein. Dass auch das kalkuliert gewesen sein könnte, lässt allerdings die Gestaltung der dem Vorspann folgenden Doppelseite vermuten. Wer neugierig umblätterte und sich schon auszumalen begonnen hatte, wie wohl Fotos aussehen würden, die Hitler mit einem jungen Mädchen in den Armen zeigen, erlebte nämlich einen kleinen Schock: Das erste Bild, das sich dem Auge präsentierte, zeigte, auf einer großen halben Seite (damals hatte der *Stern* noch ein Format von 37 x 27 cm!), eine Szene aus Auschwitz. Ein völlig ausgemergelter, zum Skelett abgemagerter, nackter KZ-Häftling versucht, gestützt von einem anderen Mann, inmitten einer verwahrlosten Umgebung ein paar Schritte zu tun. Dieses Foto – wohlgemerkt als »SS-Dokumentarfoto« ausgewiesen – musste, da es völlig unvorbereitet kam, um so stärker wirken – es musste beschämen und die Sensationsgier entlarven, die zuerst noch geweckt worden war. Damit gab sich der *Stern* 1959 also durchaus moralisch und versuchte klarzumachen, dass Hitler keineswegs zur Wiederherstellung des deutschen Ansehens beigetragen hatte. Immerhin ist zu bedenken, dass Fotografien aus einem KZ damals noch nicht oft publiziert worden waren und gerade in Publikumszeitschriften ähnlich schamhaft vermieden wurden wie Bilder freizügiger oder allzu erotischer Szenen, die hier mancher nur zu gerne gesehen hätte.

Wenige Monate zuvor, im Heft vom 15. November 1958, fühlte sich Chefredakteur Henri Nannen in seiner wöchentlichen Kolumne sogar dazu genötigt, die Veröffentlichung harmloserer Fotos, die das unselige Wirken des Gauleiters Erich Koch in Polen dokumentieren, eigens zu verteidigen. Viele wollten solche Fotos nicht sehen, und der *Stern* lief Gefahr, mit deren Publikation einen Teil seiner Leserschaft zu verlieren. Zwar wünsche auch er »nichts mehr, als daß endlich (...) ein Strich gezogen wird unter diese grauenhafte Vergangenheit«, schrieb ein diplomatisch sich windender Nannen, aber »nicht, solange ich noch das unheimliche Gefühl haben muß, daß sich hinter meinem harmlosen Nachbarn ein Scheusal verbergen kann«. Die Fotos von NS-Verbrechen müssten also gedruckt werden, »um zu zeigen, daß man mit seiner Vergangenheit nicht fertig wird, indem man ihr davonläuft«.

Angesichts dieses vorsichtigen Abwägens überrascht es um so mehr, dass man dann im Juni 1959 die Veröffentlichung des KZ-Fotos ohne Vorbereitung und chefredaktionellen Geleitschutz wagte. Das nährt die Vermutung, hier sei auf dem Weg bewusster Provokation eine moralische Läuterung der Leserschaft versucht und eine Offensive gegen Verdränger und Verharmloser gestartet worden. Vielleicht hatte man sogar zur Kenntnis genommen, was Roland Barthes 1957 über Schockfotos geschrieben hatte: Diese bewirkten für sich selbst meist nichts, so seine Kritik, da sie in ihrer Überdeutlichkeit der Urteilskraft keinen Raum mehr ließen und auch keine Geschichte erzählten; so bedeuteten sie nur das Grauen, fungierten als bloße Zeichen dafür, ohne es wirklich empfinden zu lassen. Schreckliche Fotografien zu zeigen, um das Publikum moralisch aufzurütteln, genügt also nicht, sondern es bedarf hierfür subtilerer Strategien. In diesem Fall ist es ebenfalls nicht das KZ-Foto selbst, sondern vielmehr die Differenz zwischen ihm und dem Erwarteten – einer Love-Story –, was schockiert oder zumindest unliebsam berührt. Diese Differenz ist so groß, das Foto selbst so unerwartet, dass es viel stärker und präsenter wirkt als in einem Kontext, in dem ihm lediglich illustrativ Funktion zukäme. Es gewinnt seine Macht, indem es Erwartungen zu enttäuschen vermag – und damit wird es akut und ist mehr als nur ein Zeichen für das Grauen, nämlich ein Stück unumstößlicher Realität.

Freilich ging es für den *Stern* auch darum, nicht selbst auf die Seite der Verharmloser zu geraten, wenn man die Erinnerungen einer Frau abdruckte, die in ungebrochenem Schnulzen-Stil den ersten Kuss schildert, den sie in sechzehnjähriger Unschuld von Adolf Hitler erhalten hatte. Andererseits sollte man der *Stern*-Redaktion dabei keine zu großen Skrupel unterstellen, ging man doch mit Themen des Nationalsozialismus am Ende der fünfziger Jahre noch so ungeübt um, dass kaum gegen Konventionen verstoßen werden konnte. Vieles, was aus heutiger Sicht geschmacklos oder zumindest unsensibel erscheint, blieb damals unbeanstandet. Zwar widmete *DER SPIEGEL* bereits am 17. Juni 1959, also nur vier Tage später, dem Sensationsfund des *Stern* einen zweiseitigen, süffisanten Artikel, in dem der Konkurrent als »umsatzbewußte Illustrierte« decouvriert und seine aufklärerische Intention in Zweifel gezogen wird, doch fand man auch dort am Stil der Aufbereitung nichts Anstößiges. Auf die ungewöhnliche Bildregie des Beitrags wird nicht eingegangen, obwohl gerade die Gestaltung der Seite, auf der sich als größtes Element jenes KZ-Foto befindet, noch aus anderen Gründen Stoff für Bemerkungen geboten hätte.

Ein zweites Foto, direkt unter dem skelettierten Häftling, zeigt eine lächelnde junge Dame im Brautgewand – also ungefähr das, was den Erwartungen des Lesepublikums entsprach. Es ist Mimi, freilich nicht als Braut Hitlers, sondern, wie die Bildlegende verrät, »am Tage ihrer Hochzeit mit dem SS-Hauptsturmführer Kubisch, nachdem sie sich geweigert hatte, als Hitlers Geliebte in seine Wohnung einzuziehen«. Doch es ist nicht einmal die Kombination dieser beiden Fotos auf einer Seite, was am meisten überrascht – und im übrigen die aus der Differenz zu seiner Umgebung forcierte Wirksamkeit des KZ-Bilds weiter steigert –, sondern mehr noch verwundert ein in großer, fetter Schrift gedrucktes Goethe-Zitat, das links vom Brautfoto platziert ist, so dass das fröhliche Lächeln Mimis direkt darauf zu fallen scheint: »Auch der Teufel hat menschliche Züge.«

Die Dämonisierung, die Hitler damit erfährt, ist für jene Jahre nicht ungewöhnlich – eine eingespielte Technik der Distanzierung, die umso leichter fiel, als die Banalität des Bösen erst einige Jahre später entdeckt wurde. Die Bildlegende zum KZ-Foto teilt auch unmissverständlich mit, die Häftlinge seien »auf seinen persönlichen Befehl« umgebracht worden, was jede Form von Kollektivschuld ausschließt. Allerdings steht diese Konzentration des Bösen auf Hitler im Gegensatz zur moralbewussten und an jedes Lesers Gewissen appellierenden Inszenierung des KZ-Fotos.

Doch wird mit dem Goethe-Zitat mehr als bloß eine Dämonisierung betrieben. So mutet es beinahe versöhnlich an und scheint dazu aufzurufen, bei Hitler endlich nach den »menschlichen Zügen« zu suchen. Lagen sie darin, dass er ein junges Mädchen bezaubern konnte, das sich schließlich in ihn verliebte und zu dem auch er vielleicht ein wenig Zuneigung verspürte? Das Zitat sollte wahrscheinlich eine Brücke herstellen zwischen den beiden gegensätzlichen Fotos auf derselben Seite, um einerseits das KZ-Bild doch noch etwas zu verankern und gleichsam zu legitimieren, um andererseits aber auch pathetischer Überhöhung Raum zu geben: Spürt nicht einen metaphysischen Schauer, wer auf diese coincidentia oppositorum stößt und das Schöne sowie das Schreckliche als zwei Spielarten desselben angetragen bekommt? Mit Goethe als Referenz ist zudem die deutsche Geistesgeschichte aufgerufen, so dass jener Schauer als höhere Empfindung verbucht werden darf.

Der Bericht selbst sucht freilich weniger nach den menschlichen Zügen des Teufels Hitler als umgekehrt danach, ob nicht bereits der Liebhaber Indizien des Brutalen und Bestialischen zu erkennen gegeben haben könnte. Zugleich soll die Verführungskunst Hitlers am Beispiel der Geliebten Mimi veranschaulicht werden: »Wie kaum ein anderes Dokument beweist die Geschichte des Mädchens Maria Reiter die unselige Faszination des Mannes, dem auch das deutsche Volk erlag« – heißt es im Vorspann der Reportage. Neuerlich ist die aufklärerische Ambition betont, allerdings wird eine in ihren Konsequenzen weitreichende Substitution vorgenommen: ein verliebtes Mädchen steht als pars pro toto für das verführte deutsche Volk. Dieses verwandelt sich als Ganzes zur Geliebten Hitlers, zur erotischen Leckerei eines Diktators; und sollte es in dieser Rolle seinerseits ›zerdrückt‹ werden, dann nur deshalb, weil es von Hitler »viel zu gern« gemocht wurde. Auch diese Rhetorik verbindet Apologie mit Pathos: Die Liebe fällt, wohin sie will – was kann ein Volk dafür, wenn es einem Charmeur erliegt –, und sofern die Geliebte ins Unglück stürzt – besser: gestürzt wird –, dann ist das eben tragisch und eher Anlass zu Selbstmitleid als Grund für Schuldgefühle.

Aus wenigen Sätzen und Bildern wird somit deutlich, wie kompliziert, diffus und ungeklärt sich am Ende der fünfziger Jahre die Einschätzung des Nationalsozialismus ausnahm: Selbst wer über das Geschehene berichten wollte und sogar moralisch-erzieherische Ziele damit verbunden haben mochte, verstrickte sich – halb freiwillig und halb aus Versehen – in Deutungsmuster, die jeden zum Opfer Hitlers stilisierten. Diese Muster erwiesen sich immer wieder als stärker denn kritisches Bewusstsein.

Eine Ganghofer-Episode

Maria Reiter hatte Hitler 1926 in Berchtesgaden kennengelernt; im Kurpark suchte er das Gespräch mit ihr, während beide ihre Hunde spazierenführten. Einem ersten Rendezvous-Antrag widersetzt sie sich noch, hat Angst vor dem Gerede der Leute, nicht nur wegen des großen Altersunterschieds – Hitler ist fast einundzwanzig Jahre älter als sie –, sondern auch weil ihr Vater zu den Gründern des Ortsvereins der SPD gehört. Doch Hitler, mit Reitpeitsche unterwegs, lässt nicht locker, betritt immer wieder das Geschäft, in dem Maria Reiter arbeitet, und lädt sie schließlich zu einer politischen Versammlung ein, bei der er als Redner auftritt. Angeblich fixiert er sie während der gesamten Rede. Danach darf sie an seinem Tisch Platz nehmen; wieder hat er nur Augen für sie, gesteht ihr, dass sie ihn an seine Mutter erinnere, begleitet sie schließlich nach Hause. Den Kuss, den er zum Abschied möchte, verweigert Mimi ihm jedoch, zumal ihr eine Szene, die unmittelbar davor passiert ist, einen Schreck eingejagt hat. Als Hitlers Hund nämlich in eine Rangelei mit einem anderen Hund geriet, schlug er ihn »wie ein Irrsinniger mit der Reitpeitsche«. »Ich habe es diesem Mann gar nicht zugetraut, dass er so roh, rücksichtslos auf sein Tier einschlagen kann; auf sein Tier, von dem er kurz zuvor noch sagte, dass er ohne es nicht leben könnte.«

Dennoch: Die Romanze ist längst nicht beendet; Maria Reiter lässt sich wenige Tage später zu einer Spazierfahrt an den Starnberger See überreden, und im Auto kommen sie und Hitler sich näher. Wieder etwas später äußert Hitler den Wunsch, das Grab von Marias Mutter besuchen zu dürfen, die erst wenige Wochen zuvor gestorben war. Dort, während beide in Andacht stehen, ereignet sich etwas Merkwürdiges, traten doch – so beschreibt es Maria Reiter im Nachhinein – »die Muskeln an seinen Backenknochen (...) hervor. ... dann fing ich an zu weinen, weil ich merkte, dass Herr Hitler von etwas bewegt wurde, was er mir nicht sagen wollte. Ich weinte immer mehr. Dann drehte er sich mir zu, nahm meine Hände, faltete sie, hielt sie an seine Brust und drückte meinen Kopf an sich. Die Worte, die Hitler zu mir sprach, klangen ernst, wie ein Bündnis in höchster Not: ›Ich bin noch nicht soweit.‹«

Damit wird er endgültig zum Faszinosum für das junge Mädchen – und noch am selben Tag kommt es in einem Wald zu jener eingangs zitierten Kuss-Szene, nachdem Hitler seine Geliebte an den Stamm einer hohen Tanne in Positur gestellt und entzückt als seine Waldfee angesprochen hat. Bald darauf reist er nach München ab, um seine politischen Aktivitäten zu intensivieren. Briefe werden gewechselt, und Maria Reiter stickt für Hitler zu Weihnachten zwei Sofakissen, versehen mit den Insignien der Partei. Hitlers Gegengeschenk ist ein in Saffianleder gebundenes Vorzugsexemplar von »Mein Kampf«. Die beiden sehen sich nur sehr selten, Maria Reiter schwankt zwischen Euphorie und Depression, begeht sogar einen Selbstmordversuch; schließlich zieht sich Hitler ganz von ihr zurück, angeblich weil es gegen ihn verwendet werden könne, dass er ein Verhältnis mit einem minderjährigen Mädchen unterhalte. Zwar schreibt man sich weiterhin gelegentlich, doch spätestens 1928 schläft die Beziehung ein. Maria Reiter lernt einen Hotelier kennen, den sie 1930 heiratet. Als Hitler davon erfährt, schickt er im Januar 1931 Rudolf Heß zu ihr; er soll sie fragen, ob sie glücklich sei, was sie verneint, da es in ihrer Ehe von Anbeginn kriselt. Der Besuch von Heß lässt ihr deshalb keine Ruhe, und im Sommer 1931 fährt sie kurzentschlossen nach München. Das Wiedersehen mit Hitler mündet in einem romantischen Abend zu zweit: »Er drückte mich wieder an sich und küßte mich. Es war schon ziemlich nach Mitternacht. Er lehnte sich immer mehr auf seinem Sofa zurück. (...) Ich ließ alles mit mir geschehen. Ich bin noch nie zuvor so glücklich gewesen wie in jener Nacht, als wir allein in seiner Wohnung waren.«

Doch auch dieses Glück währt nicht lange: Noch in derselben Nacht kommt es zu einer Auseinandersetzung zwischen beiden, da Hitler Maria Reiter zwar in seine Wohnung aufnehmen möchte, ihr jedoch eine Heirat verweigert. Den Status einer versteckten Geliebten lehnt Maria aber ab; sie will Familie und Kinder. So entfremden sich beide voneinander, wenngleich Hitler 1934, als sich Maria Reiter von ihrem Mann scheiden lässt, ihr nochmals anbietet, zu ihm zu ziehen. Sie jedoch heiratet 1936 den SS-Hauptsturmführer Kubisch; als dieser 1940 fällt, schickt Hitler der jungen Witwe »hundert rote Rosen und schrieb mir, ich sollte zu ihm kommen, er wollte mir ein Haus bauen«. Das war das letzte, was sie von ihm hörte.

Für Eugen Kogon hat Hitler mit der gegen den eigenen Hund geschwungenen Reitpeitsche sowie durch sein geheimnisvolles Verhalten am Friedhof seine ebenso faszinierende wie gefährliche Persönlichkeit entlarvt. Vor allem habe er damit »zwei gründliche deutsche Neigungen angesprochen – die Sentimentalität und eine gewisse Vorliebe für den harten Griff«. Bei ihm sei beides – zumal es zum politischen Programm geriet und nicht privat blieb – zu einem »hochexplosiven Gemisch« geworden. Entsprechend fasst Kogon die Moral von der Geschicht folgendermaßen zusammen: »Sie zeigt aus den Anfängen, wohin es führt, wenn Elterngrab und Reitpeitsche zu nationalpolitischer Einheit verbunden werden und man es nicht rechtzeitig merkt.« Am Ende des Artikels erhält Kogon nochmals das Wort, wohl damit die Leser, beseelt von so viel Romantik und Tragik, nicht vergessen, dass der *Stern* sie damit ja eigentlich aufklären wollte. Nun bezeichnet Kogon diese Geschichte treffend als »eine lächerliche, traurige, miserable Ganghofer-Episode«, unterstellt aber dennoch nochmals, sie sei von »Bedeutung« und »brauchbares Aufklärungsmaterial«, »weil sie diesen Diktator charakterisiert (...). Den Jüngeren wird es nicht schwerfallen, sich sowohl für das private wie für das politische Leben die gesunde Reaktion zu bewahren, die auch Mimi Reiter als sechzehnjähriges Mädchen ursprünglich beim Anblick, beim Pathos und beim Verhalten des merkwürdigen Mannes aus Braunau empfunden hat.«

Ob die mittlerweile fünfzigjährige Maria Reiter gegenüber den *Stern*-Reportern ebenfalls eine »gesunde Reaktion« zeigte, ist jedoch fraglich: An Hitler erinnert zu werden, war ihr offenbar nicht unangenehm, und sie scheint diese Erinnerung sogar gerne zu pflegen. So streckt sie bereitwillig ihren Arm in die Kamera, um vorzuführen, dass sie am Handgelenk noch immer die Uhr trägt, die Hitler ihr 1926 zum Geburtstag geschenkt hatte. Der *Stern* beweist mit einem solchen Foto allerdings einmal mehr, wie wichtig bei diesem Bericht neben der Aufklärung die Sensation ist. Auch sonst hat Maria Reiter keine Scheu vor den Fotografen; sie lässt sich zusammen mit Hitlers Schwester Paula ablichten, die sie gerne zur Schwägerin gehabt hätte, und auf einem anderen Foto sieht man sie beim Klavierspielen. »Jetzt ist alles so lange her, jetzt kann man es ja sagen«, gibt sie naiv denen zur Antwort, die befürchten, sie könnte kompromittiert sein, sobald ihre Liaison publik wird.

Serienhelden

Da diese Geschichte zugleich als Parabel für eine Liebesbeziehung zwischen Hitler und dem gesamten deutschen Volk herhalten muss, ergibt sich – gewiss unbeabsichtigt – ein Bezug zu einem anderen Artikel im selben Heft. »Kann man die Deutschen lieben?« heißt die Überschrift eines Beitrags von William S. Schlamm, der damals prominenter und umstrittenster Autor des *Stern* war. Als Amerikaner österreichischer Herkunft äußerte sich der Journalist nach einem einjährigen Deutschlandaufenthalt ausführlich und regelmäßig zu Fragen der deutschen Politik, spielte sich aber auch gern als internationaler Experte auf. Seine Stellungnahmen lösten oft erregte Debatten aus – so wenn er etwa für einen Präventivkrieg gegen die Sowjetunion eintrat.

In diesem Heft geht Schlamm der Frage nach, ob die Deutschen wegen des Nationalsozialismus weniger liebenswert seien als andere Völker. Er verneint die Frage, auch wenn es ihm nur gelungen sei, »einzelne Deutsche lieb zu haben«. Doch gehe es ihm mit Vertretern anderer Nationen genauso, und aus der »jüngsten Geschichtserfahrung« folgert Schlamm, »daß jedem von Gott verlassenen Volk das passieren kann, was den Deutschen geschehen ist«. Auch hier werden sie also zu Opfern; von einer »bösen Verzauberung« ist die Rede, und es heißt, nach dem Krieg habe man das deutsche Volk »von dem Teufel zu befreien [gehabt], von dem es zwölf Jahre besessen war«. Aber etwas beunruhigt Schlamm dann doch am entnazifizierten Deutschland: »...während meines einjährigen Zusammenlebens mit den Deutschen musste ich meine Ohren spitzen, um auch nur vage Andeutungen jenes antisemitischen Geredes zu hören, das ich ohne Bemühen jeden Tag in den Pullman-Wagen Amerikas, in den Bars von Paris und den Kneipen von London hören kann. Nun kann ohne Zweifel der Antisemitismus unter den Deutschen nicht so viel schwächer sein als unter den Amerikanern, den Engländern und den Franzosen: aber die Deutschen verdrängen ihn mit einer Konsequenz und einer Disziplin, die mich stört. (...) Ihr Schweigen ist befangen.«

Es verwundert, wie Schlamm den Antisemitismus als Selbstverständlichkeit – gleichsam als transnationale, letztlich anthropologische Konstante – zu empfinden scheint, sodass die Deutschen sich aus seiner Sicht widernatürlich benehmen, wenn sie offen antijüdische Äußerungen im allgemeinen vermeiden. Schlamm macht die Alliierten dafür verantwortlich, die mit ihren Fragebögen Einschüchterung betrieben und die Deutschen vor allem zu Unaufrichtigkeit erzogen hätten; was gut gemeint gewesen sei, habe letztlich zu einem »verkümmerten moralischen Instinkt« geführt. Die Logik Schlamms lautet also: Solange in Deutschland Antisemitismus höchstens hinter vorgehaltener Hand zu hören ist, sind die Deutschen noch nicht »normal«, sondern stehen »unter Ausnahmezustand«. Eine solche Meinung zu äußern, mochte 1959 zwar provokant sein, anstößig war es aber offenbar nicht, denn die Folgehefte enthalten keine Leserbriefe, die sich gegen diese Deutung des »Ausnahmezustands« wehren.

Doch nicht nur den Kolumnen des William S. Schlamm oder Sensationsenthüllungen unbekannter Geliebter verdankte der *Stern*, dass er gerade im Jahr 1959 seinen Hauptkonkurrenten *Quick* klar und dann auch dauerhaft überrunden konnte; lagen beide Blätter 1958 noch gleichauf, so hatte der *Stern* bis 1960 schon einen Auflagenvorsprung von rund 300000 Exemplaren erreicht. Das Hamburger Blatt war geschickter als andere Zeitschriften darin, seine Leser mit zahlreichen Serien und Fortsetzungsgeschichten zu halten und immer wieder von neuem zu locken. Über zehn, fünfzehn oder sogar noch mehr Ausgaben sich erstreckende Reportagen und Romane waren durchaus üblich, weshalb mindestens zwei Drittel der Artikel eines Hefts aus Fortsetzungen bestanden. So erfüllte der *Stern* nicht nur die Bedürfnisse nach literarischer Unterhaltung in einer Zeit, in der Verlagsprogramme noch schmäler waren, sondern schaffte es auch, zum festen Bestandteil der Lebenswelt seiner Leser zu werden: Das samstägliche Erscheinungsdatum war der während der gesamten Woche sehnlich erwartete Moment, endlich war zu erfahren, welche Wendung ein spannender Kriminalfall nehmen würde oder wie eine Geschichte weiterging. Mittlerweile beeinflussen natürlich längst Fernsehserien und tägliche Talk-Shows die Zeitplanung eines breiten Publikums in viel größerem Ausmaß, und in einer Phase, in der sich Printmedien darin übertreffen, knapp und faktenfokussiert zu berichten, erscheint ein *Stern*-Heft aus dem Jahr 1959 nicht nur weitschweifig, sondern auch etwas verspielt – als ein Dienstleister zur Unterhaltung und kaum zur Information.

Dass man die Geschichte der Maria

Reiter zu keiner längeren Serie ausgestaltete, wozu das Material gewiss gereicht hätte, erscheint vor diesem Hintergrund beinahe überraschend und ist als ein weiteres Indiz für redaktionelle Bedenken zu werten: Man wollte sich die Sensation zwar keinesfalls entgehen lassen, den Lesern das Thema »Nationalsozialismus« aber auch nicht über mehrere Wochen hinweg zumuten. So sollten die vierzehn Reportage-Seiten der einen Nummer reichen, um dann in den folgenden Ausgaben wieder Platz zu haben für die »Miss Germany 1959«, den Bankraub eines Primaners oder Patienten, die an eine Eiserne Lunge angeschlossen sein müssen. Tatsächlich drücken die einige Hefte später abgedruckten Leserbriefe Unmut darüber aus, »daß Sie so ein altes Pferd von neuem aufzäumen«. Es wäre dem *Stern* also nicht gut bekommen, Hitlers unbekannte Geliebte zur Fortsetzungsheldin zu machen.

Die Grenzen zwischen Tatsachenberichten, die beinahe romanhaft aufbereitet werden, und Fortsetzungsromanen, die allerdings auf Fakten basieren, sind wohl selten so fließend gewesen und so phantasievoll interpretiert worden wie im *Stern* jener Jahre. Der im Frühjahr und Sommer 1959 abgedruckte Krimi etwa bereitet unter dem Titel »Das Ding« den größten Tresorraub der Nachkriegszeit auf, der 1951 nach längeren Vorbereitungen in der Ostberliner Eisenbahnverkehrskasse verübt wurde. Dazu zeigt man genaue Lageskizzen und Schaubilder, auf denen die Logistik der Tresorknacker dargestellt wird, und sogar Fotos illustrieren die Story, um die Tat in die Zeitgeschichte einzubetten. Damit fünfzehn Folgen daraus werden, widmet sich Henry Kolarz, der Autor des Romans, auch ausführlich der Mentalität der einzelnen Täter und führt aus, wie sie mit ihrem plötzlichen Wohlstand umgehen, was interessante Einblicke in einen typischen Nachkriegs-Materialismus erlaubt. Die – aus heutiger Sicht sehr beschränkten – technischen und strategischen Möglichkeiten der damaligen Kriminalpolizei kommen ebenfalls breit zur Sprache, wobei zugleich einige Probleme behandelt werden, die sich aus der Teilung Berlins ergaben. Subtile Abfälligkeiten gegenüber der DDR finden sich immer wieder – auch kein Zufall, dass der Held der Geschichte, der die Haupttäter schließlich überführt, ein Westberliner Polizist ist.

Ausdrückliches Thema ist der Kalte Krieg in einem zweiten *Stern*-Roman. »Komm mit nach Berlin!« berichtet – natürlich ebenfalls auf Tatsachengrundlage – von der Geschichte einer Flucht: Drei Ostdeutsche, der Direktor eines volkseigenen Werks und seine Sekretärin sowie ein junger – in Ungnade gefallener – Funktionär machen sich von Wittenberge aus auf den Weg in den Westen. Immer wieder scheitert die Flucht im letzten Moment – muss scheitern, damit eine weitere Folge gesichert ist, in der neue Schikanen, Grausamkeiten und Taktiken der ostdeutschen Grenzschützer und -schützen vorgestellt werden können. Doch damit nicht genug. Der Direktor wird schließlich als kaltherzig, geldgierig und gewissenlos entlarvt; während er als Flüchtling das Mitleid der Leser aus dem westdeutschen Wirtschaftswunderland wecken sollte, hat er in den späteren Folgen den Feindbild-Klischees einer Lesermehrheit zu entsprechen: Dass ein Chef und Direktor kein guter Mensch sein kann, sondern seinen beruflichen Erfolg nur geschafft hat, weil er gewohnt ist, über Leichen zu gehen, ließ sich Lieschen Müller – offizielle Hauptadressatin des *Stern* – immer wieder gerne bestätigen.

Autor der Flucht-Geschichte, die virtuos alle Register der Emotionalisierung zieht, war Will Tremper, dessen Name wie kaum ein anderer mit den guten und besten Jahren des *Stern* verbunden ist. In vielen Heften war er mit zwei oder gar drei Fortsetzungsgeschichten vertreten und beherrschte souveräner als alle anderen jenes variable Genre zwischen Tatsachenbericht und Roman. Parallel zu »Komm mit nach Berlin!« lief – unter dem Pseudonym Petronius – während des gesamten Jahrs 1959 die Serie, mit der Will Tremper dem *Stern* wohl am stärksten zu seinem damaligen Ruf verholfen haben dürfte: In »Deutschland deine Sternchen« wurden jede Woche Hintergrundberichte über junge weibliche Filmstars präsentiert; Karin Baal, Susanne Cramer, Vera Tschechowa und viele andere lieferten immer neues Material für schlüpfrige, amüsante oder skandalselige Geschichten.

Aber auch ein anderer Name, der sich mit der weiteren Geschichte des *Stern* unauflöslich verknüpfen sollte, taucht im Heft vom 13. Juni 1959 bereits auf: Gerd Heidemann ist der Reporter einer von Günter Dahl erzählten Geschichte mit dem Titel »Der Vater war dagegen«. Noch eindeutiger werden hier, in einer Variation von Kabale und Liebe, die Ressentiments gegen die Mächtigen und Reichen – gegen herzlose Chefs und Unternehmer – bedient: Die Tochter eines Fabrikdirektors verliebt sich in den jugoslawischen Chauffeur ihres Vaters; dieser versucht mit aller ihm zu Gebote stehenden Gewalt, der Romanze ein Ende zu setzen, und als sich die Liebe als stärker erweist, gelingt es ihm schließlich, den Verehrer vor Gericht zu bringen und wegen versuchter Entführung der Tochter verurteilen zu lassen. Der *Stern* wertet diese Geschichte ausdrücklich als Beleg dafür, dass »wie eh und je« das Problem der »sozialen Schichtung« bestehe und sich das »Wasser der sozialen Unterschiede« als »viel zu tief« erweise. Um kein Beweisstück schuldig zu bleiben – sowie zur Steigerung der Authentizität –, gibt man das nicht ganz perfekte Deutsch des Jugoslawen im Originalton wieder. Zugleich wird die Geschichte – erneut mischen sich Tatsachenbericht und Fiktion – in das Handlungsmuster eines Trivialromans eingepasst und mit dem entsprechenden Vokabular ausgeschmückt. So ist der Unternehmer »rot vor Zorn«, das junge Paar hingegen »vom Feuer der Liebe ausgeräuchert«.

Angesichts so vieler Sensationen und dramatischer Schicksale in einem einzigen Heft muss auch die Werbung ansprechen. Immerhin tauchen in einigen Anzeigen bereits die ersten Farben auf, während der redaktionelle Teil des *Stern* – der »Großen Illustrierten« – abgesehen vom Cover noch ganz in Schwarz-Weiß gehalten ist. Dennoch: Die Werbung hat es in diesen frühen Tagen ihrer Nachkriegsgeschichte noch schwerer als mittlerweile, aufzufallen oder gar die Gesamterscheinung einer Zeitschrift zu prägen. Vor allem fehlen Kampagnen, die ein Produkt oder Unternehmen über einen längeren Zeitraum hinweg vorstellen und dabei jede Woche mit einem anderen Anzeigenmotiv überraschen. Serienhelden der Werbung sucht man also am Ende der fünfziger Jahre meist vergebens, und so beliebt Fortsetzungsgeschichten waren, so unüblich waren kontinuierlich inszenierte Werbeauftritte. Das mochte ökonomische Gründe haben, besaßen doch wohl nur wenige Firmen den finanziellen Spielraum, wöchentlich in einer großen Publikumszeitschrift wie dem *Stern* zu inserieren. Aber gelegentlich eine Anzeige zu schalten, war aus der Sicht vieler Unternehmen auch deshalb etwas Besonderes, da es in den meisten Branchen ja noch als Luxus galt, viel Geld für Marketing aufzuwenden.

Die wohl spektakulärste Anzeige in der Ausgabe 24/1959 des *Stern* warb für das Haarwuchsmittel Neo-Silvikrin. »Sensationelle Nachricht« stand fettgedruckt in einem Kasten innerhalb des halbseitigen Inserats. »Geiger-Zähler bestätigt wunderbare haarnährende Kraft von Neo-Silvikrin«, heißt es weiter, und über diesen Worten sieht man auf einem Bild einen Forscher in weißem Mantel, der in einem Labor vor einer Messapparatur und neben einem geheimnisvoll angeleuchteten Geigerzähler sitzt. Ein langer und etwas umständlich formulierter Text erläutert jene Sensation, die darin besteht, die Wirksamkeit eines Haarwuchsmittels erstmals wissenschaftlich belegt zu haben: »Für die Untersuchungen wurde Neo-Silvikrin radioaktiv gemacht und in die Haut einmassiert. Das nachwachsende Haar wurde nach einiger Zeit mit Hilfe des Geiger-Zählers auf Radioaktivität geprüft. Das erstaunliche Ergebnis: In diesem Haar ließen sich dieselben Aufbaustoffe nachweisen, die im Neo-Silvikrin enthalten sind. Damit war wissenschaftlich einwandfrei erwiesen, daß die Aufbaustoffe von Neo-Silvikrin bis in die Haarwurzeln gelangen und im neu nachgewachsenen Haar enthalten sind!«

Das also waren Sensationen von 1959 – radioaktiv präparierte Haarwuchsmittel und unbekannte Geliebte, Klassenkonflikte und Spekulationen über einen unnatürlich verhohlenen Antisemitismus. All dem ein Forum zu bieten, Hintergrundberichte zu liefern und darüber hinaus Fotos zu zeigen, die es sonst nirgendwo zu sehen gab, machte die besondere Qualität des *Stern* aus. Berühmt waren etwa Tatortfotos, die aus der Vogelperspektive Fluchtwege oder die Verkettung von Ereignissen zeigten. Zur Veranschaulichung wurden oft noch Pfeile und Linien eingezeichnet oder ausführliche Bildlegenden beigegeben.

So gewann der *Stern* seine Leser und stand offenbar auch nicht unter dem Druck, immer besonders aktuell sein zu müssen, was die zahlreichen auf viele Folgen angelegten Reportagen ohnehin kaum zugelassen hätten. Es findet sich kaum ein Beitrag, der nicht ebenso gut einige Wochen früher oder später hätte erscheinen können. Wie das künftige »Häusle vom Heuss«, dem scheidenden Bundespräsidenten und Bausparer, ausgestattet sein würde, ist neben einem Bericht über den jungen belgischen König Baudouin noch die frischeste Information, die der *Stern* seinen Lesern in Heft 24/1959 kredenzte. Eine weitere Reportage ist Able und Baker gewidmet, den beiden Seidenäffchen, die die USA in das Weltall geschossen und als erste Lebewesen der westlichen Welt eine Viertelstunde lang der Schwerelosigkeit ausgesetzt hatten. Doch auch dieses Ereignis lag damals schon mehr als zwei Wochen zurück. Die Redaktion nahm sich offenbar Zeit, um den Lesern dann besonders interessante Fotos und eine spannend aufbereitete Reportage präsentieren zu können. In diesem Fall wie für den *Stern* jener Jahre im allgemeinen galt: Wichtiger als Aktualität war die Unterhaltung – und wichtiger als die Beschleunigung von Information ihre Verpackung.

Die Autoren

WOLFGANG BÄCHLER feiert am 22. März diesen Jahres seinen 75. Geburtstag. Er wurde in Augsburg als Sohn eines Landgerichtspräsidenten geboren, nach dem Abitur in Memmingen zum Kriegsdienst einberufen, 1944 schwer verletzt. Noch kurz vor Kriegsende geriet Bächler in Kriegsgefangenschaft. Sein Studium absolvierte er in München, wo er seit 1948 als Journalist und Übersetzer tätig war. Er war der jüngste Mitbegründer der Gruppe 47. 1959 verlässt Bächler Deutschland und geht nach Paris. Ende der sechziger Jahre kehrt der Autor nach München zurück, wo er noch heute lebt. Dem Band *Nachtleben* (1972) sind die beiden Gedichte entnommen, während der Textauszug *Zwischen den Stühlen* aus der Prosasammlung *Stadtbesetzung* (1979) stammt.

HARALD BLUHM, geboren 1957, ist als wissenschaftlicher Mitarbeiter der Arbeitsgruppe »Gemeinwohl und Gemeinsinn« an der Berlin-Brandenburgischen Akademie der Wissenschaften tätig. Gegenwärtig schließt er seine Habilitationsschrift zur politischen Philosophie von Leo Strauss ab.

ROBERT DARNTON, geboren 1939 in New York, studierte Philosophie in Oxford. Seit 1972 ist er Professor für Europäische Geschichte am Institute for Advanced Study in Princeton. Bekannt wurde Darnton nicht zuletzt mit Studien zum Buchwesen im vorrevolutionären Frankreich. Zuletzt erschien sein Buch *Der Kuß des Lamourette. Kulturgeschichtliche Betrachtungen* (1998). Sein Beitrag gibt die deutsche Fassung eines Artikels wieder, der unter dem Titel *The New Age of the E-Book* in *The New York Review of Book* im März 1999 erschienen ist.

HANS-MARTIN GAUGER, geboren 1935, lehrt als Professor für romanische Sprachwissenschaft an der Universität Freiburg i. Br.. Zudem hat er einflussreiche Studien auf dem Feld der allgemeinen Sprachwissenschaft, der Sprachkritik und der Stilistik publiziert. Seine letzte Veröffentlichung *Über Sprache und Stil* erschien 1995. Seit vielen Jahren ist er Mitglied der Deutschen Akademie für Sprache und Dichtung in Darmstadt, deren Präsident Herbert Heckmann gewesen ist.

KARSTEN FISCHER, geboren 1967, ist wissenschaftlicher Mitarbeiter der Arbeitsgruppe »Gemeinwohl und Gemeinsinn« an der Berlin-Brandenburgischen Akademie der Wissenschaften. Er hat zuletzt den von ihm herausgegeben Band *Neustart des Weltaufs? Fiktion und Faszination der Zeitenwende* (1999) veröffentlicht.

MICHAEL KRÜGER, geboren 1943 in Wittgendorf, lebt als Verleger und Schriftsteller in München.

DANIEL LENZ, geboren 1974, lebt als freier Journalist in Essen, wo er zudem Soziologie und Literaturwissenschaften studiert. Gemeinsam mit Eric Pütz hat er eine Interviewreihe initiiert, an der sich 20 deutschsprachige Schriftsteller aus Deutschland, Österreich und der Schweiz beteiligt haben. Einzelne Teile der Reihe wurden bereits in verschiedenen Feuilletons und Literaturzeitschriften publiziert.

AVISHAI MARGALIT, geboren 1939, lehrt als Professor für Philosophie an der Jerusalemer Hebrew University. Auf deutsch wurde zuletzt sein Buch *Politik der Würde* (1997) veröffentlicht, das bereits im englischen Original *A Decent Society* eine breite, internationale Diskussion ausgelöst hat. Der hier veröffentlichte Text ist ein Auszug aus der dreiteiligen Max-Horkheimer-Vorlesung, die Margalit im Frühjahr 1999 in Frankfurt gehalten hat. Der vollständige Zyklus wird im kommenden August unter dem Titel *Ethik der Erinnerung* als Fischer Taschenbuch erscheinen.

MONIKA MARON, geboren 1941 in Berlin, lebt als freie Schriftstellerin in Berlin. Ihr zuletzt veröffentlichtes Buch trägt den Titel *Pawels Briefe* (1999). Der abgedruckte Text gibt die leicht überarbeitete Version eines Vortrages wieder, den die Autorin im Dezember 1999 in Zürich gehalten hat. Er wird in eine Textsammlung aufgenommen, die unter dem Titel *Quer über die Gleise* im August diesen Jahres im S. Fischer Verlag erscheint.

STEPHAN POROMBKA, geboren 1967, ist wissenschaftlicher Mitarbeiter am Institut für deutsche Literatur der Humboldt-Universität zu Berlin. Er promovierte über die Geschichte des Hypertext. Zuletzt hat er *Phänomene der Derealisierung* (1999), zusammen mit Susanne Scharnowski und *Harry Domela. Der falsche Prinz* (2000) herausgegeben.

JONATHAN ROSEN, geboren 1963, leitet das Feuilleton des *Forward*, einer ursprünglich in Jiddisch seit einiger Zeit aber auch in Englisch erscheinenden Wochenzeitung. Ausserdem schreibt er für die *New York Times*, die *New York Review of Books* und für *Vanity Fair*. Er lebt mit seiner Frau, die Rabinerin ist, in New York. Sein erster Roman *Evas Apfel* wurde 1998 in deutscher Sprache veröffentlicht. Der hier wiedergegebene Text erschien ursprünglich als *The Talmud and the Internet* bei Farrar Straus & Giroux, New York, USA. Copyright © 2000 by Jonathan Rosen.

RICHARD RORTY, geboren 1931 in New York, lehrt vergleichende Literaturwissenschaft an der Stanford University. Sein Text gibt die deutsche Version eines Festvortrages wieder, den er zu Ehren Hans-Georg Gadamers anlässlich des 100. Geburtstages in Heidelberg gehalten hat. Zusammen mit neueren Aufsätzen Rortys wird sein Vortrag auch in den Band *Philosophie & die Zukunft*, der im Juni des Jahres im Fischer Taschenbuch Verlag erscheint, aufgenommen.

HILMAR SCHMUNDT, geboren 1966, arbeitet nach Stationen bei der *Wochenpost* und dem jüngst eingestellten Computermagazin *Konr@d* als freier Journalist in Berlin. Seine Beiträge sind in *DIE ZEIT*, *Wired*, *Die Woche* und der *Süddeutschen Zeitung* erschienen.

BURCKHARD SPINNEN, geboren 1956 in Mönchengladbach, ist Schriftsteller und Literaturwissenschaftler. Er lebt in Münster. Zuletzt erschien sein Buch *Dicker Mann im Meer. Geschichten* (1997)

JAKOB STEPHAN, 1928 in Greifswald geboren, studierte Medizin und Literaturwissenschaft in Marburg und Tübingen. Nach ärztlicher Tätigkeit in mehreren norddeutschen Kleinstädten führt er inzwischen das zurückgezogene Leben eines Pensionärs in der Nähe von Bremen. Ein passionierter Beobachter zeigenössischer Poesien hat er im Frühjahr 2000 seinen gesammelten *Lyrischen Visiten* als Buch veröffentlicht.

WOLFGANG ULLRICH, geboren 1967, ist Dozent an der Akademie der Bildenden Künste in München. Zuletzt erschien *Uta von Naumburg. Eine deutsche Ikone* (1998).